Frida

Frida - Pommes Schranke

Impressum

Bibliografische Information der Deutschen Nationalbibliothek: Die Deutsche Nationalbibliothek verzeichnet diese Publikation in der Deutschen Nationalbibliografie; detaillierte bibliografische Daten sind im Internet über dnb.dnb.de abrufbar.

Autorin, Urheberin und Gestaltung: Romy E. Kest
Inhaltlich verantwortlich gemäß § 55 Abs. 2 RStV: Romy E. Kest
Alle Rechte verbleiben bei Romy E. Kest.
Illustration und Coverdesign: C.S.N. - Creative Studio Nissen

Verlag: BoD · Books on Demand GmbH, Überseering 33, 22297 Hamburg, bod@bod.de
Druck: Libri Plureos GmbH, Friedensallee 273, 22763 Hamburg

ISBN: **978-3-7693-5684-7**

Einleitung

Alle Ereignisse, Zufälle und Wendungen entspringen meiner Vorstellungskraft und sollen auf keinerlei tatsächliche Personen oder Ereignisse hinweisen. Die einzigen Anleihen an die Realität liegen in den guten Charakterzügen, denn diese sind in all jenen Menschen zu finden, die mein Leben bereichern und inspirieren.

Dieses Buch ist für diejenigen, die sich in Begegnungen und Entscheidungen, Zweifeln und Freuden wiedererkennen. Für die, die wissen, dass das Leben sich oft in kleinen Momenten abspielt – an einem vertrauten Ort, im Gespräch mit einem besonderen Menschen oder in der einfachen Freude an einer Portion Pommes Schranke.

Herzlichst eure Romy E. Kest

Kapitel 1

Es gibt Momente im Leben, die dich stutzen lassen. Du hältst inne, schaust dich um und fragst dich: „Wie bin ich hier gelandet?" So ungefähr ging es mir, als ich mich mit Anfang vierzig auf dem Sofa meiner viel zu kleinen Einzimmerwohnung in Hamburg wiederfand. Allein. Mit einem Glas Weißwein in der Hand, das irgendwie immer schneller leer war, als ich es nachfüllte und meinem Smartphone in der anderen. Die Selbstbemitleidung darüber, weder Kinder, Haus noch Hund zu haben, wie es in meinem Alter offenbar Standard ist, hatte ich längst abgelegt. Stattdessen schwang ich mich mit einer Mischung aus Selbstbewusstsein und digitalem Optimismus in die verlockende Wildnis des Online-Datings.

Online-Dating. Himmel, was hatte ich mir dabei gedacht?

„Willst du dich mit Mirko treffen?", blinkte es auf dem Bildschirm, als wäre diese Entscheidung nicht komplexer als die Frage, ob man heute lieber Tee oder Kaffee trinken sollte – beiläufig, aber mit potenziell tiefgreifenden Folgen.

Mirko hatte die goldenen Worte geschrieben: „Moin, na?" Ein Meisterwerk minimalistischer Kommunikation, beinahe bemerkenswert in seiner philosophischen Schlichtheit.

„Na?!" konterte ich mit einer sprachlichen Finesse, die ihresgleichen suchte. Aber gut, das bin ich jetzt.

Frida Martens, zweiundvierzig, derzeit ohne nennenswerte berufliche Verpflichtungen, Tochter, Schwester, von meinem Ex als die schlechteste Beifahrerin aller Zeiten geadelt und kinderlos, nicht etwa aus Überzeugung, sondern weil sich meine Gebärmutter vor ein paar Jahren entschieden hat, frühzeitig in den Ruhestand zu gehen.

Man könnte sagen, mein Körper hatte irgendwann beschlossen, den Wettlauf um die Nachkommenschaft für beendet zu erklären. Ich habe eine Weile dagegengehalten, doch am Ende hat er triumphiert – keine Kinder und um ehrlich zu sein, ist das inzwischen auch in Ordnung. Damit habe ich meinen Frieden geschlossen. Womit ich mich jedoch keineswegs arrangiert habe, ist der groteske Parcours aus absurden Dates, durch den mich das Universum jetzt offenbar zwingen will. Aber lassen wir das philosophische Gejammer. Zurück zu Mirko.

Mirko, achtunddreißig, selbsternannter Abenteurer, was meist ein Euphemismus für Arbeitslosigkeit oder chronische Unentschlossenheit war.

„Warum tue ich mir das an?", frage ich laut in den Raum hinein, wohl wissend, dass die Stille keine erhellenden Einsichten liefern wird.

Seit Monaten bewegte ich mich in dieser Parallelwelt, die von halbleeren Weingläsern und Gesprächen geprägt war, deren Tiefgang bestenfalls als symbolisch zu verstehen war. Die große Liebe, welche das Internet vollmundig versprach, erwies sich als Kaleidoskop bizarrer Begegnungen und Entscheidungen, die im Nachhinein betrachtet ebenso gut ungetroffen hätten bleiben können.

Doch nicht nur mein Liebesleben war ein Durcheinander. Auch mein Berufsleben hatte eine kreative Neuausrichtung erfahren, unfreiwillig. Mein Arbeitgeber in Hamburg hatte beschlossen, meinen Vertrag nicht zu verlängern. Was mich nun in die absurde Doppelfunktion zwischen Bewerbungsgesprächen und misslungener Dates katapultierte. Zwei Welten, die beide mehr Frust als Fortschritt boten.

„Freu dich Frida, es kann nur besser werden!", hatte mein Vater mir kürzlich mit unerschütterlichem Optimismus verkündet. Ich hoffte inständig, dass er recht hatte, wenngleich die Beweislage momentan eher dürftig war.

Gerade als ich mich in diese Gedanken vertiefte, riss mich das vertraute Klingeln meines Telefons zurück in die Gegenwart.

„Frau Maaahdens?" Die Betonung meines Nachnamens war bereits ein kleiner Fingerzeig auf das kommende Gespräch. „Sie sind die Bewerberin aus Hamburg, gell? Ich rufe an, um Ihnen mitzuteilen, dass Sie in der zweiten Runde des Bewerbungsverfahrens sind. Wir würden Sie morgen zu einem Videoanruf einladen. Die Daten schicken wir Ihnen dann etwa dreißig Minuten vor Beginn."

Ich nickte stumm, obwohl das am Telefon wenig Eindruck machte, murmelte ein geistesabwesendes „Ja, vielen Dank" und legte auf. Ein Vorstellungsgespräch. Vielleicht hatte mein Vater doch recht – obwohl ich bezweifelte, dass er sich diesen Fortschritt so vorgestellt hatte.

Der Videoanruf lief alles andere als reibungslos. Kaum hatte das Gespräch begonnen, gab es eine störende

Rückkopplung, die meine Ohren surren ließ. Dann fror mein Bild ein, natürlich in dem Moment, in dem ich den Mund verzogen hatte. Der Ton kam mit einer leichten Verzögerung, wodurch meine Antworten wie schlecht synchronisierte Filmszenen wirkten.

Ich zwang mich, die Fassung zu wahren und professionell zu bleiben, während mein Inneres zwischen Lachen und Weinen schwankte. Die fünfundvierzig Minuten des Bewerbungsgesprächs wurden zu einer Slapstick-Show: Ein Spiel aus verzerrten Grimassen, stockendem Ton und dem verzweifelten Versuch, meine Antworten im Rhythmus zu halten.

Ich wollte diesen Job unbedingt. Doch als der Anruf endete, konnte ich kaum glauben, was gerade passiert war. Ein Vorstellungsgespräch wie eine Zirkusvorstellung. Stuttgart lag in greifbarer Nähe, aber der Weg dorthin war alles andere als geradlinig. Ich atmete tief durch und schloss die Augen.

Kurz darauf klingelte mein Telefon. Ich lag schon wieder auf dem Sofa, fest davon überzeugt, dass es mit dem Job nichts wird, blieb ich liegen. „Frau Maaahdens? Sie sind doch die Bewerberin aus Hamburg, gell? Ja, also…, Glückwunsch! Wir würden Sie gern einstellen. Wann können Sie beginnen?"

Stuttgart. Wer hätte das gedacht?

Zur Feier des Tages verabredete ich mich am Abend mit Mirko. Mirko, der achtunddreißigjährige selbsternannte „Abenteurer". Abenteuer-Mirko. Wir trafen uns in einem kleinen Café, das mit kitschigen Bildern von Segelschiffen und alten Landkarten dekoriert war, als hätte jemand versucht, den Begriff „Entdecker" zu veranschaulichen. Ich setzte mich ihm gegenüber und bemühte mich, das Gespräch in Schwung zu bringen.

„Also, was machst du in deiner Freizeit?", fragte ich, während er an seiner Tasse Cappuccino nippte. Er zuckte mit den Schultern und erwiderte: „Ach, so dies und das. Spontan, du weißt schon." „Klar", dachte ich. Dies und das. Ein Klassiker.

Um die Stille zu überbrücken, erzählte ich von meinem bevorstehenden Umzug nach Stuttgart. Kaum hatte ich das ausgesprochen, leuchteten seine Augen auf.

„Stuttgart? Echt jetzt? Hast du schon einen Nachmieter für deine Wohnung?"

Ich blinzelte. Das war der Punkt, an dem die Unterhaltung den letzten Tropfen Charme verlor. Statt einer rührenden Verabschiedung Hamburgs oder einem klitzekleinen Hauch von Interesse an meiner Geschichte, wollte Mirko offensichtlich lieber einen guten Deal für eine Wohnung machen.

„Nein, noch nicht", antwortete ich trocken.

„Interessant", sagte er und beugte sich vor, mit dem Enthusiasmus eines Maklers, der eine provisionsfreie Goldgrube witterte. Ich wartete darauf, dass er eine Liste mit Fragen aus der Tasche zog – Quadratmeter, Warmmiete, Lage. Stattdessen musterte er mich so, als sei ich plötzlich nicht mehr ein Date, sondern die wandelnde Wohnungsanzeige seiner Träume.

„Hat die Wohnung einen Balkon?", fragte er schließlich. „Nein", antwortete ich knapp. „Schade", murmelte er, sichtlich enttäuscht, als hätte ich gerade seinen Lebenstraum zerschlagen.

Es war faszinierend, wie schnell diese Begegnung von einem potenziellen Funken zu einem messerscharfen Beweis wurde, dass man erste Dates und Immobiliengespräche niemals kombinieren sollte. Während ich mir überlegte, ob ich das Gespräch auf eine metaphorische Baustelle wie „Hamburg ist doch viel zu teuer" lenken sollte, fragte er: „Und wie ist der Wasserdruck in der Dusche?"

Da war mir klar: Der Abend war endgültig verloren. Ich war kein Date, ich war ein Grundriss mit Beinen. Ich antwortete mit einem harten „gut", während ich meine innere Stimme kaum zurückhalten konnte, die sich die Haare raufte und schrie: „Warum bin ich hier?"

Abenteuer-Mirko bemerkte dies gar nicht und plauderte ungestört weiter. „Der Wasserdruck in der Dusche ist wirklich wichtig. In vielen Urlaubsportalen hat dieser eine eigene Rubrik."

„Oh, interessant", murmelte ich und spürte, wie meine Geduld in Zeitlupe aus dem Café schlich.

Schließlich schauten wir uns an. Eine dieser Pausen, in denen man beide Optionen abwägt: Die Flucht ergreifen oder sich dem langsamen Untergang hingeben. „Tja…", sagte ich und lächelte, als hätte ich etwas Amüsantes bemerkt. „Ich sollte langsam los."

Ein verwunderter Blick. „Jetzt schon?"

„Ja, ein sehr früher Termin morgen." Wir umarmten uns zum Abschied und dann ging ich schnell hinaus. Die frische September-Abendluft legte sich um meinen Kopf und war eine willkommene Erfrischung nach dem stickigen Gespräch. Ich wollte schnellstmöglich nach Hause.

Ich blieb an einer Ampel stehen und beobachtete ein verliebtes Pärchen, das die Kunst der Symbiose fast perfektioniert hatte. Ihre Gesichter verschmolzen zu einem Ganzen, während sie sich in einer Umarmung verloren, die vermutlich länger dauerte, als manche meiner Beziehungen. Manchmal frage ich mich, ob Online-Dating ein elaboriertes soziales Experiment ist. Vielleicht sitzt irgendwo ein gelangweilter Soziologe mit einer Tasse lauwarmem Tee und macht Notizen, während er unser Liebeschaos amüsiert verfolgt. Und bei jedem Date, das sich in eine absurde Farce verwandelt, lacht er sich leise ins Fäustchen.

Wie dieses Pärchen an der Ampel wohl zueinander gefunden hat? Vielleicht war es ein erstes Date, bei dem alles irgendwie magisch verlief. Vielleicht sind sie sich digital begegnet, als er auf „Wanderlust" klickte und sie dachte, das wäre ein neuer Indie-Film. Und ich? Meine letzten Dates waren eher Dokumentarfilme – nüchtern, mit einem leicht deprimierenden Voice-over und ohne Happy End.

Achim, zum Beispiel. Es schien eine gute Idee, ihn in einer Cocktailbar zu treffen. „Achim, fünfundvierzig, Architekt, liebt lange Spaziergänge und gutes Essen" – klang vielversprechend. Falsch. Bereits nach den ersten Minuten wusste ich mehr über meine astrologischen Daten, als je zuvor in meinem Leben. Achim war besessen von Horoskopen und Aszendenten. Besessen!

„Frida", begann er mit diesem bedeutungsschwangeren Ton, den Leute verwenden, wenn sie eine tiefe Wahrheit enthüllen wollen, „dich umgibt die Aura eines Skorpions mit Aszendent Waage. Eine faszinierende Kombination, denn das bedeutet, du lebst ständig zwischen Feuer und Frieden." Er schaute mich an, als erwartete er, dass ich plötzlich eine Existenzkrise bekommen und ihn um Rat bitten würde.

„Oha", sagte ich und nahm einen sehr großen Schluck von meinem Mojito. Der Abend versprach lang zu werden.

„Und dein Mondzeichen", fuhr Achim unaufhaltsam fort, „dein Mond steht in den Fischen. Das bedeutet, dass du oft Menschen anziehst, die nicht zu dir passen."

Ich hatte keine Ahnung, wo mein Mond stand, aber mein Interesse war auf dem Weg, sich in den Weiten des Kosmos zu verlieren. Nach drei Cocktails und einem Anflug von Wahnsinn lehnte ich mich vor und fragte: „Achim, was passiert, wenn mein Mond in den Fischen auf den rückläufigen Merkur trifft?"

Seine Augen weiteten sich. „Dann wäre alles möglich! Deine Entscheidungen würden dein Schicksal wenden!"

„Okay!", sagte ich, lehnte mich vor und küsste ihn. Warum? Wahrscheinlich zu viel Gin und mein Mondzeichen.

Ein weiteres Glanzstück aus meinem Dating-Portfolio der letzten Monate war Tim oder wie ich ihn nenne: Bizeps-Tim. Personal Trainer, mit einem Profilbild, das ihn in einem solchen Licht zeigte, dass sein Bizeps den Eindruck erweckte, er sei von einem Renaissance-Maler für die

Ewigkeit in Szene gesetzt worden. „Warum nicht?", dachte ich. Ein bisschen Fitness konnte nicht schaden.

Schon beim ersten Anblick wusste ich, dass es sportlich wird. Im wortwörtlichen Sinne. Tim trat mit einem Muskelshirt auf, welches zwei Nummern zu klein war und schlug ein enthusiastisches „High Five" vor, das meine Hand betäubte.

„Hey Frida, super, dich zu sehen!", rief er mit einem Grinsen, das an Gesichts Yoga erinnerte.

„Hallo Tim", sagte ich und sah mich hektisch nach der Bedienung um. Ich brauchte dringend einen doppelten Espresso.

„Du trinkst doch keinen Kaffee, oder?", fragte er vorwurfsvoll, mit dem Ton eines Kunstkritikers, der gerade ein falsch gehängtes Meisterwerk entdeckt hat.

„Doch, sehr gern sogar."

Sein Gesicht verzog sich. „Kaffee ist Gift für den Körper. Ich trinke nur Proteinshakes. Hast du mal einen Shake aus Chiasamen und Spirulina probiert?"

„Das hört sich interessant an", log ich. In Wahrheit würde ich so etwas nie trinken.

„Ich kann dich transformieren", sagte er, als hätte ich eine Rettungsmission angefragt. „Acht Wochen und du erkennst dich nicht wieder!"

„Wunderbar", murmelte ich und bestellte einen doppelten Espresso.

Ich wollte mit Bizeps-Tim an diesem Tag wirklich einfach nur etwas Spaß haben – ein bisschen Leichtigkeit, flirten, vielleicht sogar sportlichen Sex. Stattdessen fühlte ich mich, als hätte ich versehentlich einen Termin für ein Probetraining im Fitnessstudio vereinbart und müsste nun mein komplettes Ernährungsprotokoll offenlegen.

Ich hatte mir sogar extra die Beine rasiert und die Micro Unterwäsche angezogen. Und wofür? Um hier zu sitzen und eine ausführliche Abhandlung über den Proteingehalt von Knäckebrot zu hören. Knäckebrot! Tim sprach mit solcher Leidenschaft über Makronährstoffe, dass ich kurz überlegte, ob er sie für die wahre Grundlage einer romantischen Beziehung hielt. Während er weiter philosophierte – „weißt du, Quinoa hat echt mehr zu bieten, als die meisten denken" – nickte ich mechanisch und fragte mich, ob ich die vierundzwanzig Gramm Eiweiß in einem Hähnchenfilet je wieder neutral sehen könnte. Es war, als wäre ich die unfreiwillige Protagonistin einer Dokumentation über Ernährung, nur ohne die Möglichkeit, auf „Fast Forward" zu drücken.

Ich hatte die Ampel längst hinter mir gelassen und stand vor meiner Haustür. Meine Gedanken beruhigten sich und etwas melancholisch schaute ich hinauf zu meiner Wohnung. Sie wird mir fehlen.

Kapitel 2

Es war der Tag des Umzugs und ich hatte letzte Nacht kaum geschlafen. Ich werde diese Stadt wohl doch mehr vermissen, als ich mir eingestehen wollte. Die Wohnungstür verschlossen und mit dem Schlüssel in der Hand drehte ich mich noch einmal kurz um und murmelte leise: „Tschüss, du alte Schuhschachtel." Dann stapfte ich die Treppen hinunter, wo meine beiden Freunde Max und Hauke und meine Freundin Anni bereits warteten. Hauke trug einen Karton mit der Aufschrift „Büro" – also eine wilde Mischung aus alten Tagebüchern und Zeitschriften, die ich irgendwann mal „wichtig" fand.

„Mach schneller, Frida, der Karton bohrt sich schon in meine Milz", stöhnte Hauke, dessen Cousine mir eine Wohnung in Stuttgart vermittelt hatte. Ohne Kontakte, wussten wir inzwischen, war es einfacher, den Atlantik mit einem Tretboot zu überqueren, als in der Probezeit eine Wohnung zu bekommen.

Hauke schnaufte merklich auf und unterbrach meine Gedanken. „Frida, nun trödel nicht so."

„Ich trödel doch gar nicht, ich bin nur… etwas sentimental."

„Ja, das ist vollkommen in Ordnung aber man kann auch sentimental Kisten schleppen."

„Das hier war meine erste eigene Wohnung in Hamburg. Da hängen Erinnerungen dran."

„Jo und jetzt hängen sie an mir, ich schleppe jetzt schon die sechste Bücherkiste in den Sprinter", sagte Hauke etwas erschöpft. Ich drehte mich wieder um und schaute hoch zu meinem alten Küchenfenster. Was für schöne Zeit…

„Frida, also ehrlich, jetzt heb mal die Lampe an." Haukes Tonfall war eine klare Ansage.

Endlich war der Sprinter vollgepackt. Das Auto stand vor uns, wie ein kleiner Kasten der Nostalgie, beladen mit meinem halben Leben und vollgetankt mit mehr Träumen als Benzin. Ich nahm meinen Platz auf dem Beifahrersitz ein, während Max hinter dem Steuer saß, fest entschlossen, die 600 Kilometer von Hamburg nach Stuttgart in einem Stück zu bewältigen. Der Motor grummelte wie ein alter Hund, der keine Lust auf den Spaziergang hatte.

„Los geht's, Leute!" rief Max, bevor er uns mit seinem nächsten Satz daran erinnerte, dass er es mit dem trockenen Humor besser konnte als wir alle: „Mit konstant 80 km/h, damit die Spritrechnung Frida nicht ruiniert." Anni gab ein leises Seufzen von sich und murmelte: „80 km/h? Super, dann sind wir ja pünktlich zur Rente in Stuttgart."

Die ersten Kilometer verliefen reibungslos. Doch dann kamen die Kasseler Berge. Der Sprinter begann zu keuchen, als wäre er ein asthmatisches Pony beim Ausritt. Die Geschwindigkeit sank, von 70 auf 60. Ich biss die Zähne zusammen. Der Tacho krabbelte mit der Zähigkeit eines Schneckenrennens Richtung 40.

„Es ist soweit", sagte Hauke von hinten, eingeklemmt zwischen einem Sessel und einer steinalten Topfpflanze, die aussah, als hätte sie drei Lebenskrisen durchgemacht. „Wir müssen uns nach vorne lehnen. Das ist Physik."

Wir lehnten uns alle nach vorne. Max warf mir einen Blick zu, der sagte: „Wir sind verrückt." Mein Gesichtsausdruck blieb unverändert konzentriert, ich versuchte durch meinen bloßen Willen die Fahrt zu beschleunigen.

Wir taten, was wir konnten – das heißt, wir lehnten uns weiter nach vorne und schauten mit mörderischem Ernst auf die Straße, während der Sprinter sich mit der Anmut eines altersschwachen Esels den Berg hinaufquälte. Ein LKW überholte uns und hupte dreimal.

„Danke, Kollege", rief Max, während wir wie ein Tourbus der Verzweiflung weiter den Berg hochkrochen.

Doch irgendwann lagen die Kasseler Berge hinter uns und der Sprinter nahm wieder Fahrt auf. Wir atmeten kollektiv auf, als wären wir eine Reisegruppe, die gerade den Everest bestiegen hatte. Hauke schob mir einen Schokoriegel zu, den wir symbolisch teilten, wie den Frieden nach einer langen Schlacht.

Anni grinste und drehte die Musik wieder lauter. "Stuttgart, wir kommen!"

Nach neun Stunden Fahrt erreichten wir endlich das Ziel. "Hallo, Frau Maahdens!", sagte der Verwalter meiner neuen Wohnung. Es klang, als würde er mir ein fremdartiges nordisches Reittier vorstellen.

„Martens", korrigierte ich.

„Ja, genau, Maahdens. Willkommen bei uns!", antwortete er fröhlich, als hätte er mich verstanden.

Also gut, „Frida Maahdens", dachte ich.

„Ich zeige Ihnen schnell das Apartment. Den Vertrag haben Sie ja schon vor einer Weile unterschrieben, gell? Dann bräuchte ich nur noch die Unterschrift für die Schlüssel-übergabe und damit hätten wir's", erklärte der Verwalter, während er uns zur Wohnungstür führte.

„Ach, und unten am Brett neben dem Eingang steht, wann Sie Kehrwoche haben. Das geht reihum." Er warf den letzten Satz mit der Selbstverständlichkeit eines Menschen hin, der nicht ahnte, dass er gerade Nordlichter mit der Kehrwoche konfrontiert hatte. Max, Anni und Hauke schmunzelten leise hinter mir – vermutlich in einer Mischung aus Amüsement und leichter Panik.

Doch lange Zeit darüber nachzudenken blieb uns nicht. Wir mussten noch auspacken und den Sprinter abgeben. Ohne lang zu zögern, machten wir uns sofort an die Arbeit und stellten die wichtigsten Möbel auf. Danach brachten wir den Sprinter zurück und schon lagen wir alle müde auf dem Sofa. Wir bestellten etwas zu essen, aber an Feiern oder Stuttgart-Erkundungen war nicht zu denken. Wir schliefen, dem Alter entsprechend, um 21 Uhr ein.

Am nächsten Tag brachte ich alle zum Bahnhof. Wir verab-schiedeten uns und es lag Wehmut in der Luft. Ich war et-was traurig, als der Zug langsam aus dem Bahnhof rollte. Die Stille danach war ungewohnt. Ein neues Kapitel begann und ich stand allein auf dem Bahnsteig. Stuttgart, jetzt ge-höre ich dir oder zumindest versuche ich es so aussehen zu lassen.

Kapitel 3

„Hallo Frau Maahdens!"

Es war wieder dieser Moment. „Martens", wollte ich sagen, aber ließ es bleiben. Es war mein erster Tag in der neuen Firma und ich hatte schon aufgegeben, auf meinem Namen zu bestehen. Was soll's. Frida Maahdens war hier geboren und so sollte es auch bleiben.

Ich war bereit, mich als die unauffälligste Person des Jahres auszugeben. Neue Firma, neue Frida – die perfekte Gelegenheit für eine diskrete Neudefinition meiner selbst. Niemand kannte mich und ich hatte die seltene Chance, als zurückhaltende, stille Kollegin zu brillieren. Einfach meine Arbeit machen und mich in der Belegschaft verhalten wie ein neutraler Farbton. Das Beige im Büroalltag. Adieu, Frau Martens und herzlich willkommen, Frau Maahdens – die stille, effiziente Kollegin.

Herr Braun, mein neuer Chef, warf sich mit seinem unverkennbaren schwäbischen Akzent in die Rolle des Tourguides und zog mich durch die endlosen, hell erleuchteten Flure. „Hier ist alles sehr offen, gell!?" sagte er und ich fragte mich, ob er von der Architektur oder den Gesprächsthemen sprach. Beides schien hier großgeschrieben zu werden. Mein Versuch, alle neuen Gesichter und Namen in mein übermüdetes Hirn zu drücken, war schon nach der dritten Person gescheitert. Der Wahnsinn der offenen Bürolandschaft war komplettiert durch Pflanzen, die sich in prachtvoller Manier über Tische und Regale schlängelten und garantiert eine bessere Pflege genossen als ich.

„Hier, die Kaffeeküche!", verkündete Herr Braun mit einer Betonung, als wäre dieser Ort das pulsierende Herz des Unternehmens und nicht nur die Brutstätte halbherziger Smalltalks. Seine Begeisterung für die Kaffeemaschine war überraschend ansteckend und ich ertappte mich bei einem kleinen Schmunzeln.

Wir passierten die Arbeitsplätze meiner zukünftigen Kolleginnen und Kollegen. Ich zwang meine Gesichtsmuskeln zu einem freundlichen Ausdruck – freundlich, aber nicht zu freundlich. Man will ja nicht aussehen wie eine Person, die zu sehr gefallen möchte. Dann, in einem dieser Momente, die das Schicksal mit erhobener Augenbraue kommentiert, sah ich ihn.

Er stand lässig an einem der Schreibtische, hatte ein Lächeln im Gesicht und sprach gerade mit einer Kollegin, während er ein paar Unterlagen durchblätterte. Keine Ahnung, was es war – seine leicht zerzausten Haare, das freundliche Lachen oder die Art, wie er die Ärmel seines Hemdes hochgekrempelt hatte, als wäre er bereit, direkt anzupacken. Er sah gut aus. Zu gut. Viel zu gut.

Ich riss mich zusammen und zwang mich, nicht zu lange hinzustarren. Ich war nicht hier, um mich in ein absurdes Dating-Debakel zu stürzen. Herr Braun bemerkte meinen Blick und grinste.

„Ah, das ist der Daniel, einer unserer Teamleiter. Er ist schon seit zehn Jahren hier, sehr beliebt."

„Toll", sagte ich halbherzig, während ich mich zwang, wegzusehen. Natürlich war er beliebt. Solche Typen sind immer beliebt. Wahrscheinlich auch noch glücklich verheiratet mit einer perfekten Frau und zwei perfekten Kindern, die alle sonntags zusammen ihren perfekten Bio-Kuchen backen.

„Schön, sehr schön", murmelte ich und wandte mich wieder ab, obwohl ich sicher war, dass er alles hatte, was so ein Lieblingskollege eben braucht. Gerade als ich dachte, ich hätte mich elegant davongemacht, begegneten sich unsere Blicke.

„Moin", sagte er mit einer Stimme, die auch „hier bist du willkommen" hätte bedeuten können. Ich nickte und lächelte.

„Frida", stellte ich mich vor und bemühte mich, die Worte nicht zu schnell hervorzupressen. „Ich fange heute an."

„Ich habe davon gehört. Willkommen", sagte er und seine Augen verengten sich auf die angenehmste Weise. „Herr Braun führt dich herum, was? Der heimliche Tourguide der Firma." Er zwinkerte und Herr Braun entgegnete mit einem verlegenen Lachen, als würde er den Moment am liebsten rahmen und an die Kaffeeküchentür hängen.

„Ja, ja, das könnte ich glatt als Soft Skill aufschreiben", brummte Herr Braun und klopfte sich selbst auf die Schulter. „Aber wir müssen weiter, ich möchte Frau Maahdens nicht zu lange von der Arbeit abhalten."

Ich folgte Herrn Braun weiter, meinen Blick fest nach vorne gerichtet und versuchte, meine Gedanken auf das Wesentliche zu lenken. Doch als wir um eine Ecke bogen, spürte ich den unstillbaren Drang, mich noch ein Mal umzudrehen. Einfach nur ein ganz kurzer Blick, nichts weiter. Ich tat es, ein kleiner Augenblick und natürlich, wie das Leben eben so spielt, schaute Daniel genau in diesem Moment zu mir. Unsere Blicke trafen sich und ich konnte seinen schiefen Mundwinkel erkennen, der sich zu einem angedeuteten Lächeln verzog.

Ein inneres Stöhnen. „Warum habe ich mich umgedreht?", dachte ich und wandte den Kopf schnell wieder nach vorne, während ich mein bestes Pokerface aufsetzte. Spitze. Einfach nur spitze.

„Und hier ist Ihr Arbeitsplatz", sagte Herr Braun und zeigte auf einen Schreibtisch am Fenster. Die Aussicht war erstaunlich: Stuttgart, Hügel und Weinberge. Das Schwabenland in Reinform.

„Dankeschön", sagte ich und ließ mich auf den Bürostuhl sinken.

„Na, wenn Sie was brauchen, sagen Sie einfach Bescheid. Und keine Sorge, hier ist alles ganz locker. Keine Hektik." Er grinste zufrieden, als hätte er gerade das Beste an Stuttgart verraten.

Kaum war Herr Braun weg, kam eine neue Kollegin auf mich zu, eine junge Frau mit dunklen Haaren und einem frechen Lächeln. „Hey, Frida, oder? Willkommen bei uns!"

„Ja, danke", sagte ich und zwang mich zu einem Lächeln.

„Also, falls du Hilfe brauchst oder wissen willst, wie man hier überlebt: Einfach mich fragen, ich bin Nina", sagte sie verschwörerisch. „Ach, und falls du einen Tipp willst: Daniel ist tabu."

Ich zuckte zusammen. „Wie meinst du das?"

„Na, der ist verheiratet, zwei Kinder, die typische Traumfamilie. Aber er sieht verdammt gut aus, gell? Alle Frauen hier schwärmen ein bisschen für ihn." Sie lachte und klopfte mir auf die Schulter. „Aber keine Sorge, du wärst nicht die Erste, die ihm verfällt."

„Ich bin nicht verfallen", sagte ich hastig und hoffte, dass ich überzeugend klang.

„Natürlich nicht", sagte Nina zwinkernd und ging wieder an ihren Platz. Okay, Frida. Neues Büro, neue Version von mir. Mit einem leisen Aufatmen begann ich die Technik zum Leben zu erwecken. Monitor an, Tastatur geprüft, alles funktionierte. Ein vielversprechender Start. Dann vertiefte ich mich in meine neuen Aufgaben, konzentriert und mit einem Hauch von Eifer, welchen man spätestens nach der Probezeit ablegte. Die Stunden vergingen wie im Flug, mein Fokus unerschütterlich, bis ich plötzlich von einer Bewegung aus meinen Gedanken gerissen wurde. Nina stand wieder vor mir.

„Vesper?"

„Wie bitte?" Ich starrte Nina an, die gerade freudestrahlend Richtung Kaffeeküche zeigte.

„Das heißt so viel wie: Zwischenmahlzeit", erklärte Nina mit einem breiten Grinsen. „Du wirst dich noch an den Dialekt gewöhnen, glaub mir. Und wenn nicht, dann bringen wir dir eben Schwäbisch bei, gell?"

„Gell", wiederholte ich und fühlte mich, als hätte ich gerade den Zugang zu einer geheimen Welt gefunden. Nina war herrlich unkompliziert und voller Esprit. Eine dieser Menschen, die gute Laune wie Konfetti um sich streuen.

„Magst du fermentierte Sachen, Frida?" Sie wedelte enthusiastisch mit einem Glas, das aussah, als hätte es eine Biochemikerin im Labor kreiert. „Ich habe hier alles: Kimchi, eingelegte Rüben, selbstgemachte Sauerkraut-Chips..., und mein neuestes Experiment: fermentierter Knoblauch."

„Ich probiere gern", sagte ich vorsichtig, während ich die Fülle von Gläsern und Dosen bestaunte, die Nina wie Trophäen um sich herum angeordnet hatte. Jeder Deckel schien ein Versprechen zu flüstern: „Hier drin lauert Geschmack!" Oder ein chemisches Wunder.

„Ich liebe es zu fermentieren!" Ninas Augen leuchteten, als sie ein Glas hochhielt, das knisternd Luftblasen abgab. „Das ist wie Magie. Du nimmst einfach ein bisschen Salz, ein paar Mikroorganismen, etwas Geduld und zack: Die Natur zaubert den Rest. Chemie des Lebens, Frida!"

„Ach so", erwiderte ich, während ich unweigerlich kichern musste. Nina, die Hobby-Alchemistin, war offensichtlich in ihrem Element.

Und da saßen wir zwei, zwischen Gläsern, Gürkchen und schiefen Deckeln und tauschten Geschichten aus. Nina kam aus der Gegend und bot an, mir Stuttgart zu zeigen und ich konnte mir keine bessere Stadtführerin für meinen ersten richtigen Ausflug in der Stadt vorstellen.

„Also, wohin gehen wir?", fragte ich und zog meine Jacke enger, als wir gegen Abend die Firma verließen. Ein Hauch von Herbst lag in der Luft und die Sonne tauchte die schwäbische Hauptstadt in ein goldenes Licht.

„Erstmal zeig ich dir den Schlossplatz", sagte Nina mit einer Stimme, die keine Widerrede duldete. „Das ist quasi der Mittelpunkt, der Treffpunkt für alles und jeden."

Stuttgart fühlte sich tatsächlich anders an. Die Straßen waren belebt, aber nicht gehetzt, und die Menschen hatten diese seltsame Ruhe an sich, als wären sie alle gerade aus einem besonders guten Mittagsschläfchen erwacht.

„Da drüben ist die Königsstraße", sagte Nina und deutete auf die breite Flaniermeile, die sich durch die Innenstadt schlängelte. „Und wir haben Glück, hier sehen wir einen echten Stuttgarter in seinem natürlichen Habitat: bei der Kehrwoche.", lachte Nina. Wir erblickten einen älteren Herrn in einer Kittelschürze, der mit der Präzision eines Uhrmachers jedes Blatt in eine Schaufel dirigierte. „Das ist fast eine Religion."

Ich musste schmunzeln. „Das ist echt", flüsterte ich ehrfürchtig, als wäre es ein seltenes Tier im Zoo.

„Ja, und wehe du ignorierst die Regel. Aber ehrlich gesagt hat es auch was Beruhigendes. Die Stadt bleibt so ordentlich und keiner traut sich, aus der Reihe zu tanzen."

Nach unserem ausgiebigen Spaziergang erreichten wir wieder den Schlossplatz. Der Ort sah aus wie aus einem Bilderbuch: grüne Wiesen, plätschernde Brunnen, das Neue

Schloss, das seine Eleganz unter dem klaren Himmel zur Schau stellte.

„Und da drüben ist mein Lieblingscafe", sagte Nina und deutete auf eine der langen Terrassen. „Da sitzen die Schwaben und diskutieren – na ja, meistens nicht über Gott und die Welt, sondern über die neuesten Automodelle und die steigenden Immobilienpreise."

Wir setzten uns an einen Tisch und Nina bestellte uns zwei Rotwein und etwas Käse. Kaum hatte der Kellner die Bestellung aufgenommen, wurde ein älterer Herr am Nebentisch laut und musterte seine Rechnung kritisch.

„Hau ab, des isch teuriger wie d' Miete!", schimpfte er und schaute uns kurz an.

„Er vergleicht gerade den Preis seines Kaffees mit seiner Miete", erklärte Nina flüsternd. „Ein Klassiker."

Ich brach in Lachen aus. „Und warum bleibt er dann?"

„Weil's der beschde Kaffee in dr Stadt isch!", kam die Antwort, diesmal direkt von dem Mann selbst, der mir ein verschwörerisches Zwinkern schenkte.

Nina und ich sahen uns an und lachten, während die Abendsonne langsam unterging und Stuttgart uns in seinem charmanten, leicht verschrobenen Bann hielt.

Nachdem wir das Café verlassen hatten, führte Nina mich in eine der kleinen Gassen in der Nähe des Rathauses.

„Ich glaube, ich verliebe mich in diese Stadt", sagte ich und grinste.

Wir spazierten weiter und Nina zeigte mir die wichtigsten Sehenswürdigkeiten. Immer wieder wurden wir von freundlichen Menschen in Gespräche verwickelt – jeder schien hier eine Meinung zu haben, sei es über den Wein, die neuesten Bauprojekte oder, natürlich, das Wetter.

„Sag mal, wie kamst du eigentlich mit dem Rotwein zurecht?", fragte Nina schließlich und zog mich in eine kleine Weinhandlung.

„Ehrlich gesagt, ich habe keinen Unterschied bemerkt", gestand ich. „Ich bin eher der norddeutsche Bier-Typ."

„Dann ist es höchste Zeit", erklärte sie und winkte dem Verkäufer zu, der uns umgehend eine kleine Weinprobe anbot. Ich nahm einen Schluck und spürte, wie der süße, fruchtige Geschmack auf meiner Zunge zerging.

„Wow, das ist süß", stellte ich fest, woraufhin Nina laut lachte.

„Ja, das sagen alle. Aber vertrau mir, du gewöhnst dich daran. Und wenn wir erstmal im Herbst auf einem Weinfest sind, wirst du nie wieder aufhören wollen."

Ich musste lachen. Der Gedanke, dass ich bald auf einem schwäbischen Weinfest herumtanze, schien so weit weg von meinem bisherigen Leben. Aber es hatte auch etwas Verlockendes.

„Also, was sagst du?", fragte Nina, als wir uns verabschiedeten.

„Ich glaube, ich könnte mich hier einleben", sagte ich grinsend. „Sobald ich den Dialekt verstehe."

Kapitel 4

Am nächsten Morgen saß ich um 8:30 Uhr, bewaffnet mit einem viel zu starken Kaffee, im Büro und starrte aus dem Fenster. Stuttgart hatte sich über Nacht in eine neblige, mystische Stadt verwandelt und der Gedanke, jetzt wieder im Büro-Dschungel loszulegen, ließ mir einen kleinen Schauer über den Rücken laufen. Ich wusste, dass ich den gestrigen Ausflug mit Nina genossen hatte – aber gleichzeitig fragte ich mich, wie ich hier in meinem Alltag zurechtkommen würde.

„Na, gut geschlafen?" Ninas fröhliche Stimme riss mich aus meinen Gedanken. Sie kam strahlend in mein Büro, als hätte sie irgendwo eine Geheimquelle an Energie gefunden.

„Zu wenig", murmelte ich und nippte an meinem Kaffee. „Aber danke nochmal für die Stadtführung. Hat echt Spaß gemacht."

„Immer gerne! Heute geht's hier aber richtig los, warte ab. Du wirst ein paar lustige Gestalten kennenlernen." Sie grinste und setzte sich auf die Kante meines Schreibtisches.

Ich starrte sie an und kurz darauf betrat Herr Braun den Raum. Er stellte sich neben Nina und deutete mit einer gewissen Zufriedenheit auf einen Stapel Dokumente in seiner Hand.

„So, Frau Maahdens. Heute lernen Sie einen Kollegen aus der IT kennen. Und ich warne Sie gleich: Des isch n echter Schwab." Herr Braun lachte herzlich und klopfte mir auf die Schulter. „Aber keine Sorge, er isch 'n feiner Kerl. Des isch der Andi."

Aufs Stichwort tauchte Andi im Türrahmen auf. Groß, drahtig und mit einem Lächeln, das unter einem dichten Bart hervorlugte. „I bin dr Andi!"

„Hallo. Ich bin die Frida", sagte ich und reichte ihm die Hand. „Warum wird hier eigentlich alles so heftig betont?", fragte ich mich. „Verstehen die mich überhaupt?"

„I han gedacht, i zeig dr mol die IT und so", sagte er mit einem Akzent, der so dick war, dass er fast zum Anfassen schien.

„Ja, gerne." Ich nickte und folgte ihm.

Während Andi mich durch das Großraumbüro zur IT führte, kam ich mir vor wie ein Kind in einem fremden Land, das verzweifelt versucht die Sprache zu verstehen. Andi schwäbelte in einer Geschwindigkeit und Intensität, dass ich nach jedem dritten Satz den Faden verlor.

„Da isch dr Schorsch. Der kommt auch vo dr Alb ra", stellte Andi vor, als wir bei einem der Tische anhielten.

Schorsch, ein bulliger Typ mit einer tiefen, dröhnenden Stimme, grinste mich freundlich an und sagte irgendetwas auf Schwäbisch, das wahrscheinlich eine Begrüßung war. Ich nickte unsicher und murmelte irgendetwas, was hoffentlich wie „Hallo" klang.

„Der Schorsch schwätzt no schlimmer wie ich", fügte Andi mit einem verschmitzten Lächeln hinzu.

„Ich habe nichts verstanden", flüsterte ich zu Nina, die wie aus dem Nichts plötzlich wieder neben mir auftauchte und über das ganze Gesicht strahlte.

„Das wird schon, Frida."

Nach der schier endlosen Tour zur IT kehrte ich an meinen Platz zurück, froh, endlich wieder einen Moment für mich zu haben.

„Hey, Frida, richtig?" Ein Mann Anfang vierzig mit wirren, braun gewellten Haaren stand plötzlich vor mir. Er hielt ein Käsebrot in der Hand und sah aus, als sei er gerade vom Pausenraum direkt zu mir herübergeflogen.

„Ja, und du bist?"

„Tobi", sagte er und strahlte. „Ich sitze auch in der IT und falls du jemals 'ne Pause brauchst, ich bin dein Mann!", sagte er und zuckte mit den Schultern, als wäre das die selbstverständlichste Sache der Welt.

„Oh, das klingt gut."

„Ist es auch. Wie gefällt dir die Firma bisher?"

„Na ja, ich bin gerade dabei, mich durch den Schwäbisch-Dschungel zu kämpfen", gestand ich. „Ich verstehe vielleicht die Hälfte von dem, was Andi sagt."

„Das wird besser. Und wenn nicht, dann frag mich, ich kann schwäbisch in norddeutsch übersetzen. Ich bin wie der Google Translate für die Alb-Region." Er zwinkerte und machte eine übertrieben feierliche Geste.

Ich lachte laut. „Das könnte ich gut gebrauchen."

Kaum hatte Tobi den Raum verlassen, tauchte Andi wieder auf. Diesmal mit einem ernsten Gesichtsausdruck und einem Stapel Unterlagen unter dem Arm. „Des isch für dich."

Ich nickte und griff nach den Papieren. „Danke, Andi."

„Übrigens..." Andi zögerte kurz, als würde er sich überlegen, ob er weitersprechen sollte. „Der Daniel, der sitzt im Projektteam. Ihr werdet öfter zamme schaffa."

Ich spürte, wie mein Magen einen kleinen Hüpfer machte. Daniel? Der attraktive, verheiratete Familienvater? „Ach..., toll", sagte ich betont neutral.

Andi zwinkerte mir zu und schwäbelte irgendetwas, was ich schon wieder nicht verstand. Aber diesmal schien es so, als sei es besser, es nicht zu verstehen.

Ich schloss die Augen, kaum dass Andi den Raum verlassen hatte und sprach leise mein neues Mantra: „Beige. Du bist das Beige des Büroalltags. Unauffällig, funktional, ohne Aufregung. Einfach nur beige, Frida."

Kapitel 5

Die Arbeitswoche war wie im Flug vergangen. Montag bis Freitag hatte ich mich tapfer durch meinen neuen Job geschlagen. Andi und Schorsch waren so schwer zu verstehen, dass ich teilweise den Verdacht hatte, sie machten sich daraus einen Spaß, welchen ich stets freundlich mit einem Nicken würdigte. Tobi hingegen war ein wandelndes Lexikon für schwäbisch-norddeutsche Übersetzungen und Daniel, ja Daniel sah ich in der Woche leider nicht sehr oft, aber wenn, versuchte ich jedes Mal, ihn nicht anzustarren, was mir jedoch nicht gelang.

Am Freitagmittag, während Nina und ich in der Küche die Kaffeemaschine mit stoischer Beharrlichkeit belagerten, schaute sie mich neugierig an. „So, Frida, Wochenende! Hast du schon was vor?"

„Ja, eine Freundin und ein Freund aus Hamburg kommen zu Besuch", antwortete ich und freute mich schon. „Max und Anni, also eigentlich heißt sie Annika. Ich rufe sie trotzdem Anni. Ich kann einfach nicht anders." Ich schlürfte meinen Kaffee und schmunzelte. „Wir drei sind seit der Schulzeit unzertrennlich. Und Max ist wie ein zweiter Bruder für mich."

„Das klingt schön!", sagte Nina und zwinkerte mir zu. „Zeigst du ihnen die Stadt?"

„Mal sehen. Erst mal muss ich sie davon abhalten, meine Wohnung vollends zu okkupieren. Es stehen noch überall Kisten und Kartons herum."

Nina hob eine Braue und prostete mir mit ihrem Kaffeebecher zu. „Mach dir keinen Stress, Frida. Rom wurde auch nicht an einem Tag erbaut."

Am Samstagvormittag klingelte es sturmartig an meiner Wohnungstür, als wäre die Feuerwehr auf Rettungseinsatz.

„Wir sind daaaaaa!" Max' Stimme hallte laut durch die Gegensprechanlage. Wahrscheinlich hatte man ihn auch im nächsten Stadtviertel noch gehört.

Ich öffnete die Wohnungstür und da standen sie mit strahlenden Gesichtern. Max sah genauso aus wie letztes Wochenende. Zerzauste Haare und seine Umzugsklamotten hatte er schon wieder oder noch an. Und Anni stand neben ihm, mit einem riesigen Koffer und einer Sonnenbrille auf der Nase, obwohl es draußen bedeckt war.

„Na endlich", sagte Anni, zog mich in eine feste Umarmung und ließ den Koffer klirrend auf den Boden fallen.

„Ich bin mit Puck der Stubenfliege unterwegs", sagte Max und deutete auf Annis große Brille. "Ey", erwiderte Anni, „wenigstens sehe ich nicht schon die ganze Fahrt aus wie ein Umzugshelfer auf Abruf".

„Wow Frida", Max drehte sich zu mir und warf mir einen bedeutungsschweren Blick zu. „Deine Bude… hat sich seit letztem Wochenende nicht viel verändert. Hast du die paar Möbel selbst aufgebaut? Die haben Charakter."

„Wenn du Charakter als fällt gleich auseinander definierst", murmelte Anni und inspizierte die Küche, die nur aus einem winzigen Kochfeld und einem Kühlschrank in der Ecke bestand.

„Ja, ja", verteidigte ich mich. „Es ist nicht der Hamburger Standard, okay? Und es gibt null Dating-Potenzial hier. Das ist wie ein Kloster."

Max lachte laut. „Na, das würde sich doch gut als Dating Pause anbieten."

„Sehr witzig", konterte ich und setzte mich auf mein Sofa, das ein bedenkliches Quietschen von sich gab, als wollte es sagen: „Nicht schon wieder".

Anni inspizierte kritisch meine Küche, die mehr eine Liebeserklärung an Minimalismus war und schüttelte den Kopf. Ich wusste schon, was jetzt kommen würde.

Nachdem wir ein paar Kisten ausgepackt und die letzten Überreste meiner Habseligkeiten ordnungslos in Regale gestopft hatten, fanden wir uns am Esstisch wieder, der so gerade eben Platz für drei Teller bot. Anni schob ihre Sonnenbrille ins Haar und musterte mich. „Also, Frida", begann sie. „Wie geht es dir wirklich?"

Ich seufzte tief. „Es ist… anders. Die Arbeit ist okay, aber der Dialekt… Ich verstehe oft nur die Hälfte von dem, was gesagt wird. Manchmal ist es so, dass ich nur versuche, zu raten, worüber sie reden. Ich fühle mich dann immer richtig blöd, ich muss den Dialekt unbedingt lernen."

„Klingt, als wärst du mitten in einem schwäbischen Survival-Training", kommentierte Anni trocken und griff nach einer Flasche Wein, die sie wie aus dem Nichts aus ihrem Koffer hervorgezaubert hatte. „Wein?"

„Oh ja, bitte", sagte ich und hielt ihr mein Glas entgegen.

„Aber wie ist das mit den Leuten? Schon irgendjemand Nettes kennengelernt?" Max schaute mich neugierig an.

„Na ja, da ist Daniel. Er ist ganz nett, aber verheiratet. Und dann gibt es noch Nina, die mir die schöne Stadt gezeigt hat. Und Andi…, der redet so viel, dass ich meistens nur höflich nicke." Ich lachte. „Und dann ist da noch Tobi, der ist klasse. Wir verstehen uns super."

„Ahhh, Tobi", sagte Max und zwinkerte. „Der hört sich doch nach einer potenziellen Freundschaft mit Mehrwert an."

„Nein, nein", wehrte ich ab. „Er ist nur ein Kollege".

Es dauerte keine zwei Stunden, bis die Wohnung offiziell von den beiden „eingenommen" wurde. Max' Werkzeug lag überall verstreut herum und Anni hatte angefangen, mein Gewürzregal zu sortieren.

„Frida, das hier…", sagte sie und hielt ein abgelaufenes Glas Oregano in die Höhe, „… das ist einfach nur traurig."

„Ja, Anni", seufzte ich. „Es ist eben alles ein bisschen chaotisch gerade."

„Ach was", rief Max von der Couch aus. „Rom wurde auch nicht an einem Tag erbaut."

Mit Wein im Blut und einer Küche, die nun streng nach Annis Vorstellungen sortiert war, saßen wir wieder im Wohnzimmer.

„Und was machen wir jetzt?", fragte ich und nahm einen großen Schluck.

Max sprang auf: „Kommt, wir gehen aus!"

„Wir?", Anni hob skeptisch eine Augenbraue. „Wir sind doch nicht mehr 25."

„Und? Was ist daran falsch?", Max legte seine Hand aufs Herz. „Wir können noch genauso feiern wie damals. Frida braucht das."

„Hey!", protestierte ich. „Ich bin wohl nicht die Einzige, die das nötig hat."

Anni setzte ihre Sonnenbrille auf, zwirbelte eine Haarsträhne und grinste. „Okay, okay. Dann also los."

Kapitel 6

Schon beim Anziehen der Schuhe wusste ich: Das war eine große Fehlentscheidung. Ich meine, ich hatte die Wahl – mit den beiden zuhause auf der Couch zu lümmeln oder raus ins nasskalte Oktoberwetter. Stattdessen stand ich kopfüber, während ich versuchte, meine Schuhe anzuziehen und dabei das Gefühl hatte, ich wäre ein torkelnder Flamingo.

„Frida, alles in Ordnung?", fragte Max und sah mich mit hochgezogenen Augenbrauen an. „Ja, klar", log ich mit einem Grinsen, das eher aussah wie ein Krampf. Innerlich schrie mein Körper: „Abbruch, Du bist zu alt! Leg dich lieber hin"

Anni war in ihrer eigenen Welt. Konzentriert auf ihren Schal, der sich anscheinend mit einem dreifachen Seemannsknoten wehrte. Nur dreißig Minuten später standen wir vor der nächsten Bar, die uns in einer nasskalten Herbstnacht ihre säuerlich nach Desinfektionsmittel riechenden Türen öffnete.

Der Wind hatte meinen Pegel von „leicht angeheitert" zu „bereit, für Karaoke" katapultiert. Max und ich stolperten auf unsere Plätze wie alte Seebären, während Anni aussah, als würden ihre Beine gerade von einem betrunkenen Marionettenspieler gesteuert. Wir lachten so laut, dass ein junges Pärchen an der Bar uns irritiert ansah, was uns nur noch mehr zum Kichern brachte.

"Uh, wir sind der Jugend unangenehm", flüsterte Max sehr laut. So dass das Paar uns etwas genauer musterte.

Wir setzten uns auffällig in eine unauffällige Ecke an der Theke und kaum hatten wir uns gesetzt, fing Anni an, den Raum mit einem Blick zu durchforsten, als wäre sie eine hungrige Eule auf der Jagd nach Beute. Max, lehnte sich zurück, als gehöre ihm der Laden und bestellte direkt für uns alle.

„Also, was wird's? Ein Long Island Ice Tea für die alte Frida?", fragte er mit einem Grinsen, das mindestens dreißig Prozent zu frech war. „Oh Gott, nein", antwortete ich und winkte ab. „Ich will nicht sterben. Noch nicht, jedenfalls."

„Sprich nicht für uns alle", kommentierte Anni, die einem Tequila so verliebt zunickte, als hätte er gerade einen Heiratsantrag gemacht. „Ich bin bereit. Los geht's."

Die Getränke kamen und wir stießen an, auf alte Zeiten, auf Hamburg, auf Stuttgart und auf das Unvermeidliche: Unsere sich anbahnenden Kopfschmerzen von morgen. Es war komisch vertraut, auch wenn die Bar mit ihren cleanen Ledersesseln ein wenig zu aufgeräumt wirkte.

„Die Jugend von heute", murmelte Anni, während sie an ihrem Glas nippte und dabei einen Gesichtsausdruck machte, als hätte ihr Long Island plötzlich den Geschmack von Essig angenommen. „Versteht nichts mehr von echter Anziehung."

„Du meinst von Anbaggern?", fragte ich und grinste.

„Exakt", sagte sie und ließ ihre Augen durch den Raum schweifen. „Guck mal, da drüben. Wetten, die steht auf mich?"

„Anni!", sagte ich und stieß sie an, halb belustigt, halb peinlich berührt. „Du bist so eine Casanovina."

„Ja, ja", winkte sie ab und zwinkerte mir zu. „Manchmal muss man einfach nur das Charisma spielen lassen."

Anni lehnte sich zurück, die Selbstzufriedenheit in Person. „Pass auf, ich zeig euch, wie man das macht." Sie schnappte sich ihr Glas und machte sich auf den Weg. Max und ich sahen uns an „Sie wird sich gleich zum Affen machen, oder?", fragte ich und wischte mir eine Träne aus dem Auge.

„Hundertprozentig", nickte Max, sein Grinsen breit wie der Hamburger Hafen.

Anni stolzierte weiterhin wie eine Schauspielerin mit Oscar-Ambitionen durch die Menge. Max und ich waren ihre treuesten Fans oder ihre schadenfrohen Kritiker, je nach Interpretation. Sie sprach die Frau an und es lief tatsächlich gut. Gelächter, Lächeln, alles nach Plan.

Und dann passierte es.

Beim Versuch, die Lässigkeit in Person zu sein, schaffte es Anni, ihr Glas in einer einzigen, grazilen Bewegung umzukippen. Der Drink fiel wie in Zeitlupe und landete mit beeindruckender Präzision auf dem Rock der Unbekannten, die abrupt aufsprang. Ihr empörter Ausruf verlor sich im Lärm der Bar, während sie fassungslos auf den nassen Stoff starrte.

Anni schenkte der Frau einen kurzen, beinahe nachdenklichen Blick, so als wolle sie sich entschuldigen, ohne es wirklich zu tun und drehte sich dann wieder zu uns um. Mit einem Grinsen, das nichts von seiner Strahlkraft eingebüßt hatte, kam sie bei uns an der Theke an und sagte trocken: „Nun ja, das mit dem Getränk auf dem Rock war nicht so ideal."

„Ach, echt?", antworte ich.

Ein Schulterzucken unterstrich ihre Gemütslage und die Sache war für sie erledigt, während die Frau mit ihrem nassen Rock weiterhin wie ein Denkmal des Unmuts im Hintergrund stand.

„Nächstes Mal setze ich mich einfach hin und sehe gut aus."

Max bestellte noch eine Runde Drinks. Die Bar begann sich zu füllen und unser Gespräch verlagerte sich allmählich auf die Absurditäten des Lebens ab vierzig.

„Weißt du", sagte Max nachdenklich, „mit fünfundzwanzig ging's bei uns ums Feiern und wild sein. Jetzt sitze ich hier und frage mich, wann wir ins Bett kommen, weil ich morgen nicht verkatert im Zug sitzen möchte."

„Ja", stimmte ich zu. „Früher war das Motto: Die Nacht ist jung. Heute gehe ich zu keiner Party, die nach 20 Uhr startet."

Anni lachte und hob ihr Glas. „Ich gebe es zu. Ich habe auch schon darüber nachgedacht, wie ich den Kater morgen loswerde. Aber…", sie hob das Glas noch ein bisschen höher, „… wir sind hier! Und das zählt."

„Auf uns!", rief Max und wir stießen an.

Es wurde später und wir ließen uns treiben, das Gespräch wechselte von alten Erinnerungen an wilde WG-Zeiten hin zu den neuesten Abenteuern.

„Erinnerst du dich an den Typen, den ich mal getroffen habe, der einen spirituellen Heiler für seine Schildkröte engagiert hatte?", fragte ich lachend.

„Oh Gott", prustete Max. „Der war der Beste!"

„Oder der Typ, der dich nach deiner Geburtsstunde gefragt hat, Anni", erinnerte ich mich.

„Ja, ja", winkte sie ab. „Und deswegen bin ich bei Frauen gelandet. Die fragen wenigstens nicht ständig nach meinem Sternzeichen."

Wir lachten, während Anni und Max sich gegenseitig weiter aufzogen.

Ich wusste nicht, wie wir nach Hause gekommen waren, aber ich hatte eine dunkle Ahnung, dass Max noch eine Runde Long Island Ice Tea bestellt hatte, kurz bevor alles in einen Schleier aus Gelächter und verschwommenen Erinnerungen überging. Als der Sonntagmorgen mit gnadenloser Präzision einschlug, dröhnte mein Kopf. Ich öffnete die Augen vorsichtig und fand mich unter einem menschlichen Puzzlestück wieder. Anni lag quer über mir, einer dieser eleganten Haufen, die nur Katzen oder Menschen in unmöglichen Situationen hinbekommen. Max hatte es irgendwie auf die winzige Couch geschafft und schnarchte mit ausgebreiteten Armen, als wäre er ein tragischer Held, der im Kampf für mehr Long Island Ice Tea gefallen war.

„Oh je", stöhnte ich und manövrierte mich vorsichtig unter Anni hervor, wobei ich darauf achtete sie nicht zu wecken. Mein Körper protestierte bei jeder Bewegung, als ob jedes Gelenk seine eigene kleine Demonstration gegen mein Verhalten vom Vorabend abhielt. Der Weg in die Küche war eine Art Kreuzweg der Reue. Ich schaute auf den Esstisch und entdeckte zwei leere Flaschen Wein. Hatten wir wirklich zwei Flaschen Wein getrunken, bevor wir in die Bar gingen? Meine Kopfschmerzen wurden automatisch stärker. Ich schnappte mir ein großes Glas Wasser, das ich in einem Zug leerte, während ich gleichzeitig versuchte, meinen Verstand zu ordnen. Es war Sonntag und das bedeutete, dass der unvermeidliche Abschied bevorstand. Noch schlimmer: Ich musste Max und Anni irgendwie zum Bahnhof bringen und das mitten im epischen Chaos des Stuttgarter Hauptbahnhofs.

„Fridaaa…", kam es klagend von Max, als wir uns wenig später wie Zombies auf einer Pilgerreise durch die frühe Sonne schleppten. Sein Gesicht war ein Gedicht, allerdings eines dieser düsteren, das man in verregneten Cafés liest. „Warum haben wir das getan? Warum?"

„Das frage ich mich auch", antwortete ich und zog Anni, die aussah, als würde sie bei jedem Schritt direkt in Ohnmacht fallen. Ihre Sonnenbrille war mehr Pflicht als Accessoire. „Ich hoffe, der Zug fährt pünktlich ab", betete ich.

Anni grummelte etwas Unverständliches und zog die Brille noch tiefer ins Gesicht. „Der Bahnhof ist schlimmer als meine Kopfschmerzen." Sie schaute sich um, als wäre sie in einem kafkaesken Albtraum gefangen. „Wo geht's überhaupt lang?"

„Keine Ahnung", sagte ich, nachdem ich die unfertigen Wege und die unheilvolle Mischung aus Absperrungen und Wegweisern musterte. „Dieser Bahnhof ist ein einziges Labyrinth. Wenn wir Pech haben, kommen wir in zwanzig Minuten genau hier wieder raus. Eine unendliche Geschichte."

„Nein Frida, bitte nicht die unendliche Geschichte erwähnen. Ich muss dann immer an das weiße Pferd denken und das macht mich schrecklich traurig", sagte Anni mit einer zittrigen Stimme, die mehr Dramatik hatte, als die Situation vermutlich verdiente. Aber sie hatte recht. Kaum erwähnt, tauchte das Bild des Pferdes unweigerlich vor meinem inneren Auge auf und ich spürte, wie sich ein Kloß in meinem Hals bildete.

Schweigend liefen wir drei nebeneinander durch den Bahnhof, jeder in seinen eigenen melancholischen Gedanken versunken. Ich kämpfte mit den Tränen und war mir ziemlich sicher, dass es Anni genauso ging. Ihre große Sonnenbrille verdeckte zwar den Großteil ihres Gesichts, aber ihr leicht verzogener Mundwinkel ließ nichts Gutes ahnen. Na, das hatte ich ja gut hinbekommen: Drei verkatert wirkende Mittvierziger schlurften traurig durch die geschäftige Bahnhofshalle. Nach ein paar Minuten hatte ich mich wieder halbwegs im Griff und wir schoben uns alle wie eine leicht desorientierte Entenfamilie Richtung Gleis.

Max blieb plötzlich stehen und hielt sich den Kopf, als hätte er die tiefste, existenzielle Wahrheit erkannt.

„Wenn mich jemals jemand fragt, was das Schlimmste an Stuttgart ist…, dieser Bahnhof ist die Antwort."

„Ach, komm schon", versuchte ich, ihn aufzumuntern. „Nur noch ein bisschen. Sobald ihr im Zug sitzt, könnt ihr beide schlafen."

„Und du?", fragte Anni und sah mich vermutlich an, durch die Sonnenbrille konnte ich ihre Augen nicht erkennen.

„Ich?", antwortete ich mit einem gequälten Lächeln. „Ich werde ins Bett fallen und wahrscheinlich bis morgen durchschlafen."

Als wir endlich auf dem richtigen Bahnsteig ankamen, war der Zug bereits da. Max und Anni standen vor mir, ihre Gesichter, eine Mischung aus Kater und Wehmut. Ein seltsamer Abschied, dachte ich, mit der Sonne, die viel zu hell auf uns niederprasselte und unseren Zustand nur noch erbarmungsloser machte.

„Also, Frida", begann Max, plötzlich ganz ernst, seine Stimme tief und fest. „Du schaffst das hier. Schwäbisch lernen und so. Wenn du's gar nicht verstehst, ruf mich an. Ich lenke dich ab."

„Max", sagte ich, „danke."

Anni kicherte, obwohl selbst dieses leise Lachen so klang, als wäre es mit Schmerz verbunden. „Du weißt, wir sind nur einen Anruf entfernt, oder?" Ihre Stimme klang weich, beinahe melancholisch und ich spürte, wie sich wieder ein Kloß in meinem Hals bildete.

„Ja, natürlich", sagte ich, während meine Stimme fast brach. „Ich werde euch vermissen."

Max zog mich in eine Umarmung, die mehr war als ein blo-
ßes Adieu. Es war eine dieser Umarmungen, die ungesagte
Worte übermitteln, wie „Pass auf dich auf!" oder „Mach
keinen Mist!" und gleichzeitig ein stilles Versprechen bein-
halten, dass man sich wiedersieht. Anni folgte, drückte
mich fest und flüsterte: „Pass auf dich auf, Frida. Und sei
kein Angsthase."

Ich nickte, schob sie spielerisch weg und versuchte, meine
Stimme locker zu halten. „Ihr seid die Besten. Gute Fahrt
und wir schnacken."

Sie stiegen in den Zug, drehten sich noch einmal um und
winkten. Dann, mit einem letzten Rucken, setzte sich der
Zug in Bewegung und ich stand da, allein auf dem Bahnsteig. Der Lärm des Bahnhofs, das Kreischen von Bremsen,
das Murmeln der Massen, hüllte mich ein wie ein Nebel.
Und doch fühlte ich mich leer, als wäre ein Stück von mir
gerade in Richtung Ungewissheit gefahren.

Ich seufzte, zuckte die Schultern und machte mich auf den
Weg. Der Stuttgarter Hauptbahnhof war in meinem leicht
desorientierten Zustand ein architektonisches Minenfeld.
Ich schritt hindurch wie eine Forscherin, die ein unbekann-
tes Terrain durchquert, nur mit weniger Freude und mehr
Kopfschmerzen. Meine Mission? Essen. Etwas, das mehr
Fett als Substanz hatte und meinen Magen beruhigen
würde.

Nach einer Odyssee durch das Labyrinth aus Bauzäunen,
Wegweisern und Passanten entdeckte ich endlich einen
kleinen Imbiss. Er schien wie eine Oase in der Wüste des
Betonwahnsinns. Ich bestellte eine Currywurst mit Pommes

– der Klassiker der Lebensrettung nach einem überstandenen Kater.

Während ich auf mein Essen wartete, ließ ich den Blick durch die Menschen schweifen. Ohne Max und Anni war es seltsam still um mich herum. Ein Teil von mir genoss diese Ruhe, dieser kleine Hauch von Normalität, der mich daran erinnerte, dass man sich manchmal auch erholen musste. Besonders, wenn man über vierzig war und einen Long Island Ice Tea zu viel intus hatte.

Mit meiner Tüte voller fettiger Herrlichkeiten machte ich mich auf den Weg zurück zu meiner Wohnung. Die Stille dort empfing mich wie eine alte Freundin, beruhigend und vertraut. Ich warf mich auf die Couch und begann, mechanisch die Pommes zu essen, während mein Kopf immer noch pulsierte.

Nach einer halben Stunde, in der ich starr an die Decke geschaut hatte, war ich bereit, meine Einsamkeit nicht mehr zu ignorieren. Aus purer Langeweile griff ich nach meinem Handy. Eine alte Angewohnheit, die ich mir nie ganz abgewöhnen konnte. Und da war sie, diese App – die Dating-App, die ich eigentlich schon längst hätte löschen sollen. Nur ein Blick, redete ich mir ein. Nur zur Unterhaltung.

Doch kaum war die App offen, sprang mir ein Bild ins Auge, das mir den Atem stocken ließ. Ich blinzelte, überzeugt, dass der Bildschirm eine optische Täuschung war. Aber nein. Da war er: Daniel. Mein verheirateter Kollege, charmant, witzig und viel zu gutaussehend. Was, bei allen Long Island Ice Teas dieser Welt, machte er auf dieser App?

Mein Herzschlag verdoppelte sich. Sollte ich ihn anschreiben? Oder einfach wegschauen und so tun, als hätte ich ihn nie gesehen? Was, wenn er mich auch gesehen hatte? Noch bevor mein Verstand den Befehl zum Anhalten geben konnte, hatte mein Finger bereits auf „Interessiert" gedrückt.

Es war ein Volltreffer! Unsere Profilbilder erschienen nebeneinander auf dem Bildschirm, umrahmt von einem Feuerwerk aus fliegenden Herzen.

„Nein, nein, nein", murmelte ich. Mein Kopf drehte sich und diesmal lag es nicht nur am Kater. Was sollte ich jetzt tun? Schreiben? Oder einfach das Handy weglegen und so tun, als wäre es nie passiert? Panik stieg in mir auf. Ich legte das Handy vorsichtig auf den Tisch, als wäre es ein schlafender Drache, der jeden Moment aufwachen konnte. Dann zog ich mir die Decke über den Kopf, als ob diese einfache Geste mich vor der Welt und ihren komplizierten Konsequenzen schützen könnte.

Eines war klar: Der Montag würde alles andere als langweilig werden. Und damit war mein bescheidenes Vorhaben, die unscheinbare, unauffällige Kollegin zu sein, das Beige des Büroalltags, bereits vor Arbeitsbeginn der zweiten Woche grandios gescheitert.

Kapitel 7

Es war Montagmorgen und ich stand vor dem Spiegel, fixierte meinen eigenen Blick und versuchte, ruhig zu atmen. Auf meiner Wange prangte ein deutliches Muster kleiner Blüten, wie ein sorgfältig eingeprägtes Siegel, das nicht nur von der vergangenen Nacht zeugte, sondern auch von meinem verzierten Kissenbezug. Ein stummer Hinweis darauf, dass ich wohl endgültig in dem Alter angekommen war, in dem schlichte Bezüge keine Frage des Geschmacks mehr, sondern eine Notwendigkeit waren.

„Okay, du schaffst das. Locker-flockig", murmelte ich zu meinem Spiegelbild. „Niemand wird wissen, dass du einen Treffer mit Daniel hast".

Die Worte hallten in meinem Kopf wider, wie das nervige Tropfen eines undichten Wasserhahns. Mit einem tiefen Seufzen schnappte ich mir meine Jacke und versuchte, das pochende Mantra in meinem Kopf zu ignorieren.

„Das war ein Versehen", sagte ich zu mir selbst, während ich meine Tasche schnappte. „Wir sind erwachsene Menschen. Außerdem war es nur ein dummer Klick. Es bedeutet nichts." Vielleicht könnte ich behaupten, es sei versehentlich passiert. Ich hielt inne und schüttelte den Kopf. „Das ist albern."

Der Weg zur Arbeit dehnte sich in die Unendlichkeit. Vielleicht lag es daran, dass jede Ampel rot war, oder vielleicht, weil meine Gedanken in einem „Was, wenn...?"-Modus festhingen. Ein ewiger Gedankenkreisel, der mich unweigerlich an den Rand des Wahnsinns trieb. Was, wenn

Daniel mich heute ansprach? Was, wenn er neben mir im Meeting sitzen würde und wir uns gegenseitig musterten, während das unausgesprochene Wissen wie ein rosa Elefant zwischen uns thronte?

Oder noch schlimmer: Was, wenn er gar nichts sagte? Was, wenn er es ignorierte und ich es stattdessen in meinem Kopf weiter herumwälzte, bis ich mich in ein hormonelles Wrack verwandelte? Mir wurde warm, zu warm. Aber vielleicht war es auch mein viel zu dicker Mantel für das lauwarme Oktoberwetter. Ja, das war's. Es war nur die Hitze. Ich hatte keinen Grund, nervös zu sein. „Es ist Montag", redete ich mir ein. Und Daniel ist verheiratet. Es wird nichts passieren.

Kaum war ich im Büro angekommen, spürte ich, wie mein Herz einen unruhigen Quickstep hinlegte. Der Plan war simpel: unauffällig bleiben, so zu tun, als wäre ich die Ruhe in Person – eine Statue der Produktivität, wenn man so will. Doch sobald ich den Flur entlang ging, um meinen Schreibtisch zu erreichen, begann mein Kopf, wieder „Was, wenn…?"-Szenarien abzuspielen. Was, wenn Daniel mich jetzt sieht? Was, wenn ich rot werde? Was, wenn ich ihn versehentlich mit einem „Hi Schatz" begrüße? Nein Frida, unmöglich. Beruhige dich. Du bist nicht 14, sondern in einem Alter, in dem man sich über die Vorteile ergonomischer Bürostühle freut.

Ich setzte mich an meinen Schreibtisch, nahm ein paar tiefe Atemzüge und starrte so intensiv auf den Bildschirmschoner, dass es beinahe schädigend war. Plötzlich stand jemand vor mir und mein Herz machte einen erschreckten Hüpfer.

Doch es war nicht Daniel. Es war Tobi. Groß, mit verwuscheltem Haar, einem lässigen Grinsen und einem Bartschatten, der aussah, als würde er in einem Werbespot für Rasierwasser mit dem Titel „Morgenröte" mitspielen.

Warum in aller Welt fiel mir heute auf, dass er so attraktiv war? War das ein Nachspiel des Treffers mit Daniel? Oder war das etwa mein Eisprung, der alle Männer plötzlich aussehen ließ, als wären sie dem Modelkatalog entstiegen?

Oh nein, Ich hasste die Tage um meinen Eisprung. Mein Ei war wie ein freches kleines Etwas, das in meinem Unterleib wohnte und mich jedes Mal um diese Zeit des Monats aufs Neue herausforderte.

„Kuckuck, da bin ich wieder!"

Ein kleiner Trickster, der sich ins Fäustchen lachte und flüsterte: „Schau mal, Frida, wie gut der aussieht. Uhlala, und der da auch! Vielleicht sogar der etwas schnöselige Typ aus der Buchhaltung? Der hat bestimmt einen verrückten Kink." Ich hatte gelernt, diesen hormonellen Streich zu durchschauen. Ein Streich, bei dem jeder Mann plötzlich das Potenzial für eine epische Liebesgeschichte hatte, die mit einem Soundtrack von Barry White hinterlegt war. Es war ein hormonelles Theaterstück, bei dem ich die Hauptrolle spielte, ohne jemals das Drehbuch gelesen zu haben. Zu oft hatte ich mich in der Vergangenheit in Liebeleien verstrickt, die zu 100% mein Ei mir eingebrockt hatte, nur um danach festzustellen, dass ich irgendwie wieder aus der Sache herauskommen musste. Mit einem Puff war's vorbei und das Ei lies mich allein mit den peinlich vielen

Textnachrichten und den obligatorischen Treffen, die nie so sexy waren, wie in der Fantasie.

„Alles in Ordnung, Frida?", fragte Tobi und schenkte mir ein schiefes Lächeln, das seinen Charme nur noch verstärkte.

„Was? Ja! Ja, alles bestens!", stotterte ich und spürte, wie mein Gesicht die Temperatur einer Herdplatte annahm. „Warum? Ich bin vollkommen okay!" Hektisch nahm ich einen Stapel Papiere und sortierte diesen, nur um ihn nicht weiter anzusehen.

Er hob eine Augenbraue, die perfekt geformt war, als hätte sie einen eigenen Stylisten. „Dein Computer scheint ein kleines Updateproblem gehabt zu haben. Während du am Wochenende nicht da warst, hat er sich wohl gedacht, er lässt einfach mal die Systeme krachen."

„Oh, das..., das Update!", erwiderte ich, als hätte ich je von diesem Problem gehört. „Tja, Technik. Immer so unzuverlässig."

Ein leises Lachen entfuhr ihm und dann beugte er sich über meinen Schreibtisch, um meinen Monitor zu inspizieren. Dabei hatte ich den perfekten Blick auf seinen breiten Rücken und bemerkte, wie meine Gedanken einen Moment zu lange verweilten. „Was ist bloß los mit dir, Frida?"

Definitiv der Eisprung.

„Alles erledigt", verkündete Tobi schließlich, drehte sich um und strahlte mich an. „Läuft jetzt wieder."

Ich nickte stumm, weil ich mich weigerte, noch einmal zu stottern. „Danke", sagte ich und hoffte, dass meine Stimme nicht wie ein zerbrechliches Blättchen im Herbst klang.

„Kein Problem", sagte er und mit einem spielerischen Augenzwinkern fügte er hinzu: „Wenn du noch mehr technische Probleme hast, du weißt wo du mich findest." Mit diesen Worten verschwand er und ich blieb zurück, perplex und ein wenig irritiert von meiner eigenen Reaktion. Der Montag war erst gestartet und mein Kopf war bereits ein Jahrmarkt der Emotionen. Ich lehnte mich zurück, atmete durch und sah zu, wie mein Bildschirmschoner seine friedlichen Muster abspielte.

Kurz vor der Mittagspause hatte ich es endlich geschafft, mich einigermaßen zu beruhigen. Die Gedanken an Daniel, Tobi und mein hormonelles Theater hatten sich ein wenig zurückgezogen. Doch dann vibrierte mein Handy. Ich hob es an und sah die Benachrichtigung: „Daniel gefällt dein Profil."

Mein Magen drehte sich um. Das war's. Montag war gelaufen. Anstatt weiter in Panik zu verfallen, spürte ich, wie mein Herz wie ein kleiner Schlaghammer arbeitete und ich reflexartig das Handy auf den Tisch legte, als hätte es mich gebissen. Der Schreck saß tief und meine Gedanken rasten. Ich atmete flach, versuchte, den Sturm der Nervosität zu beruhigen.

Nina kam um die Ecke und sah mich mit leicht hochgezogenen Augenbrauen an. „Alles okay bei dir, Frida?"

„Ja, alles bestens", antwortete ich, diesmal mit etwas mehr Fassung, während ich mein Handy wie ein unschuldiges Objekt betrachtete. Nina nickte, allerdings nicht ohne diesen skeptischen Blick und zog sich wieder zurück. Ich lehnte mich in meinen Stuhl und atmete tief durch.

Kapitel 8

Dienstag hatte etwas Magisches an sich. Nachdem mich der Montag fast umgebracht hatte, fühlte sich dieser Tag schon fast normal an oder zumindest so normal, wie es sein konnte, nachdem ein verheirateter Kollege und ich auf einer Dating-App gegenseitiges Interesse signalisiert hatten. Der Clou? Daniel war wie vom Erdboden verschluckt.

Es war, als hätte er sich in Luft aufgelöst und mit ihm das nervöse Zittern in meiner Magengrube. Ein unerwarteter Segen, der mich erleichtert, aber auch leicht paranoid machte. Vielleicht war er einfach krank? Auf einer spontanen Fortbildung? Egal warum, seine Abwesenheit war wie eine Atempause.

Am Donnerstagabend, als ich mich mit einem theatralischen Stöhnen auf die Couch fallen ließ und meine Beine in die Luft streckte, vibrierte mein Handy. Auf dem Display leuchtete „Mama" auf. Alva. Sie war nicht die Art von Mutter, die einem Zucker in den Tee rührte – eher der Typ, der einem schwarzen Tee einschenkte und sagen würde, man solle den bitteren Geschmack ruhig mal aushalten. Seit sie und mein Vater sich getrennt hatten, waren Sönke und ich ihr ganzer Fokus.

Sönke, mein Bruder, war drei Jahre älter als ich und immer der Organisierte von uns beiden – derjenige, der Excel-Tabellen für den Familienurlaub machte und schon mit 25 die ersten grauen Haare hatte. Vor zwei Jahren hatte er uns alle überrascht, als er nach Singapur zog, um dort für ein internationales Unternehmen zu arbeiten. Unsere Mutter tat so, als würde sie das gelassen nehmen, aber ich wusste, dass sie heimlich seinen WhatsApp-Status kontrollierte, um zu sehen, ob er online war.

Seitdem Sönke so weit weg war, schnackten Alva und ich öfter. Das Rauschen ihres alten Festnetztelefons begrüßte mich wie immer, noch bevor sie es tat.

„Moin, Frida", sagte sie in ihrem trockenen Tonfall, der keinen Raum für Schnickschnack ließ. „Wie geht's im Süden?"

„Ja, gut, Mama. Und dir?"

„Gut. Nichts Neues." Ich konnte das Klappern von Tassen hören, wahrscheinlich bereitete sie sich gerade eine Kanne ihres unvermeidlichen Tees zu. „Und? Schon jemanden Nettes kennengelernt?" Natürlich. Es dauerte nie lange, bis sie den Punkt traf, mit einer Direktheit, die nur sie so mühelos beherrschte.

„Na ja, es gab da ein kleines Missgeschick", begann ich und erzählte ihr knapp von der Sache mit Daniel. Ihre Reaktion? Natürlich vollkommen trocken.

„Tja, was soll's. Kann passieren. Ist ja nicht so, als ob du ihn geheiratet hättest. Und wenn er nicht da ist – umso besser."

„Danke für das Mitgefühl, Mama."

„Kein Problem. Ruf an, wenn's schlimmer wird."

Ich musste lachen. „Versprochen."

„Ich habe dich lieb, Frida."

„Ich dich auch, Mama"

Der Freitagmorgen war eine gemächliche Wiederholung der Routine. Bis ich in der Kaffeeküche stand und gerade einen Schluck meines frischen Kaffees nahm, als Tobi neben mir auftauchte. Tobi trug ein hellblaues Hemd, dessen Ärmel er bis zu den Ellbogen hochgekrempelt hatte und eine dunkelgraue Hose, die locker genug saß, um bequem zu wirken, aber dennoch gut geschnitten war. Sein Look war der Inbegriff von müheloser Eleganz. Genau das, was ich an Männern mochte, die ihren Stil gefunden hatten.

„Frida, wie geht's deinem Computer?" Seine Stimme hatte diesen entspannten Tonfall, der genau die richtige Mischung aus Professionalität und Schalk war.

„Oh, der läuft wieder wunderbar", antwortete ich und konnte nicht anders, als zu lächeln. „Dank dir."

„Du machst mir das Leben ja auch leicht. Andere Leute ruinieren die Technik. Aber du..., du machst sie nur nervös." Ein schelmisches Grinsen erschien auf seinem Gesicht und er nahm sich einen Kaffee.

Ich lachte und spürte, wie sich meine Schultern ein wenig entspannten. „Darin habe ich meinen Master."

Er lehnte sich gegen die Theke, sein Blick ein wenig intensiver. „Nicht viele Leute hier verstehen meinen Humor, weißt du? Aber du schwingst da irgendwie mit."

„Vielleicht, weil ich alles mit einem Schuss Selbstironie nehme", antwortete ich und hob meine Kaffeetasse, als wollte ich einen stillen Toast aussprechen. „Lachen oder Weinen, ich entscheide mich meistens fürs Lachen."

„Gute Wahl." Er prostete mir mit seinem Becher zu und ich konnte nicht anders, als sein Lächeln zu erwidern. „Also, falls du mal wieder eine Technik-Katastrophe hast, weißt du, wo du mich findest."

„Keine Sorge, ich werde deine Nummer sicher noch öfter brauchen", erwiderte ich, bevor ich mich innerlich für meine plötzliche Schlagfertigkeit lobte.

Er zwinkerte mir zu und obwohl ich den hormonellen Wahnsinn überstanden hatte, musste ich zugeben: Tobi sah immer noch ziemlich gut aus. Und habe ich gerade mit ihm geflirtet? Ja, das hatte ich wohl. Und ich glaube, ich war gar nicht so schlecht darin.

Daniel war immer noch nicht im Büro. Meine Nervosität begann zu verblassen und zum ersten Mal seit Tagen konnte ich mich auf meine Arbeit konzentrieren, ohne dass mein Blick wie ferngesteuert über die Bürofläche huschte. Es war ein angenehmes Gefühl, sich nicht wie ein hyperaktives Eichhörnchen zu fühlen.

Tobi tauchte wieder auf, diesmal mit einem Technikproblem – allerdings nicht bei mir, sondern bei Nina. Während er sich über ihren Computer beugte und an Kabeln hantierte, plauderten wir und ich merkte, wie leicht es war, mit ihm zu reden. Er hatte diese Mischung aus lockerem Humor und unaufdringlichem Charme, die einen unweigerlich zum Schmunzeln brachte.

„Was ist los, Frida? Du siehst aus, als hättest du gerade eine Offenbarung gehabt", sagte Tobi und schenkte mir ein

Lächeln, das mir gleichzeitig Mut machte und meine innere Alarmglocke schrillen ließ.

„Ach, nichts", antwortete ich schnell und hoffte, dass mein Gesicht nicht zu viel verriet.

„Na dann. Ich hoffe, diese Offenbarung bringt dich nicht in Schwierigkeiten", erwiderte er und schloss das letzte Kabel an, bevor er sich mit einem Zwinkern aufrichtete.

Flirteten wir hier etwa wieder? Unmöglich.

Der Rest des Tages verging langsamer, als ich es mir gewünscht hätte, aber schließlich war Feierabend, Wochenende. Mit einem tiefen Ausatmen ließ ich mich auf meine Couch fallen, bereit für einen unspektakulären Abend. Doch bevor ich mich durch die endlose Flut von Serien scrollen konnte, vibrierte mein Handy. Ein Videoanruf von Max und Anni.

Ich nahm ab und schon grinste mich Max' Gesicht an, gefolgt von Annis neugierig funkelnden Augen.

„Na, wie sieht's mit diesem Tobi aus?", fragte Anni direkt und ohne Umschweife.

„Wie bitte?" Ich versuchte, meine Fassung zu wahren, während mein Herz einen Hüpfer machte.

„Du hast diese Woche mehrmals Tobi in deinen Nachrichten erwähnt", erklärte sie, während Max mit einem schlitzohrigen Grinsen nickte. „Also, erzähl schon."

„Es gibt nichts zu erzählen", behauptete ich, obwohl ich selbst nicht sicher war, ob das stimmte. „Er ist nur ein netter Kollege, mit dem ich vielleicht ein wenig geflirtet habe."

„Klar", meinte Max mit einem Augenzwinkern.

„Okay, ihr beiden", sagte ich und versuchte, das Thema zu wechseln. „Lasst uns über etwas anderes reden." Ich nahm mir ein Glas Wein und machte es mir gemütlich.

„Wie du willst", erwiderte Anni mit einem wissenden Grinsen. „Aber wir behalten Tobi im Auge."

Als der Anruf endete, seufzte ich und legte das Handy beiseite. „Ich habe wohl mehr getrunken, als gut war", murmelte ich und rieb mir die Stirn. Mein Magen meldete sich lautstark zu Wort, ein unmissverständlicher Ruf nach Nahrung. Es war 21:30 Uhr und ein hungriges, leicht benebeltes Hirn trifft selten kluge Entscheidungen. Meines hatte nur eine klare Botschaft: Pommes Schranke.

Während ich meine Schuhe suchte und meine Jacke überzog, dachte ich kurz daran, dass sie in Stuttgart Pommes Schranke wahrscheinlich anders nannten. Aber das war mir egal. Pommes waren Pommes und ich brauchte sie dringend.

Die Pommesbude um die Ecke leuchtete wie ein Retter in der Nacht. Ich bestellte meine Pommes mit Mayo und Ketchup – Pommes Schranke eben – und als mir die Tüte über den Tresen gereicht wurde, fühlte ich mich fast wieder wie ein Mensch. Die goldenen Pommes schimmerten verheißungsvoll, die Mayo quoll verlockend über den Rand.

Ich ging zielstrebig zurück zur Wohnung, die Augen auf mein frittiertes Glück gerichtet, schob ich mir eine große Pommes in den Mund und dann passierte es.

Ich knallte frontal gegen jemanden und die Pommes, die Mayo, der Ketchup – alles explodierte in einer Fontäne goldener Freude. Für einen Moment stand ich wie versteinert da, Ketchup auf der Jacke und ein fragwürdiger Mix aus Mayo und Pommes in den Händen.

„Ach du meine Güte…", entfuhr es mir und ich hob den Blick. Mit Pommes im Mund und einem Ausdruck, der irgendwo zwischen Amüsier- und Fassungslosigkeit schwankte, stand vor mir: Tobi.

Er grinste.

„Frida! Ich habe ja schon viele Situationen erlebt, aber das hier…" Er konnte nicht mehr und brach in schallendes Lachen aus. „Du siehst aus, als wärst du Teil des Menüs."

Trotz der klebrigen Mayo in meiner Hand, konnte ich nicht anders, als mitzulachen.

Nachdem wir beide wieder zu Atem gekommen waren, holte Tobi einige Servietten aus der Bude und reichte mir eine davon. Dazu packte er zwei Flaschen Bier, die er charmant wie eine Trophäe präsentierte. Wir ließen uns auf einer Parkbank nieder, die im schwachen Licht der Straßenlaternen schimmerte. Der Oktobernacht haftete eine gewisse Magie an, die den Moment still und bedeutungsvoll machte. Ich nahm einen großen Schluck Bier, als wollte ich die letzten Reste meines angeknacksten Stolzes herunterspülen.

„Sorry, ich bin schon ziemlich angetüdelt", sagte ich mit einem schiefen Lächeln und lehnte mich zurück. Die Nachtluft kühlte meine erhitzten Wangen.

Tobi grinste und hob seine Flasche leicht an. „Ja, das sehe ich", erwiderte er, seine Stimme war warm und amüsiert. „Aber ehrlich gesagt, du bist in guter Gesellschaft. Ich habe auch schon ein, zwei Bierchen intus."

Wir begannen zu plaudern, erst vorsichtig und dann mit dieser lockeren Vertrautheit, die man nur spät abends erreicht. Wir erzählten uns von absurden Dates, ich berichtete ihm von dem Typen, der seine Mutter zum ersten Treffen mitbrachte und von besten Freunden und Freundinnen, die das Leben bereichern. Die Gespräche schwappten von Stuttgart und seinen endlosen Baustellen zu kleinen Erinnerungen, die uns unerwartet ein Lächeln entlockten.

Je länger wir uns unterhielten, desto mehr bemerkte ich, wie entspannt und humorvoll Tobi war. Er hatte diese Art von Lächeln, das man nur selten sieht, aufrichtig und ein bisschen verschmitzt. Und seine Augen, die im sanften Licht der Laternen leuchteten, machten es mir nicht leichter, klar zu denken. Mein Herz klopfte schneller und ich konnte nicht sagen, ob es das Bier war oder die Tatsache, dass Tobi schlicht und einfach sehr gut aussah.

Als wir uns vor meiner Haustür wiederfanden, war die Stille der Nacht fast greifbar. Die Sterne funkelten über uns und mein Kopf war schwer wie Blei, nicht nur vom Alkohol, sondern auch von dem Gefühl, dass sich hier etwas veränderte.

„Danke, das war echt nett von dir", nuschelte ich und versuchte, ein wenig Fassung zu bewahren, während ich den Schlüssel aus meiner Tasche fischte. Meine Hand zitterte leicht, ob vor Kälte oder Aufregung, konnte ich nicht sagen.

Tobi lachte leise. „Gern geschehen. Es ist schon lange her, dass ich jemanden mit Pommes dekoriert gesehen habe."

Ich konnte nicht anders, als zu lachen. Ein wohliges Gefühl breitete sich in meiner Brust aus. Ein Moment des Zögerns entstand, als unsere Blicke sich trafen. Das Lächeln auf seinen Lippen verschwand nicht, wurde jedoch weicher, fast erwartungsvoll. Ohne nachzudenken, beugte ich mich ein kleines Stück nach vorne, unsicher, ob ich das tat, weil es sich richtig anfühlte oder weil mein Herz mir in einer Art übermütigen Rhythmus den Befehl gab. Ich küsste ihn.

Der Kuss war unbeholfen, ein wenig zu feucht und kam mit der spontanen Unsicherheit, die wir beide im selben Moment spürten. Tobi trat einen Schritt zurück, dann schmunzelte er, während sich eine leichte Röte über seine Wangen legte. „Okay, das war überraschend… aber angenehm", sagte er mit einem Glänzen in den Augen, das mir die Hitze in die Wangen trieb.

„Tut mir leid, ich wollte nicht so…"

„Keine Sorge, Frida", antwortete er leise und nahm meine Hand. So standen wir einen Moment voreinander, Hand in Hand. Dann weiteten sich seine Augen, als hätte er plötzlich eine innere Stimme gehört.

„Na ja, ich muss dann mal. Gute Nacht", sagte er schnell und machte einen weiteren Schritt zurück. Bevor ich etwas erwidern konnte, hatte er sich schon umgedreht und ging mit unerwarteter Geschwindigkeit den Gehweg hinunter. Perplex stand ich vor meiner Haustür und beobachtete, wie er in der Dunkelheit verschwand.

Am nächsten Morgen wachte ich mit einem Kater auf, der mich direkt in den Boden stampfte. Der Raum drehte sich und mein Magen fühlte sich an, als ob er sich nach innen zog. Ich setzte mich vorsichtig auf, als würde ich damit verhindern, dass die Welt um mich herum implodiert.

Langsam drangen Erinnerungsfetzen des Abends zu mir durch – die Pommes, das Gelächter, die Parkbank. Und dann traf es mich mit der Kraft eines Blitzeinschlags: Der Kuss.

„Oh nein…", rief ich und ließ mich zurück ins Bett fallen. Mein Kopf versank im Kissen, während die Scham sich wie eine schwere Decke über mich legte. „Was habe ich mir dabei gedacht?"

Ich lag im Bett und starrte an die Zimmerdecke, die mir entgegenzukommen schien. Der Kater hatte mich fest im Griff und mein Magen war ein aufgewühlter Ozean. Zum Glück war Samstag.

Andere Frauen in meinem Alter lenkten ihre Karrieren und erstellten Wochenpläne für ihre Kinder, während ich mich in seltsamen, leicht skurrilen Situationen verhedderte.

„Was soll ich bloß tun?", murmelte ich und hörte den Satz in meinem Kopf noch lange nachhallen. Ich lag dort wie die Hauptfigur in einer Trash-TV-Serie, in der jede Folge das

Thema „das einsame Leben einer Frau Anfang vierzig“ durchkaute.

Nach vier Stunden, die ich in einem Strudel aus Hydration und Netflix-Serien verbrachte, schaffte ich es endlich, meinen Körper und meinen Kopf in Einklang zu bringen. Ein Spaziergang würde helfen, dachte ich. Also zog ich mich an und trat nach draußen.

Die Hügel von Stuttgart empfingen mich mit einem gemächlichen Aufstieg, der mich schon nach wenigen Minuten keuchen ließ. Meine Kondition war anscheinend nur noch ein Mythos. Ich atmete tief durch und versuchte, mich auf die Schönheit der Umgebung zu konzentrieren.

Ich beobachtete die Menschen um mich herum – Pärchen, die lächelten, Mütter mit Kindern und sogar eine Gruppe älterer Damen, die laut lachten.

„Es sieht so aus, als hätten die anderen ihren Weg gefunden und ich? Ich laufe hier mit einem Kater herum und führe Selbstgespräche, während ich den Hügel hochkeuche“, nörgelte ich bei jedem Schritt.

Ein starker Kaffee würde meinen Geist sicher wieder ordnen. Als ich das warme, gemütliche Lokal betrat, kam eine freundliche Kellnerin auf mich zu.

„Was darfs sein?“, fragte sie mit einem Lächeln, das so breit war, dass es ansteckend wirkte.

„Ein Getränk?“, antwortete ich und bereute es im selben Moment. Schlagfertigkeit war heute anscheinend nicht meine stärkste Disziplin.

„Ein Schwaben-Spritz oder lieber ein Viertele?", schlug sie vor und lachte, als sie meine Verwirrung bemerkte.

„Dann… ein Schwaben-Spritz, bitte!", sagte ich, ohne genau zu wissen, worauf ich mich da einließ.

„Kommt gleich!", rief sie und verschwand in der Küche.

Ich atmete tief durch und hoffte, dass dieser Moment ein wenig Normalität in meinen Tag bringen würde. Kurz darauf kam sie mit dem Getränk zurück, das verdächtig nach Traubensaft aussah. Ich nahm einen zögerlichen Schluck, während die süß-spritzige Mischung auf meiner Zunge tanzte.

„Das ist ein Schwaben-Spritz!", sagte die Kellnerin lachend, als sie meine Reaktion sah. „Wirst dich schon dran gewöhnen!"

Ich konnte nicht anders, als zu schmunzeln. Es war vielleicht nicht das, was ich erwartet hatte, aber irgendwie passte es zu meinem Tag. Als ich mich auf den Weg nach Hause machte, fühlte sich der Samstag plötzlich leichter an und ich spürte ein Lächeln auf meinen Lippen, während ich die Treppen zu meiner Wohnung hochging. Ich wippte fast, spritzig und gut gelaunt.

Kapitel 9

Montagmorgen. Der Wecker hatte bereits das dritte Mal geläutet und ich lag immer noch in meinem Bett, als wäre ein Traktor über mich hinweggerollt und hätte danach noch eine Pirouette gedreht. Die melancholischen Klänge von Celine Dions „All by Myself" dröhnten in meinem Kopf wie eine ungebetene Hymne, während ich mich fragte, ob das Leben mit Anfang vierzig wirklich so aussehen sollte. Ich fühlte mich wie das traurige Kind, das am ersten Tag in der neuen Schule in der ersten Reihe sitzen muss und nicht weiß, wo es eigentlich hingehört.

Schwerfällig quälte ich mich aus dem Bett und machte mich auf den Weg zur Arbeit. Jeder Schritt in meinen halbhohen Stiefeln schien von der dröhnenden Erinnerung an das Wochenende begleitet zu sein. Diese Mischung aus Peinlichkeit und Herzklopfen, die mich schlagartig durchfuhr, als ich an den Kuss mit Tobi dachte. Mein Kopf pochte und protestierte, während ich das Bürogebäude betrat.

Kaum hatte ich meinen Arbeitsplatz erreicht, kam Nina mit ihrer allzu präzisen Beobachtungsgabe auf mich zu. „Na, Frida, alles okay?", fragte sie mit einem Lächeln, als hätte sie die geheimen Kapitel meines Wochenendes gelesen.

„Klar, nur ein bisschen müde", antwortete ich, wobei meine Stimme mehr wie ein Seufzer klang. Ich wollte meine Fassung wahren, auch wenn die Frage in meinem Kopf herumschwirrte, ob ich jemals wieder zu dieser legendären Frida-Energie zurückfinden würde.

Die Lage wurde nicht besser, als Tobi vorbeikam und mich mit seinem typischen Grinsen begrüßte. „Hast du das Wochenende gut überstanden?", fragte er in einem Ton, der so unverfänglich war, dass es mich fast ärgerte. Wieso konnte er sich einfach so normal benehmen, als wäre nichts passiert?

„Ja, alles bestens", antwortete ich und versuchte, die innere Unruhe zu unterdrücken. Warum sagte er nichts über den Kuss? Kein flapsiger Kommentar, keine Andeutung. Es war, als hätte das Universum entschieden, mir einen kleinen psychologischen Test aufzuerlegen.

Bevor ich weiter darüber nachdenken konnte, betrat Daniel das Büro und mein Herz setzte aus. Er sah wie immer gut aus, zu gut für diese Welt und definitiv zu gut für meinen Montagmorgen. Sein Lächeln war breit, sein Tonfall fröhlich, als er mich begrüßte: „Moin, Frida! Wie läuft's?"

„Gut... also, nicht so gut, eigentlich..." Oh Gott, ich klang wie ein Wrack. Warum schien er nichts zu merken? Warum benahmen sich beide Männer so, als hätte weder der digitale Treffer mit seinem Herzfeuerwerk noch der Kuss je existiert? Vielleicht war ich wirklich zu emotional. Vielleicht war ich es, die überinterpretierte und jedem Blick und jeder Pause mehr Bedeutung zuschrieb, als ihnen gebührte.

Der Vormittag zog sich wie Kaugummi und ich versuchte, mich durch die Arbeit zu kämpfen, während ich die Blicke von Tobi und Daniel im Rücken spürte oder erhoffte. Daniel war wie eine Festung – distanziert und unnahbar, als wäre der Treffer auf der Dating-App nichts als ein vergessenes Missgeschick. Doch manchmal, wenn er dachte, ich würde es nicht bemerken, glitt sein Blick zu mir. Dann war da diese Sekunde, in der er zu zögern schien, ein Ausdruck, den ich nicht entschlüsseln konnte.

Tobi hingegen war wie gewohnt locker und scherzte zwischendurch mit seinen zwei Kollegen. Doch manchmal, mitten in einem Gespräch, warf er mir einen Blick zu, der eine unausgesprochene Frage in sich trug. War das Interesse? Oder versuchte er, seine Distanz zu wahren?

„Frida, du interpretierst zu viel", ermahnte ich mich innerlich. Doch es war leichter gesagt als getan, das Kopfkino abzustellen. Das Ergebnis war ein Tag, der sich anbot wie ein surrealer Film. Aber kein gemütlicher Sonntagabendstreifen, der in einem Happy End mündete, sondern eher ein verschrobener, französischer Kunstfilm, bei dem man am Ende das Gefühl hat, dass man irgendetwas Wichtiges verpasst hatte.

„Das war's", murmelte ich, während ich eine Akte schloss und meinen Blick schweifen ließ. „Ich muss mich zusammenreißen und aufhören, mich in alle Details zu verbeißen. Bleib beige, Frida!" Aber dann fiel mein Blick wieder auf Daniel, der gerade ein Telefonat beendete und unwillkürlich zu mir herübersah. Unsere Blicke trafen sich und für einen Moment war da wieder diese undefinierbare Spannung.

Meine Gedanken kreisten weiter: War ich die Einzige, die das alles spürte? Eines war sicher: Die Woche versprach noch einiges.

„Frida, du weißt, dass beim Programmieren immer der erste Versuch scheitert, oder? Man muss es immer neu schreiben, bevor es wirklich läuft. Genau wie mit den... Dingen im Leben." Tobi stand plötzlich neben mir in der Küche, er hatte so ein Grinsen aufgesetzt, das ihn auf eine seltsame Art süß machte. Ich wusste nicht, ob ich lachen oder weggehen sollte. War das ein Flirt? Oder wollte er mir mitteilen, dass der Kuss ein Fehlversuch war? Ich nickte mechanisch, während mein Gehirn fieberhaft versuchte, den Subtext zu entschlüsseln. Spielte er hier auf irgendetwas an? War das sein Versuch, mir näherzukommen, ohne es auszusprechen?

„Ja..., immer schön debuggen, bevor..., irgendwas..., abstürzt, oder so." Meine Antwort war so wirr, dass ich innerlich die Augen verdrehte. Was redete ich da? Mein Mund war eindeutig schneller als mein Kopf. Es entstand eine dieser typisch peinlichen Pausen, in denen keiner wusste, ob er lachen, sich wegdrehen oder einfach so tun sollte, als wäre nichts passiert. Tobi sah mich kurz irritiert an, dann kratzte er sich verlegen am Hinterkopf. „Ja..., genau, sowas in der Art." Er warf mir einen Blick zu, als wäre er sich selbst nicht mehr sicher, worauf er eigentlich hinauswollte.

„Wobei..., manchmal reicht's ja auch, wenn man einfach alles runterfährt und neu startet, oder?" Meine Stimme klang unsicher und ich konnte förmlich spüren, wie meine Ohren rot wurden. Tobi lachte leise, aber es klang irgendwie nervös. „Ja, stimmt. Manchmal reicht ein Neustart..., oder man wirft einfach alles weg und kauft sich 'nen neuen Laptop."

„Einen neuen Laptop?" Ich runzelte die Stirn. „Oder meinst du jetzt..., Menschen?"

„Nein, ich meine..., äh..." Jetzt war er komplett aus dem Konzept. „Ich meinte nur..., also, beim Programmieren..., ach, vergiss es."

Ein paar Sekunden lang standen wir einfach nur da und nickten beide leicht, als würden wir synchron irgendetwas verstehen wollen, das schon längst verloren war.

„Also, ich muss dann...", murmelte er plötzlich und wandte sich ab.

„Ja, klar, programmieren..., und so", stammelte ich.

Tobi drehte sich nun endgültig um und ging wortlos weg. Ich blieb in der Küche stehen, starrte ihm hinterher und versuchte, mich nicht vor Fremdscham im Boden zu verkriechen. Was war das bitte gerade?

„Frida, ich muss dir noch etwas für das Meeting mit Herrn Braun geben." Ich zuckte zusammen. Daniel kam in die Küche. Seine Stimme war neutral und geschäftsmäßig. Er ging nicht direkt auf mich zu, sondern legte ein paar Papiere auf den Tisch in der Küche, ohne mich wirklich anzusehen mit seinen blauen Augen.

„Danke…" Ich versuchte, meine Stimme normal zu halten, aber mein Herz schlug viel zu laut in meiner Brust. Warum war er so abweisend? Hatte ich das alles nur überinterpretiert?

Er blickte auf seine Uhr. „Ich muss gleich weiter. Die Besprechung ist um 14 Uhr, wir sehen uns dort." Und dann war er schon wieder weg. Etwas in mir wollte ihn aufhalten, irgendetwas sagen, das diese Kälte zwischen uns durchbrechen würde. „Daniel, war alles okay in letzter Zeit?" fragte ich schließlich, ohne viel nachzudenken.

Er blieb kurz stehen, drehte sich aber nicht vollständig um. „Alles bestens, Frida. Warum fragst du?" Seine Stimme war so ruhig, dass ich mich fast schämte, überhaupt gefragt zu haben.

„Nur so." Ich nickte entschlossen, er drehte sich um und ging.

Als ich um 13:55 Uhr den Konferenzraum betrat, war ich früh genug, um mir einen der begehrten hinteren Plätze am Tisch zu sichern. Ein strategisch perfekter Plan, um möglichst unauffällig zu bleiben. Doch dann…, natürlich kam Daniel zu spät. Und natürlich war der einzige freie Platz der direkt gegenüber von mir. Konzentriere dich, Frida. Auf das Meeting, nicht auf Daniel.

Ich starrte auf den Notizblock vor mir, aber meine Gedanken drifteten immer wieder zu ihm. Diese kühle, professionell-distanzierte Art, die mich in den Wahnsinn trieb. Irgendwie faszinierend und gleichzeitig unglaublich nervig. Ich spürte, wie sich langsam Wut in mir aufstaute, ohne wirklich zu wissen warum. War ich wütend auf ihn? Auf mich? Auf die Tatsache, dass er so unverschämt gut aussieht, während ich hier sitze und innerlich am Rad drehe?

Bevor ich es merkte, fixierte ich ihn mit einem giftigen Blick. Meine Augen schossen regelrecht Blitze ab, als ob das irgendetwas lösen würde.

Nach dem Meeting hatte ich beschlossen, meine Interaktionen möglichst gering zu halten. Vollständiger Rückzug bis zum Ende der Woche. Arbeit, Feierabend, Punkt. Kein unnötiges Drama, kein Hinterfragen von Gesten oder Blicken, die mich ins Kopfkino katapultierten. Und tatsächlich schaffte ich es bis Freitag erstaunlich gut, dieser Routine zu folgen. Morgens im Büro hielt ich mich im Schatten der hintersten Stühle, beim Mittagessen war ich die schweigende Randnotiz und die Abende verbrachte ich mit Max, Hauke oder Anni am Telefon, während ich gemütlich in meine Wolldecke gewickelt auf dem Sofa saß. Mein Handy blieb danach meist im Flugmodus, als wäre es ein magischer Schutzschild gegen das Chaos der Welt.

Natürlich gab es Momente, in denen meine Mauer zu wanken drohte. Zum Beispiel bei einem dieser gemeinsamen Mittagessen mit dem Team, welches sich wie eine tänzelnde Giraffe ankündigte und in seiner sozialen Unvermeidlichkeit fast bewundernswert war. Tobi und Daniel waren da und ich bemühte mich, beiden nur flüchtige Aufmerksamkeit zu schenken, ohne dass es zu offensichtlich war. Eine Gratwanderung auf dem Seil der Selbstkontrolle.

Doch am Freitagabend, als ich mich gerade durch die letzten Anfragen arbeitete und den Feierabend herbeisehnte, stand plötzlich Daniel vor mir. Seine dunkelblonden Haare, der leicht herausgewachsene Haarschnitt, ließen ihn zugleich sorglos und attraktiv wirken. Seine Augen, ein scharfer Mix aus Stahlblau und einem Hauch Melancholie, fixierten mich mit einer Intensität, die mich sprachlos machte.

„Frida", sagte er leise. Ein einzelnes Wort, das mehr Gewicht hatte als alle Gespräche der letzten Wochen. „Kann ich dich nach Hause bringen?"

Mein Herz machte einen ungebetenen Sprung und ich spürte, wie sich meine Gedanken zu einem bunten Puzzle zusammensetzten, das nicht aufhörte, sich zu bewegen. Während Tobi mich die ganze Woche über gemieden hatte, schien Daniel jetzt plötzlich entschlossen. Ich nickte, unfähig, eine passende Antwort zu finden und folgte ihm nach draußen.

Im Auto hörte ich nur das Brummen des Motors und mein eigenes Herzklopfen. Die Stille war schwer, fast greifbar, und als wir vor meiner Wohnung anhielten, wagte keiner von uns, den Bann zu brechen. Er drehte sich zu mir und ich bemerkte, wie seine Kiefermuskeln angespannt waren, als würde er innerlich mit sich ringen. Seine Stimme war leise, aber fest. „Ich weiß, dass das kompliziert ist. Aber ich will das nicht ignorieren." Mein Verstand ratterte und doch kam nur ein Satz über meine Lippen: „Hast du nicht eine Frau und Kinder?" Die Worte fühlten sich schwer an, fast wie eine Klage.

Er nickte und seine Miene wurde ernst. „Ja, ich war über 22 Jahre mit meiner Frau zusammen. Wir haben uns mit 19 kennengelernt und mit 20 unsere erste Tochter bekommen. Aber wir lieben uns nicht mehr, wir wohnen nur noch zusammen." Seine Ehrlichkeit war entwaffnend und doch wuchs das Unbehagen in mir.

„Ihr wohnt also noch zusammen?"

„Ja, aber ich suche mir eine Wohnung hier in der Stadt", fügte er hinzu. „Unsere jüngste Tochter lebt noch bei uns, weil sie hier in Stuttgart studiert und spart, um sich später eine eigene Wohnung leisten zu können. Sobald sie ausgezogen ist, ziehe auch ich aus." Seine Erklärung klang plausibel, fast schon zu perfekt, wie zurechtgelegt. Und doch konnte ich die Spannung zwischen uns nicht ignorieren – sie war da, ein pulsierendes Band, das sich um uns legte und mich gleichermaßen anzog und beängstigte. „Daniel, ich will nicht der Grund sein, warum eine Ehe zerbricht", sagte ich schließlich, mehr zu mir selbst als zu ihm.

Sein Lächeln war melancholisch, als er sein Handy aus der Tasche zog. „Willst du meine Ex-Frau anrufen?" Seine Frage war so unerwartet, dass ich die Autotür öffnete, bereit, diesem absurden Moment zu entkommen. Ich stieg aus, die frische Luft eines feuchten Herbstabends umhüllte mich. Ich drehte mich, um die Beifahrertür zu schließen und plötzlich stand Daniel vor mir. Seine Hände fanden meine und bevor ich reagieren konnte, zog er mich in einen Kuss – intensiv, dringlich, voller Emotionen, die sich in den letzten Wochen aufgestaut hatten. Die Welt verschwamm und ich stand in dieser Straße, eingehüllt in die Wärme seiner Nähe, als wäre das hier das Zentrum des Universums. Es war ein Kuss, der uns für einen Moment aus der Realität riss, alle Zweifel und Bedenken in den Hintergrund drängte. Doch als wir uns voneinander lösten, holte mich die Realität mit einer Wucht zurück, die mich fast schwanken ließ. „Daniel…", begann ich, aber die Worte blieben mir im Hals stecken. Was sollte ich sagen? Dass das hier gerade genauso überwältigend wie verwirrend war? Dass ich das wollte, aber auch gleichzeitig nicht wusste, ob ich es konnte? Er sah mich an, seine Augen suchten in meinem Gesicht nach einer Antwort, die ich selbst nicht kannte. „Ich verstehe, warum du skeptisch bist", sagte er schließlich und lehnte seine Stirn sanft gegen meine. „Das ist nicht einfach."

„Nein, das ist es wirklich nicht", flüsterte ich und doch war es weniger überzeugend, als ich gehofft hatte. Dann zog er mich erneut in einen Kuss, diesmal leidenschaftlicher, wie eine Antwort auf all die unausgesprochenen Fragen zwischen uns. In diesem Moment ließ ich die Sorgen los und erlaubte mir, einfach nur zu fühlen. Ein Kuss, der Minuten dauerte und meine Knie weich werden ließ und auch meinen Kopf. Seine Lippen waren fest und fordernd, gleichzeitig verspürte ich eine Zärtlichkeit, die mich erschütterte. Das Knistern in der Luft war beinahe greifbar und als wir uns nach einer gefühlten Ewigkeit voneinander lösten, sah ich, dass auch seine Augen glänzten. Wir atmeten beide schwer, als hätten wir uns in einem Marathon gemessen. Ich konnte meinen Blick nicht von ihm abwenden. Seine dunkelblonden Haare fielen ihm in die Stirn und rahmten sein Gesicht auf eine Weise ein, die ihm etwas Verwegenes verlieh. Ohne nachzudenken hob ich meine Hand und strich vorsichtig durch die Strähnen, als wollte ich mich vergewissern, dass das alles wirklich passierte. Sein Haar war weicher, als ich erwartet hatte und eine leichte Welle durchlief es, die mich an den endlosen Ozean erinnerte – tief und voller Geheimnisse.

Daniel schloss für einen Moment die Augen und lehnte sich leicht in meine Berührung. Als er sie wieder öffnete, trafen mich seine blauen Augen mit einer Wucht, die meinen Atem stocken ließ. Es war, als wäre ich in einen tiefen See gefallen und konnte nichts anderes tun, als mich von der Tiefe verschlingen zu lassen. Sie waren nicht einfach nur blau; sie hatten ein Leuchten, als wäre hinter ihnen ein Geheimnis versteckt, das nur darauf wartete, gelüftet zu werden. Mein Herz klopfte wie wild und für einen kurzen Moment vergaß ich, wie man atmete.

„Du machst mich wahnsinnig", flüsterte er, seine Stimme rau und voller unausgesprochener Worte. Seine Hände, die sich zuvor sanft auf meinen Schultern ausgeruht hatten, glitten langsam über meine Arme und ließen eine Spur von Gänsehaut zurück. Ein Zittern durchlief mich und ich konnte nicht verhindern, dass ein nervöses Lächeln meine Lippen umspielte.

„Das beruhigt mich irgendwie", entgegnete ich leise, wobei ich meine Stimme fast nicht wiedererkannte. Sie klang weich und verletzlich, so anders als mein gewohnt ironischer Tonfall.

Er lachte leise, ein tiefes, warmes Lachen, das in meiner Brust nachhallte. „Was machst du nur mit mir, Frida?" Langsam beugte er sich vor und unser Abstand schmolz dahin. Seine Lippen fanden erneut meine, dieses Mal noch behutsamer, als wolle er jeden Moment in sich aufsaugen. Ich spürte, wie seine Hand in meinen Nacken glitt und ein angenehmer Schauer lief meinen Rücken hinunter. Es war ein Kuss, der die Welt um uns verschwinden ließ. Der Verkehr auf der Straße, das sanfte Murmeln der vorbeigehenden Menschen – alles verblasste zu einem bedeutungslosen Hintergrundrauschen. Es gab nur uns in dieser kleinen Blase, die für einen Moment ewig zu sein schien.

Als wir uns schließlich voneinander lösten, konnte ich die leichte Röte auf seinen Wangen erkennen. „Wir sollten das langsam angehen, oder?" Seine Augen suchten meine, ein flüchtiger Schatten von Zweifel zog darüber, bevor es wieder von einem zarten Lächeln verdrängt wurde. „Ja, langsam klingt gut", antwortete ich, obwohl mein Herz schrie, dass es sich bereits Hals über Kopf in Daniel verliebte und er für immer unter meiner Bettdecke wohnen darf.

„Ich kenne ein nettes Restaurant in Esslingen, das ist in der Nähe von Stuttgart, lass uns dort nächste Woche gemeinsam essen", sagte er und legte seine Lippen sanft auf meine Stirn. Der Kuss war flüchtig, fast bittersüß, bevor er sich umdrehte und in sein Auto stieg. Ich blieb dort stehen, das Knistern noch immer auf meinen Lippen spürend und sah zu, wie seine Rückleuchten in der Dunkelheit verschwanden. Ein Schauer durchlief meinen Körper und ich wusste, dass ich gerade in eine Geschichte hineingeraten war, die mich entweder vollkommen verändern oder in ein absolutes Chaos stürzen würde.

Kapitel 10

Nun stand ich da, allein auf dem Bürgersteig, die kühle Herbstluft auf meiner Haut, doch die Erregung in meinem Inneren war so stark, dass mein Unterleib rhythmisch pulsierte, als riefe er: „DAN-IEL, DAN-IEL, DAN-IEL!" Ich schloss die Augen und atmete tief durch, in der Hoffnung, dass die klare Nachtluft meine Gedanken ordnen und das Pochen lähmen würde. Doch nichts half. Ich kniff mich leicht in den Unterarm und begann krampfhaft an Daniels Ex-Frau zu denken. Das half zumindest ein bisschen. Mir fielen die Geschichten ein, die man über diese Dates hört, die sich später als Seitensprünge herausstellten. Der Gedanke dämpfte die romantischen Schmetterlinge in meinem Magen umgehend und rief meine innere Detektivin auf den Plan. Es war Zeit, die Stalking-Truppe zu aktivieren. Anni und meine beste Freundin Nele waren durch ihre unerschütterlichen Social-Media-Fähigkeiten die perfekten Ermittlerinnen für diesen Fall. Nele und ich kannten uns seit unserem siebten Lebensjahr, als sie mich zunächst „richtig doof" fand, weil ich kein Vanilleeis mochte. Damals trennte uns meine Geschmackssünde für etwa zwei Tage, bis wir feststellten, dass wir beide gerne auf Bäume kletterten und Rollschuh fuhren. Seitdem war unsere Freundschaft unerschütterlich.

Nele blieb in unserer Heimat Nordfriesland, während ich nach Hamburg zog und mittlerweile war Nele eine Expertin darin, zwei energiegeladene Jungs und den Alltag zu managen. Ihre Kinder hielten sie nicht nur auf Trab, sondern hatten ihr auch beigebracht, wie man auf Social Media alles und jeden aufspürt. Wenn Nele einen Hashtag verfolgte, konnte man sicher sein, dass sie ihn bis zur Quelle zurückverfolgen würde. Mit einem entschlossenen Griff schnappte ich mir mein Handy und startete einen Videoanruf. „Mädels, ich brauche eure Hilfe! Es ist kompliziert, aber ich erkläre es euch."

Während ich die Ereignisse der letzten Tage in dramatischen Worten darlegte, verfolgte Anni den Bericht mit hochgezogenen Augenbrauen, während Nele genüsslich an ihrer Tasse nippte und hin und wieder „Mhm" sagte, um Interesse zu signalisieren.

„Nachdem ich mein Herz ausgeschüttet hatte, sagte Anni trocken: "Wenn er noch bei seiner Frau bzw. Ex-Frau wohnt und die beiden miteinander befreundet sind, dann wird seine Frau bestimmt auf den Bildern sein… Auf was sollen wir denn achten?" Ich stockte, das hatte ich nicht zu Ende gedacht. „Na ja, dann achtet darauf, wie gut sie aussieht! Und ob da so ein bestimmter Vibe mitschwingt – sexy oder eher freundschaftlich. Sein Profil ist öffentlich, ich sende euch den Link."

„Roger", murmelten beide, wohl eher aus einer Mischung aus Pflichtbewusstsein und Müdigkeit, die sich üblicherweise ab 21 Uhr am Freitagabend bei Ü40-Jährigen breit machte. Unsere Stille wurde von leisen Tipp Geräuschen unterbrochen, als jede in ihre eigene Welt der Online-Spionage eintauchte. Meine Augen scannten Daniels alte Bilder wie eine Archäologin ein antikes Relikt, das die Wahrheit in sich barg. Plötzlich rief Anni mit einem lauten Keuchen auf: „Oh nein! Ich habe versehentlich eines seiner alten Bilder geliked!" Die Panik war sofort da, wie ein Blitz, der durch mich zuckte. „Was?! Wie alt??? Wie alt?" hörte ich mich hysterisch rufen.

„2016"

"Was machen wir jetzt? WAS MACHEN WIR DENN JETZT?!" Meine Stimme wurde schrill, während mein Hirn sich vorstellte, wie Daniel jetzt auf sein Handy schaut, mein Gesicht auf Annis Profil erkennt und alle Puzzlestücke zusammenfügt. Nele, die bisher erstaunlich gelassen geblieben war, brach in ein Lachen aus, das irgendwo zwischen Amüsieren und Aufgeben lag. „Ihr seid wie Miss Marple in schlecht", brachte sie heraus und wischte sich eine imaginäre Träne aus dem Augenwinkel. Anni, deren Gesicht nun die Farbe eines gereiften Apfels hatte, sagte kleinlaut: „Ja… und Frida, du bist auf meinen neuesten Bildern zu sehen." Die von letzter Woche aus Stuttgart."

„Oh Gott", stöhnte ich und ließ mich theatralisch nach hinten fallen, mein Handy noch immer in der Hand, als wäre es ein Beweisstück in einem ungelösten Verbrechen. „Wir sind die schlimmsten Detektive der Welt!"

„Kannst du dein Profil auf privat setzen?" fragte Nele, noch immer amüsiert und mit einem leichten Anflug von Pragmatismus.

„Hmm…" Anni zögerte. „Daniel hat soeben ein Bild von mir kommentiert."

„Oh! Oh nein…" Ich spürte, wie mein Herz einen Satz nach oben machte und dann wie ein Fallschirmspringer in die Tiefe stürzte. „Hör mal, entspann dich", sagte Anni und versuchte, die Lage mit einem halbherzigen Grinsen zu entspannen. Nele legte mit ihrem gewohnt trockenen Humor nach: „Genau, er wird dich jetzt eh nie wieder anfassen!"

„Frida", begann Nele erneut und hob eine Augenbraue, während sie die Situation mit analytischer Ruhe betrachtete, „wenn der Kuss gut war und ihr euch nächste Woche seht, wäre das doch ein witziger Aufhänger für ein Gespräch. Ändern kannst du es jetzt eh nicht mehr."

Ich überlegte kurz und spürte, wie sich der Nebel der Panik langsam verzog. „Ja, das stimmt." Vielleicht war das tatsächlich eine Gelegenheit, um die ganze Situation ein bisschen aufzulockern.

„Okay, genug von mir. Wie geht's euch?" Ich schwenkte die Hand wie eine Moderatorin in einer Talkshow und grinste. Nele schüttelte den Kopf und lachte. „Ich habe heute nichts zu berichten, außer dass unsere Waschmaschine kaputt ist und ich die Wäsche 5 km weiter bei meinen Eltern waschen muss."

Anni rollte mit den Augen. „Du? Wäsche? Ich dachte, das wäre nur ein Gerücht!"

„Hey!", protestierte Nele. „Manchmal mache ich das sogar zwei Mal am Tag!" Ich schmunzelte, während ich in die Küche ging. Der Wein war schnell geholt und ich setzte mich wieder auf die Couch. „Also Anni, was gibt es Neues in der Welt von diesen Online-Dating-Podcasts, welche du so gerne hörst?" fragte ich, während ich mir ein Glas einschenkte.

„Oh, lass mich dir sagen, ich habe einen neuen gefunden, der über die merkwürdigsten ersten Dates berichtet. Der ist Gold wert!" „Gold wert oder einfach nur cringe?", fügte Nele hinzu und hob ihr Glas.

„Cringe?", fragten Anni und ich gleichzeitig, verwirrt wie zwei Schülerinnen vor einer Lateinprüfung. „Tja, Mädels… als Mutter von zwei coolen Kindern hat man die Teeniesprache eben drauf, sonst wirkt man sus." Wir verstanden kein Wort. "Also cringe ist peinlich", sagte Nele dann etwas genervt, wie ein Teenager. Wir lachten.

Kapitel 11

Heimweh. Ein Begriff, der für mich immer wie ein verstaubtes Wort im Wörterbuch klang, bis ich es selbst spürte. Heute war so ein Tag. Es war Samstag und ich saß in meinem kleinen Apartment in Stuttgart. Die Wände schienen mir näher zu kommen, der Raum war still, bis auf das leise Plumpsen des Kaffeelöffels, der sich unbemerkt zurück in die kalte Tasse gelehnt hatte. Mein Blick wanderte ziellos umher, doch meine Gedanken hatten ein klares Ziel: Daniel und Tobi. Zwei Namen, die mich allein beim Gedanken daran in ein Gefühlskarussell katapultierten. Ich atmete tief ein und redete mir gut zu: „Frida, du bist jetzt hier, also mach das Beste draus." Der Versuch, mich zu überzeugen, klang wie das Mantra einer Erwachsenen, die verzweifelt versucht, sich mit dem Hier und Jetzt abzufinden. Und doch war da dieses unterschwellige Pochen. War es Sehnsucht oder das Echo des gestrigen Kusses mit Daniel, das in meinem Kopf widerhallte? Tobi, der mir vor einer Woche ein Herzklopfen beschert hatte, war plötzlich seltsam blass gegen diese neue Erinnerung. Aber was sollte ich davon halten? Ein verheirateter Mann, der behauptete, er sei „praktisch" schon getrennt. War ich so naiv? Oder einfach nur menschlich?

Die Luft in meinem Apartment war drückend, als hätten meine Gedanken diese zum Stillstand gezwungen. Ablenkung war jetzt meine einzige Rettung. Stuttgart hatte Museen und wenn Kunst eins konnte, dann das Chaos im Kopf mit noch mehr Fragen bereichern. Ich griff nach meinem Mantel und machte mich auf den Weg, mit dem festen

Vorsatz, mich wenigstens ein paar Stunden lang nicht in mentalen Diskussionen mit mir selbst zu verlieren.

Das erste (und einzige) Museum, welches ich betrat, war ein Paradies für Minimalisten. Die Luft war angenehm kühl, ein Kontrast zu der erdrückenden Schwere in mir. Der Geruch von frischem Holz und alten Büchern war ein Hauch von Nostalgie, der mir ein kurzes Lächeln entlockte. Ich schlenderte durch die Ausstellungen und betrachtete die abstrakten Gemälde, die mich entweder provozieren oder kaltlassen sollten, je nach Interpretation. Doch je mehr ich sah, desto deutlicher wurde mir, dass ich überhaupt keine Ahnung von Kunst hatte.

„Was mache ich hier eigentlich?", sagte ich, während ich ein Gemälde betrachtete, das aussah wie ein wütender Pinselstrich, der am Morgen nach einer durchzechten Nacht in Bewegung geraten war. „Kunst ist toll, aber sie ersetzt nicht die gute alte Nordluft."

Vor einer Leinwand mit einem einzigen blauen Pinselstrich dachte ich an Daniel. Wie er mich ansah, als ich ihm gegenüberstand, seine dunkelblonden Haare, die ihm halb verwuschelt übers Ohr fielen und diese blauen Augen, in denen ich fast versank. Es war ein Blick, der Versprechen und Zweifel zugleich barg. Und dann war da Tobi, mit seinem lässigen Grinsen und der Art, wie er scheinbar unbeeindruckt von allem schien, außer von dem einen Moment, als unsere Lippen sich trafen. Die beiden Männer trieben mich in eine gedankliche Zwickmühle, die mich an meiner eigenen Vernunft zweifeln ließ. Nach einer gefühlten Unendlichkeit in den Hallen des Museums verließ ich es schließlich, ohne Erleuchtung, aber immerhin mit einem gewissen

Frieden. Draußen spürte ich den Wind auf meinem Gesicht und atmete tief ein. Vielleicht wäre ein Stück Kuchen eine bessere Therapie als Kunst und steuerte auf ein kleines Café zu, das ich von früheren Spaziergängen kannte.

Der Schokoladentorte vor mir sah ich mit einer Ernsthaftigkeit entgegen, die der eines Verhandlungsgesprächs gleichkam. Während ich den ersten Bissen nahm, dachte ich daran, wie es wäre, einfach das Beste aus dieser Zeit in Stuttgart zu machen, ohne zu viel in die Zukunft zu schauen, ohne die Vergangenheit zu glorifizieren. Vielleicht war das ja die eigentliche Kunst des Erwachsenseins: Das Wissen, dass es keine Anleitung gibt und dass man manchmal nur von einem Bissen Torte zum nächsten leben kann. Als ich schließlich aus dem Café schlenderte, fragte ich mich, was aus meinem ursprünglichen Vorhaben geworden war, die „beige Kollegin" zu sein – unauffällig, zurückhaltend, keine Wellen schlagen. War das jemals realistisch gewesen? Und war das mit Daniel wirklich eine gute Entscheidung? Er war so stürmisch, so plötzlich, als würde ihn etwas antreiben, was ich nicht ganz greifen konnte. Vielleicht war es die Angst, Zeit zu verlieren. Oder ich war es, die sich hetzen ließ, von ihm.

Zurück in meiner Wohnung, fiel mein Blick auf mein Handy. Eine Nachricht von Tobi, schlicht und doch aufgeladen: „Wie war dein Tag?" Und darunter eine ungelesene Nachricht von Daniel, die einfach nur „Bis bald" sagte.

Ich atmete aus und spürte, wie sich ein Grinsen auf meinem Gesicht ausbreitete. Beflügelt von den beiden Nachrichten beschloss ich, mir selbst etwas Gutes zu tun und noch mehr Zeit mit mir alleine zu verbringen. Ich liebte diese

Momente, in denen ich nur mit mir unterwegs war und heute wollte ich mich genau darauf konzentrieren. Ohne Zögern legte ich mein Handy beiseite und entschied, weder Daniel noch Tobi sofort zu antworten. Diese Auszeit war für mich. Vielleicht war ich doch nicht die Uncoolste, vielleicht war ich einfach Frida, eine Frau in ihren Vierzigern, die sich mit einem Stück Schokoladentorte, einer Prise Heimweh und einer großen Portion Neugier auf den Weg in ein neues Abenteuer begab. Diese Rolle gefiel mir und ich entschied, ins Theater zu gehen, ein Abend voller Kultur und Ablenkung sollte genau das Richtige sein.

Optimistisch betrat ich den prachtvollen Theatersaal, ein Ort voller Geschichte und Erwartungen. Die Vorstellung „Eine Neuinterpretation von 'Die Leiden des jungen Walters'" klang verheißungsvoll. Doch kaum begann die Vorstellung, wurde das Wort „schockierend" neu definiert. Die Darsteller und Darstellerinnen warfen sich dramatische Worte an den Kopf, begleitet von Kostümen, die den Begriff „spärlich" großzügig interpretierten. Ihre Auftritte waren vulgär und halbnackt, als hätte die Regie sich vorgenommen, dieses Stück mit einer Mischung aus Provokation und Cabaret zu ehren. Mit jeder Szene wurde die Performance immer hemmungsloser: Ein wildes Geflecht aus unbändiger Leidenschaft, fliegenden Requisiten und nackten Wahrheiten, im wahrsten Sinne des Wortes. Es war eine Vorstellung zwischen Genie und Wahnsinn. Der pure Exzess der Emotionen und ich saß mittendrin. Ich mochte nicht hinsehen, aber konnte auch nicht wegsehen.

Sollte ich wirklich bleiben oder einfach aufstehen und gehen? Ein Teil von mir wollte das Spektakel nicht verpassen, der andere schnappte fast nach Luft vor Unglauben. Letztendlich entschied ich mich für die Pause, um durchzuatmen. Draußen empfing mich die frische Nachtluft wie eine wohlige Umarmung und ich beschloss zu gehen. Nach der ganzen Kunst war es Zeit für etwas Bodenständiges. Ich schlenderte zu "meiner" Pommesbude, die ich wie einen rettenden Anker wahrnahm. „Hier gibt's nichts, was ein paar Fritten nicht wieder gutmachen könnten", sagte ich, während mir der warme Duft von frittierten Kartoffeln in die Nase stieg. Mit der Tüte voll knuspriger Pommes in der Hand fühlte ich mich gleich viel besser, bereit für das nächste Kapitel meines Abends.

Doch kaum war ich ein paar Schritte gegangen, sah ich Tobi, wie er lachend mit einer Gruppe Menschen auf mich zukam. Seine braunen Haare lagen heute weniger strubbelig als sonst, fielen aber immer noch in einer ungestümen Welle auf seine Stirn. Seine braunen Augen funkelten im schwachen Licht der Straßenlaternen und hatten etwas Lausbubenhaftes.

„Hey, Tobi!", rief ich, so freundlich und locker wie ich konnte. Er sah auf, seine Augen erkannten mich für einen Moment, bevor er flüchtig „Hallo" sagte und einfach vorbeiging. Ohne den Hauch eines zweiten Blicks.

„Was…?" Ich blieb stehen und starrte ihm hinterher, während Verwirrung auf meinem Gesicht Platz nahm. „Was war das denn jetzt?", fragte ich mich, während ich die Pommes in meiner Hand balancierte.

Die Straße war belebt, Menschen lachten und riefen sich zu und ich fühlte mich plötzlich wie ein stiller Beobachter in einer Szene, die zu laut für meine innere Ruhe war. Ohne zu wissen, was ich tat, brüllte ich: „Tobi!“

Er hielt abrupt an und drehte sich um. Die komplette Gruppe blieb stehen, warfen mir flüchtige Blicke zu und schauten dann zu ihm, als er in meine Richtung rief: „Ja?!“

Mein Herz schlug in meinem Brustkorb wie ein Trommelwirbel, während ich mir nervös mit der Hand durch die Haare fuhr. Die Pommes drohten zu kippen, als ich versuchte, eine Antwort zu formulieren. Tobi schüttelte den Kopf, ein Lächeln spielte um seine Lippen. „Na, Frida!“, rief er und kam auf mich zu. „Gibst du mir ein paar von deinen Pommes ab?!“

Er grinste breit und für einen kurzen Moment war es, als hätten wir eine kleine Blase der Vertrautheit geschaffen. Er wandte sich seinen Leuten zu, rief etwas und machte eine abwinkende Geste. „Geht schon mal vor, ich komm gleich nach“, hörte ich ihn sagen. Dann drehte er sich wieder zu mir um und kam näher, viel entschlossener, als ich ihn je erlebt hatte. Plötzlich stand er direkt vor mir, so nah, dass ich den rauchigen Duft seiner Jacke wahrnahm. Ein seltsamer Gedanke schoss mir durch den Kopf: „Raucht er etwa?“ Ich stand da, unfähig, mich zu bewegen oder ein Wort zu sagen.

Seine Augen suchten meine und dann sagte er, mit einer Mischung aus Verlegenheit und entschlossener Selbstsicherheit, die mich überraschte: „Frida, ich werde dich jetzt küssen.“

„Wie bitte?!", brachte ich heraus, halb hustend, halb lächelnd, meine Augen weit vor Überraschung. Reflexartig schluckte ich meine Pommes runter und bevor ich die Situation wirklich begriff, beugte er sich vor und seine Lippen fanden meine. Der erste Kontakt war warm und weicher, als ich es erwartet hatte. Ein leichtes Zittern durchlief mich, als er sich etwas zurückzog, mich ansah und erneut küsste – dieses Mal langsamer, mit einer Tiefe, die mich vollkommen vereinnahmte. Ich konnte den Herzschlag in meinen Ohren hören, ein schneller Rhythmus, der sich mit dem sanften Rauschen der Stadt um uns herum vermischte.

Tobis Hände legten sich vorsichtig auf meine Taille, als wolle er sicherstellen, dass ich nicht verschwinde. Seine Augen schlossen sich wieder und für einen Moment war die Welt nur dieser Kuss, kein Theater, keine zufälligen Begegnungen, nur wir. Ich konnte einen Hauch von Minze in seinem Atem spüren, vermischt mit dem leicht bitteren Aroma von Rauch. Als wir uns voneinander lösten, war sein Blick intensiv und voller Fragen, die er nicht laut auszusprechen wagte. Ich blinzelte, versuchte, den Moment zu begreifen, während mein Herz wie wild schlug. Die Pommes in meiner Hand waren längst vergessen. Er sah mich fragend an, als würde er auf ein Zeichen warten. Mein Kopf war ein einziges Durcheinander. Ich stand da, völlig perplex, eine Pommes zwischen meinen Fingern, meine Lippen immer noch leicht aufeinandergepresst, als hätte ich Angst, etwas zu sagen, das die Situation noch merkwürdiger machte.

„Also...", stammelte ich, unfähig, einen klaren Gedanken zu fassen. „Das war... unerwartet."

Tobi, dessen braune Haare in einer Welle über seine Stirn fielen, lachte leise, sein Lächeln war ein wenig schief, aber umso charmanter. Seine braunen Augen, die im Halbdunkel der Straßenlaterne fast schwarz wirkten, blitzten nervös auf. „Ja, entschuldige. Das war irgendwie..., spontan."

„Spontan?", wiederholte ich, immer noch halb benommen von der Situation, während ich nervös an einer Pommes knabberte. Er sah mich an, das Lächeln wich einer verlegenen, nachdenklichen Miene. Dann, fast unbemerkt, zuckte er mit den Schultern und seufzte. „Ja..., es musste raus, Frida."

„Es musste raus?", hörte ich mich fassungslos wiederholen. Plötzlich sprudelten die Worte einfach aus mir heraus. Ich sprach für alle Frauen, die je ungefragt geküsst wurden, ich wurde in diesem Moment zur Galionsfigur der ungefragten Küsse. „Und außerdem hast du fünf Minuten vorher nur ein 'Hallo' herausgebracht und wolltest einfach weitergehen…! Was ist los mit dir, Tobi?" Meine Stimme wurde lauter, als ich es geplant hatte und die wenigen Leute, die noch in der Nähe waren, warfen uns neugierige Blicke zu. Tobi erstarrte, seine Augen weiteten sich, als hätte ich ihm gerade gesagt, dass die Erde flach ist. Dann atmete er tief durch, fuhr sich durch sein zerzaustes Haar und lachte nervös. „Entschuldige", sagte er schließlich, seine Stimme klang unsicher. „Ich… ich weiß auch nicht, was da gerade mit mir los war."

Die Stille zwischen uns wurde schwer. Mein Herz pochte immer noch wild und in meinem Kopf drehte sich alles. Warum bin ich gerade so wütend? Ein Teil von mir fand es unglaublich anziehend, dass er machte, was er wollte und der andere Teil wollte ihm die Pommestüte an den Kopf werfen.

Er sah zur Seite, dann wieder zu mir. Seine braunen Augen wirkten jetzt wie ein offenes Buch, eine Mischung aus Verlegenheit und einem Anflug von Reue. „Es tut mir wirklich leid, Frida. Ich habe einfach gedacht, ich sollte mal mutig sein." Ich schnaubte und konnte nicht verhindern, dass ein Lachen in meiner Kehle aufstieg, obwohl ich noch halbwegs wütend war. Warum sah er denn nur so gut aus!? Tobi grinste schief, als könnte er selbst kaum glauben, was passiert war. „Ja…, ich bin nicht besonders gut darin, oder?"

„Nee, das kann man wohl sagen", erwiderte ich, während ich mir mit der Hand über die Stirn wischte. Die ganze Szene war so absurd, dass ich nicht wusste, ob ich weiter schimpfen oder einfach lachen sollte.

„Du weißt schon, dass das eine ungewöhnliche Art ist, jemanden zu küssen, oder? Erst wird man ignoriert und dann wird man geküsst."

Tobi zuckte mit den Schultern, sein Lächeln hatte jetzt etwas Selbstironisches. „Ich wollte irgendwie anders sein. Aber vielleicht ist das nicht so mein Ding."

„Definitiv nicht", erwiderte ich lachend. „Aber hey, Punkte für den Versuch."

Er trat einen Schritt näher, der Blick in seinen Augen war plötzlich weicher. „Ich sollte mich wohl besser entschuldigen oder mit dir auf einen Drink anstoßen. Wie wäre es mit letzterem?"

Ich hob eine Augenbraue. „Mutig, nach dieser Aktion."

Er grinste und ich konnte nicht anders, als sein Lächeln zu erwidern. Wir gingen los und trafen die Gruppe Menschen wieder, mit denen Tobi zuvor unterwegs war. Sie waren eine bunte Mischung, wie man sie nur in diesen gemütlichen, verrauchten Kneipen findet. Da war Marie, die mit ihrem schallenden Lachen jeden im Umkreis von zehn Metern ansteckte, Julian, der mit Fachwissen über jedes Bier auf der Karte brillierte und Moritz, der nach dem zweiten Bier tiefsinnige Gedanken über das Universum und die menschliche Existenz anstellte. Es war diese Harmonie, die einem das Gefühl gab, Teil eines geheimen Clubs zu sein. Und obwohl ich mich schnell mit allen bekannt machte, waren es doch Tobi und ich, die in unser eigenes Gespräch vertieft blieben. Tobi sah heute anders aus, ich konnte nicht genau sagen was es war, aber bei seinem Anblick spürte ich eine Art verschmitzte Wildheit. Seine braunen Augen, die oft zum Lachen bereit schienen, funkelten jetzt im schummrigen Licht der Kneipe. Er hatte eine Art, sich vorzubeugen, wenn er sprach, als würde er damit die Entfernung zwischen uns noch kleiner machen wollen. Und jedes Mal, wenn er das tat, durchfuhr mich ein kleiner Schauer. Wir saßen an einem der hohen Tische, die Gläser vor uns wurden immer leerer und irgendwann, als das Gespräch eine dieser unerwarteten Kurven nahm, lehnte er sich vor, seine Ellbogen stützten sich auf den Tisch und er sah mich an, als hätte er gerade die beste Idee seines Lebens. „Weißt du, Frida, du bist wie weißer Pfeffer."

Ich blinzelte und musste lachen. „Wie bitte? Weißer Pfeffer?" Meine Augenbraue hob sich skeptisch, doch ich konnte das Grinsen nicht unterdrücken.

„Ja, weißer Pfeffer", wiederholte er und nickte mit dieser völlig überzeugten Miene. „Erst merkst du ihn kaum, aber dann..., boom! Und es brennt wie Feuer. Genau wie bei dir."

Mein Lächeln wich einem verwirrten Kopfschütteln, während ich seine Worte sacken ließ. „Okay, das ist kreativ. Danke!?" Doch unter der Oberfläche spürte ich, dass ich mehr gefangen war, als ich zugeben wollte. Ein Teil von mir wollte den Kopf schütteln, aber der andere Teil – der Teil, der die Vertrautheit dieses Abends genoss – saß einfach da und lächelte ihn an. Die Stunden verstrichen schneller, als wir es merkten und die Gespräche, die Lacher und das Knistern zwischen uns vermischten sich zu einer trügerisch leichten Atmosphäre. Ehe ich mich versah, hatte ich das letzte Bier geleert und stand plötzlich in seiner kleinen, gemütlichen Wohnung. Die Wände waren mit Büchern gespickt und eine alte Gitarre lehnte in der Ecke. Es roch nach einer Mischung aus Zedernholz und etwas, das vage an Minze erinnerte. Dann waren da seine Hände. Sie glitten über meine Schultern, strichen sanft über meine Arme und hinterließen eine Spur, die meine Haut kribbeln ließ. „Frida…", flüsterte er, als wäre mein Name ein Geheimnis, das er nur für sich behalten wollte. Seine Augen hatten diesen intensiven Blick, als wäre ich eine Frage, deren Antwort er unbedingt herausfinden wollte.

Ein Gedanke blitzte durch meinen Kopf: Hat er tatsächlich mehr als zwei Arme? Es fühlte sich zumindest so an. Ich lachte leise, halb benommen von der Intensität des

Moments. Tobi hielt kurz inne, sah mich an und plötzlich lachten wir beide. Es war kein nervöses Lachen, sondern ein befreiendes, eines, welches die Schwere des Augenblicks in etwas Leichteres verwandelte.

„Also, weißer Pfeffer, ja?", sagte ich und grinste, während ich seine Nähe spürte. Er zuckte die Schultern, ein schiefes Lächeln auf den Lippen. „Jeder hat so seine Theorien." Ich legte meine Hand auf seine Brust und spürte den schnellen Rhythmus seines Herzschlags, der meinen eigenen widerspiegelte. „Manchmal ist es gar nicht schlecht, wenn man einfach macht ohne zu viel nachzudenken", flüsterte ich, bevor ich ihn sanft küsste.

Kapitel 12

Der Morgen danach begann mit einer Art Schockstarre. Ich lag still, die Decke halb über mein Gesicht gezogen und lauschte dem Rhythmus meines Herzschlags, der ein wenig zu schnell war. Neben mir regte sich Tobi, ein friedliches Murmeln entkam ihm, während er sich tiefer in die Decke kuschelte. Der gestrige Abend flutete in meine Gedanken zurück – Gespräche, Lachen und eine Leidenschaft, die ich nicht erwartet hatte.

Tobi sah im Schlaf genauso gut aus wie wach, was mich ein bisschen irritierte. Seine braunen Haare waren zerzaust, ein paar Strähnen fielen ihm über die Stirn und seine Haut war leicht von der Morgenröte erhellt. Die Ruhe auf seinem Gesicht machte die ganze Situation nicht einfacher. Ich lag da und versuchte, meine Gedanken zu ordnen. Langsam setzte ich mich auf, das Bett quietschte leise und ich hielt den Atem an. Alles wirkte plötzlich viel lauter. Tobi bewegte sich ein wenig, murmelte etwas Unverständliches und legte seinen Arm wieder schlaff über die Bettkante. Gut. Ich nutzte den Moment, um mich umzusehen. Seine Wohnung war gemütlich und durchzogen von kleinen, persönlichen Details. Ein Stapel Bücher lag auf dem Nachttisch, daneben eine alte Teetasse. Auf einem Regal sah ich eine Sammlung von Schallplatten, natürlich. Tobi war der Typ, der Schallplatten hörte. Meine Klamotten waren überall verstreut: Die Hose hing über der Lehne eines Stuhls, mein Shirt lag irgendwie unter der Bettdecke. Alles klar, Frida. Einsammeln, anziehen und leise verschwinden. Ich war fast fertig mit meiner diskreten Kleiderjagd, als ich spürte, wie eine Welle von Verlegenheit über mich rollte. Meine Gedanken rasten: Bin ich wirklich diese Frau, die nach einer Nacht der Leidenschaft schleichend aus der Wohnung eines Kollegen entkommt? Gerade, als ich meine Jeans hochzog, drückte die Blase. Perfektes Timing. Leise öffnete ich die Badezimmertür und war erleichtert, dass diese nicht laut quietschte. Nach einem kurzen Moment der Erleichterung und mit einem Lächeln im Gesicht, kam die nächste Panikwelle: Die Spülung wollte nicht aufhören. Ich drückte auf den Knopf, dann noch einmal…, nichts. „Bitte nicht jetzt…", flehte ich leise.

„Plötzlich hörte ich Tobis verschlafene Stimme durch die Tür hinter mir: „Die Spülung klemmt manchmal…ich kann dir helfen."

„Okay… Moment", rief ich zurück.

Was mache ich denn jetzt!? Ich schaute in die Toilette, schaute auf mich, okay, er konnte reinkommen. Langsam machte ich die Tür auf. Wir standen beide im Bad, er komplett nackt und ich halb angezogen. Was ist das für eine Situation!?

„Ja, also…, guten Morgen", brachte ich heraus. Er grinste und trat näher.

„Ich mache das. Du solltest dich besser nochmal hinlegen." Seine Stimme war sanft und bestimmt, eine Mischung, die mich völlig aus der Fassung brachte. Er bückte sich, drückte ein paar Mal auf den Knopf und das Wasser verstummte. Triumphierend sah er mich an, als hätte er gerade einen Großauftrag abgeschlossen.

„Frühstück? Ich mache uns Kaffee und Rührei", sagte er, als er sich nackt vor mich aufstellte und seine Hände in die Hüften stemmte. Ich wusste nicht, wo ich hinsehen sollte, diese ganze Situation. Mir wurde gleichzeitig warm und kalt.

Und somit stand ich vor Tobi, schaute an die Decke des Badezimmers, die Jeans halb zugeknöpft und nickte nur stumm. Er drehte sich um und ging in die Küche, ich blieb sprachlos im Badezimmer zurück.

„Und Frida", rief er von der Küche aus. „Du musst nicht so tun, als wärst du eine Einbrecherin, die hier rumschleicht, weißt du?" Er lachte leise, dieses verschmitzte Lachen, das ihn so..., ja, irgendwie süß machte.

Ich lachte nervös. „Ja, na ja...", stammelte ich wieder, ohne wirklich zu wissen, was ich sagen sollte. Das hier war eindeutig nicht mein Plan für den heutigen Morgen gewesen. Während ich meinen Pullover überzog, setzte ich mich vorsichtig auf die Bettkante. Dasselbe Bett, in welchem ich vor Stunden noch jede Zurückhaltung über Bord geworfen hatte. Hemmungslos, schamlos und ekstatisch. Und jetzt? Jetzt saß ich hier, zupfte am Saum meines Pullovers, als wäre ich zum ersten Mal in einer fremden Wohnung. Ich war nun vollständig angezogen, aber gefühlt entblößter als je zuvor.

Frühstück? Das war doch normalerweise der Moment, an dem ich mit einem verlegenen Lächeln die Flucht ergriff. Nicht, dass ich das häufig machte, aber trotzdem. Es fühlte sich an, als stünde ich an einer Weggabelung, bereit, eine Entscheidung zu treffen, während mein matschiger Kopf sich weigerte, klare Anweisungen zu geben. Vielleicht sollte ich einfach aufhören, alles zu zerdenken. Vielleicht war es an der Zeit loszulassen und zu sehen, wohin das führt.

Bevor ich weiter in meinem Gedankenkreis feststeckte, kam Tobi mit einem Tablett ins Zimmer. Der Duft von frischem Kaffee, Brötchen und Rührei umspielte meine Nase. Er stellte das Tablett mit einer fast rituellen Sorgfalt auf dem Nachttisch ab, doch kaum hatte ich einen Blick darauf geworfen, war Tobi schon wieder neben mir. Seine Hände suchten meine Haut und noch ehe ich mich versah, war ich erneut nackt.

Ich musste lachen, ein Glucksen, das zwischen Überraschung und Freude lag. „Tobi! Wir wollten doch frühstücken…", brachte ich irgendwann hervor, während er mich mit einem halb ernsten, halb verschmitzten Lächeln zurück ins Bett zog.

„Frühstück kann warten", murmelte er leise und seine Stimme trug diesen Tonfall, der jede logische Gegenwehr meinerseits im Keim erstickte. Der Rest des Tages verlief in einem berauschten Nebel aus Küssen, Lachen und Momenten, in denen die Welt um uns herum einfach verschwand. Die Zeit schien sich aufzulösen und erst als es draußen dämmerte, fiel unser Blick wieder auf das verwaiste Tablett. Der Kaffee war inzwischen kalt, die Brötchen hart wie Steine.

„Na gut", meinte ich schließlich und setzte mich auf, während ich ein steinhartes Brötchen hochhielt wie eine Trophäe. „Frühstück zum Abendessen – das ist neu, sogar für mich."

Nachdem wir unser improvisiertes Frühstück beendet hatten, zog ich mich an. Ein Hauch von Wehmut überkam mich, als ich mich verabschiedete. Tobi begleitete mich zur Tür und hielt einen Moment inne, als würde er noch etwas sagen wollen, bevor er mir ein letztes Lächeln schenkte. Ich fühlte mich federleicht, beinahe euphorisch, als ich die Wohnung verließ. Auf dem Heimweg summte mein Kopf vor Gedanken, die ich zu sortieren versuchte: Die letzte Nacht, der Tag im Bett, das Lachen und diese seltsame Art von Zufriedenheit, die ich spürte.

Doch gerade, als ich den Schlüssel aus meiner Tasche zog und die Stille meiner Wohnung genießen wollte, vibrierte mein Handy in meiner Hand. Ich schaute auf das Display.

Daniel.

„Hallo?" Ich bemühte mich, meine Stimme normal klingen zu lassen, obwohl mein Kopf sich plötzlich wie ein Versteckspiel meiner Gedanken anfühlte. Warum rief er jetzt an und warum habe ich das Gespräch angenommen? Ich war nicht im Geringsten darauf vorbereitet.

„Frida, Moin… ich wollte nur mal hören, wann es dir nächste Woche passt und wie es dir geht?" Seine Stimme klang ruhig, sachlich, wie immer. Aber in meinem Kopf schrillten alle Alarmglocken. Gerade erst aus Tobis Bett gekrochen und jetzt dieser Anruf. Was war das hier für ein chaotisches Dreieck, in das ich mich manövriert hatte?

„…Klar…", stammelte ich und zwang mich, nicht an die Szenen des Wochenendes zu denken – an das Lachen, an Tobis warme Augen, die ein helles Braun hatten, das im

Licht fast goldene Töne annahm und in der Dunkelheit wie ein tiefes Schwarz wirkten. An seinen Körper, an unsere Körper… Mein Kopf war ein Märchenwald aus schlechten Entscheidungen und einem prüfenden Gewissen.

„Frida? Wie wäre es mit Donnerstag?", schlug Daniel vor.

„Donnerstag?", wiederholte ich mechanisch. „Ja, das klingt gut." Als ich aufgelegt hatte, blieb ich für einen Moment mitten auf der Straße stehen.

Donnerstag war noch eine Ewigkeit entfernt und zugleich in greifbarer Nähe. Was hatte ich mir da eingebrockt?

Kapitel 13

Der Montag kam schneller, als mir lieb war. Die Bürotür schwang auf und ich nahm einen tiefen Atemzug. Konzentrieren. Heute musste ich mich auf die Arbeit konzentrieren. Das war zumindest der Plan.

Tobi war bereits da und sah entspannt aus, fast zu entspannt für meinen Geschmack. Er trug ein dunkelblaues Hemd, die Ärmel locker bis zu den Ellbogen hochgekrempelt und eine Jeans, die perfekt saß. Ein Look, der ihm eine anziehende gelassene Eleganz verlieh. Als er mich sah, hob er eine Augenbraue und schenkte mir dieses Lächeln, das schon viele Meetings aufgelockert hatte. Kein Zeichen von Unbehagen, keine Spur von Sonntagmorgen in seinen Augen.

„Hey Frida, hast du das neue Code-Review gesehen? Vielleicht könnten wir später mal kurz drüber quatschen?" Er lehnte sich leicht gegen meinen Schreibtisch, seine Stimme klang entspannt, als wäre nichts gewesen. Ein Teil von mir wollte ihn anschreien – wie schafft er das nur?

„Klar, später", sagte ich mit gespielter Ruhe, obwohl mein Magen sich zu einem Knoten verhedderte. Ich hoffte, mein Gesicht verriet nichts von dem Durcheinander in meinem Inneren.

Dann kam Daniel.

Natürlich.

Er betrat den Raum mit dieser souveränen Gelassenheit, die ihn immer wie den Hauptdarsteller einer viel zu gut inszenierten Szene wirken ließ. Seine dunkelblonden Haare fielen ihm auf eine Weise über die Stirn, die fast zufällig wirkte, aber sicherlich alles andere als das war. Sein Blick wanderte kurz zu Tobi und mir, nur einen winzigen Moment länger als notwendig.

„Frida", sagte er, die Stimme gewohnt sachlich, doch mit einem Hauch von etwas, das ich nicht einordnen konnte. „Hast du Zeit für die Präsentation heute Nachmittag? Ich würde gerne die letzte Folie nochmal durchgehen."

Seine Augen blieben einen Moment an meinen hängen. Da war es wieder, dieses ungreifbare Etwas, das zwischen uns schwebte, während der Raum stiller wurde.

„Ja, selbstverständlich", antwortete ich und meine Stimme klang eine Spur zu hoch. Ich versuchte zu lächeln, ein nervöses Zucken, das vermutlich den Charme einer keifenden Amsel hatte.

Tobi, der immer noch an meinem Schreibtisch stand, musterte Daniel mit einem Ausdruck, der irgendwo zwischen Interesse und einem Hauch von Herausforderung lag. Daniel nickte schließlich und meinte: „Gut, dann sehen wir uns später." Sein Lächeln blieb unerschüttert, während er sich zurück an seinen Platz begab.

Ich atmete tief durch, während ich meinen Blick auf den Bildschirm vor mir heftete. Meine Hände zitterten leicht, als wäre ich gerade durch einen unsichtbaren Spagat an Emotionen gegangen. Ich starrte weiter beharrlich auf meinen Bildschirm und Tobi starrte weiterhin beharrlich auf mich.

„Na gut, Frida. Auch wir sehen uns dann später", sagte er schließlich, mit einem Tonfall, der mehr Fragen als Antworten hinterließ. Er klopfte kurz und lässig auf meine Tischplatte und verschwand.

Die Stunden zogen sich und ich konnte mich kaum konzentrieren. Jeder Mausklick, jedes Tippen auf der Tastatur klang lauter als sonst und erinnerte mich an das Chaos, das ich selbst angerichtet hatte. Zwei Arbeitskollegen. Das konnte doch nicht wahr sein! War ich wirklich diese Frau?

Immer wieder fragte ich mich, ob Daniel etwas sagen würde oder ob er mich einfach nur mit seinen durchdringenden Blicken weiterhin in den Wahnsinn treiben wollte. Diese Blicke, die sich an mich hefteten wie unsichtbare Pfeile, jedes Mal, wenn ich in seine Richtung sah. Tobi dagegen verhielt sich einfach wie Tobi: locker, charmant und mit einem verschmitzten Lächeln, als wäre der Sonntag ein harmloser Spaziergang im Park gewesen. Ich hasse es, dass er so entspannt sein konnte. Hatte er überhaupt auch nur einen Hauch von Zweifel? Wie konnte er diese gedanklichen Loopings einfach ignorieren? Denkt er vielleicht die ganze Zeit daran, wie ich nackt aussehe? Ich merkte, wie meine Wangen warm wurden, ich musste mich konzentrieren, auf etwas anderes, unauffällig. Ich blickte wieder Richtung Bildschirm und schloss die Augen.

Als es schließlich Zeit für die Besprechung mit Daniel war, saß ich im Konferenzraum und versuchte, mich hinter einem Stapel Ausdrucke zu verstecken. Er kam herein, seine Bewegungen fließend und selbstbewusst. Seine dunkelblonden Haare, die blauen Augen, die normalerweise eine ruhige Entschlossenheit ausstrahlten, wirkten heute unergründlich, als er sich setzte und mir einen Blick zuwarf, der alles und nichts verriet.

Ich begann, die Folien zu erklären, meine Stimme fest, aber innerlich tänzelte ich wie eine Birke im Wind. „Frida", unterbrach er mich plötzlich, seine Stimme ruhig, doch mit einer Schärfe, die mich aufhorchen ließ. „Alles okay bei dir?" Mein Nicken kam viel zu schnell. „Ja, alles gut. Sehr, sehr gut ist alles. Nur…, ein bisschen viel los." Ich warf einen Blick auf den Bildschirm vor uns, als würde ich darauf die Antwort auf alle meine Probleme finden.

„Mhm", murmelte er und das Zögern in seiner Stimme füllte den Raum mit einer Spannung, die so dicht war, dass man sie hätte schneiden können. Er beugte sich leicht vor, seine Augen hielten meinen Blick fest. „Entspann dich. Ich freue mich auf Donnerstag."

Diese Worte sollten beruhigend wirken, klangen aber wie eine Aufforderung, die meine Nerven zum Zerreißen spannte. Ich spürte, wie mein Herz einen kläglichen Spurt einlegte. Ich sah ihn an und nickte, unfähig, irgendetwas Kluges zu sagen. Und dann vibrierte mein Handy auf dem Tisch. Es war einer dieser Momente, in dem die Zeit langsamer zu laufen schien. Der Bildschirm leuchtete auf und bevor ich ihn instinktiv umdrehen konnte, fiel Daniels Blick darauf. Ich sah, wie sich seine Augenbrauen minimal zusammenzogen, als er den Absender las. „Tobi Arbeit" stand da. Völlig unverfänglich und doch vielsagend. Ich spürte, wie sich eine Kälte von den Fingerspitzen bis ins Mark ausbreitete. Das durfte nicht wahr sein. Ich versuchte, die Nachricht zu ignorieren, als wäre nichts gewesen, während ich mich zwang, weiterzusprechen. Aber Daniels

Körpersprache veränderte sich in diesem Moment. Er lehnte sich zurück, sein Blick wurde kühl, distanziert, als hätte er eine unsichtbare Mauer zwischen uns hochgezogen. Es war, als hätte er eine Schlussfolgerung gezogen, die ihm nicht gefiel, auch wenn er es nicht offen zeigte.

„Okay, ich denke, wir haben alles geklärt. "Ich melde mich dann nochmal bezüglich der Details", sagte er schließlich und stand auf. Das Meeting endete abrupt. Sein Ton war geschäftsmäßig, beinahe gleichgültig.

Ich nickte, stand ebenfalls auf und begann, meine Unterlagen zusammenzuraffen. „Ja, gerne, mach das", sagte ich, während meine Gedanken immer noch um die Nachricht von Tobi kreisten. Ich warf einen schnellen Blick auf mein Handy, als Daniel den Raum verließ und las die Nachricht: „Sehen wir uns später auf eine Pommes Schranke?" Mein Kopf dröhnte. Ich tippte schnell eine Antwort: „Heute lieber nicht, ich muss nach Hause und schlafen."

Als ich das Büro verließ, fühlte ich mich ausgelaugt. Es war einer dieser Tage, an denen alles zu viel schien. Der kalte Novemberabend empfing mich mit einer sanften Brise, die meine Wangen kühlte und die Gedanken zumindest für einen Moment klärte. Ich liebte diese Jahreszeit, das fallende Laub und die leicht melancholische Stimmung in der Luft. Normalerweise fühlte ich mich im Herbst geerdet, aber heute? Heute war alles durcheinander. „Was mache ich hier eigentlich?" Mein Inneres war ein einziges Durcheinander. Ich kann das mit Tobi nicht weiterführen, wenn ich etwas mit Daniel will. Das wäre nicht fair.

Mit diesen Gedanken ging ich weiter durch die belebten Stuttgarter Straßen. Die Lichter der Stadt spiegelten sich auf den regennassen Gehwegen und die Schritte der Passanten klangen wie ein leises Trommeln in der Ferne. Ich schloss kurz die Augen und atmete tief durch, entschlossen, meinen Kopf freizubekommen. Doch plötzlich vibrierte mein Handy erneut. Ich zog es aus der Tasche und mein Herz stockte für einen Moment. Daniel hatte mir geschrieben: „Kann ich dich heute Abend sehen?" Ich hielt inne und spürte, wie mein Atem flacher wurde. „Nein, heute mache ich mal Männerpause", murmelte ich und schob das Handy entschlossen zurück in die Tasche.

Als ich um die Ecke zu meiner Wohnung bog, blieb ich wie angewurzelt stehen. Mein Herz setzte für einen Moment aus, als ich Daniel vor meiner Haustür entdeckte. Was macht er hier? Mein erster Instinkt sagte mir, dass das vielleicht seltsam war, aber dann erinnerte ich mich an den unausgesprochenen Moment im Büro. Vielleicht wollte er die Spannung klären, einfach auf Nummer sicher gehen. Daniel lehnte entspannt an seinem Auto, die Hände in den Jackentaschen seines eleganten Wollmantels vergraben. Als er mich sah, richteten sich seine blauen Augen direkt auf mich. Ein warmes Lächeln umspielte seine Lippen. „Hey", sagte er sanft, als ob es die natürlichste Sache der Welt wäre, vor meiner Wohnung zu warten. „Ich hoffe, es überrumpelt dich nicht, dass ich hier bin."

Ich versuchte, meine Überraschung zu verbergen, aber es gelang mir nur halbherzig. „Daniel..., doch", sagte ich und zwang mich zu einem Lächeln, während ich langsam auf ihn zuging. „Was machst du hier?"

Er zuckte entschuldigend mit den Schultern. „Ich wollte dich sehen und ich hatte irgendwie das Gefühl, dass bei unserem Gespräch vorhin etwas nicht ganz gestimmt hat." Seine Stimme war ruhig und seine Augen suchten nach Antworten in meinem Gesicht. „Ich wollte einfach sicherstellen, dass es dir gut geht."

Ich konnte nicht leugnen, dass es auch eine gewisse Zuneigung in seiner Geste gab. Kein Stalker, eher eine freundliche Fürsorge. Aber ich war müde, emotional erschöpft und meine Gedanken schwirrten wild umher. „Das ist lieb von dir. Mir geht's gut, wirklich. Ich war nur..." Ich machte eine vage Handbewegung. „Es war einfach eine lange Woche."

„Es ist Montag, Frida." Daniel sah mich irritiert an.

„Ja, siehst du." Ich versuchte meinen Fehler wegzulächeln. Daniel lachte und trat einen Schritt näher, nicht zu aufdringlich, aber nah genug, dass ich die Wärme in seinem Blick spüren konnte. „Ich wollte dich nicht überrumpeln, wirklich. Aber ich dachte, vielleicht brauchst du jemanden zum Reden." Dann lächelte er. „Und ehrlich gesagt, hatte ich mich einfach gefreut, dich zu sehen." Ich spürte, wie mein Herz einen kleinen Sprung machte, doch gleichzeitig war da dieser unvermeidliche Knoten in meinem Bauch – ein unordentlicher Mix aus Fragen, Zweifeln und unbestimmter Vorfreude. Tobi, Daniel und die verzweifelte Suche nach Klarheit: Was wollte ich eigentlich? Ich zwang mich zu einem Lächeln, das sich genauso falsch anfühlte wie ein Gummibär im Obstsalat. „Ich weiß das zu schätzen, wirklich. Aber heute Abend brauche ich einfach ein bisschen Zeit für mich."

Daniel musterte mich schweigend und in seinen Augen lag etwas, das mich fast dazu gebracht hätte, meine Worte zurückzunehmen. Eine Verletzlichkeit, die in seine sonst so selbstsichere Art eingewoben war. Doch dann nickte er langsam, wie jemand, der widerwillig eine unangenehme Wahrheit akzeptiert. „Natürlich. Ich wollte dich nicht bedrängen." Seine Stimme war ruhig und er trat einen Schritt zurück, als wolle er mir Raum geben. „Ich wollte nur, dass du weißt, dass ich für dich da bin, wenn du mich brauchst."

Ein leichtes Stechen zog durch meine Brust. Konnte er nicht einfach ein bisschen unsympathisch sein? Ein kleines bisschen arrogant oder abweisend? Das würde die Sache doch so viel einfacher machen. Stattdessen machte Daniel alles schwerer. Ich brachte ein kleines, halbherziges „Danke, Daniel. Ich melde mich, okay?" heraus.

Er lächelte wieder, doch diesmal lag eine sanfte Schwermut in seinen Augen, als hätte er auf eine andere Reaktion gehofft. „Okay. Dann wünsche ich dir eine gute Nacht."

Ich rechnete damit, dass er jetzt ins Auto steigen würde, vielleicht einen dieser filmreifen Abgänge hinlegen würde, die ein leises Bedauern zurücklassen. Stattdessen machte er einen Schritt auf mich zu. Instinktiv trat ich einen Schritt zurück, meine Atmung beschleunigte sich, als ob mein Herz plötzlich das Memo bekommen hätte, dass hier etwas Großes passiert. Bevor ich realisierte, was geschah, war Daniel direkt vor mir, die Luft zwischen uns angespannter als ein Geigenbogen. Der Geruch seines Parfums – eine Mischung aus warmem Sandelholz und einer Spur Tonkabohne – war nah, zu nah. Er beugte sich leicht vor und ein sanfter Kuss streifte meine Wange. „Bis morgen im Büro", flüsterte er, seine Stimme so leise, dass sie wie ein Geheimnis in der Nacht verwehte.

Ich blinzelte und für einen Moment schien die Straße stillzustehen. Kein Auto, kein Wind, nur das pochende Echo meines eigenen Herzschlags.

Daniel hielt kurz inne, als wollte er etwas sagen, doch dann entschied er sich dagegen. Ein letzter Blick, ein winziger Anflug von Sehnsucht in seinen Augen und er drehte sich um. Der Motor seines Autos brummte leise auf und die Rückleuchten verschwanden hinter der nächsten Straßenecke.

Die Kälte des Novemberabends drang endlich zu mir durch und ich zog meinen Mantel enger um mich. „Was mache ich hier eigentlich?" Der Gedanke kam mir nicht das erste Mal, aber heute hatte er eine neue Schärfe. Während ich die Stufen zu meiner Wohnung hinaufstieg, wirbelten meine Gedanken wie das bunte Herbstlaub umher, das um die Straßenlaterne tanzte. Zwei Männer, beide so unterschiedlich, beide in meinem Kopf und meinem Herz. Das ist wie eine dieser romantischen Komödien, Ende der Neunziger Jahre.

Als ich die Tür hinter mir schloss, lehnte ich mich für einen Moment dagegen und atmete tief ein. „Frida", sagte ich zu mir selbst und konnte ein kleines Lächeln nicht unterdrücken. „Du bist mitten in deinem eigenen Drama." Aber wer brauchte schon eine einfache Handlung?

Ich ließ mich auf das Sofa fallen, schloss die Augen und versuchte, die Ereignisse des Tages zu sortieren. Zwischen beruflichem Durcheinander, heimlichen Kuss-Momenten und chaotischen Gedankenspielen fragte ich mich, ob irgendwo darin eine klare Wahrheit zu finden war – vielleicht versteckt zwischen den Akten im Büro oder den halbleeren Kaffeetassen, die als stille Zeugen der letzten Wochen dienten.

Doch bevor ich eine Antwort erahnen konnte, zog mich der Schlaf gnadenlos in seine Umarmung.

Kapitel 14

Unruhig wälzte ich mich, begleitet von flüchtigen Träumen und den gedämpften Stimmen, die meine innere Unruhe wie eine Ouvertüre begleiteten.

Plötzlich riss mich das Vibrieren meines Telefons aus dem Schlaf. „Was!? Ist das schon mein Wecker?", murmelte ich. Auf dem Display blinkte der Name „Tante Hanne". Ein morgendlicher Anruf? Das konnte nichts Gutes bedeuten. Wie spät ist es überhaupt?

„Tante Hanne! Von dir habe ich ja lange nichts gehört", begrüßte ich sie, bemüht, meine Stimme munter klingen zu lassen. Doch am anderen Ende herrschte keine Fröhlichkeit. Ihre Stimme war zu ruhig, ein Gleichmaß, das in mir sofort Alarm auslöste.

„Frida, hör mir jetzt gut zu und bleib ruhig", begann sie und die Spannung in meinen Schultern verwandelte sich in eiserne Starre. Ruhig bleiben? Welche Person bleibt ruhig, wenn man ihr sagt sie soll ruhig bleiben? Das konnte nur eines bedeuten: etwas Unabwendbares, etwas, das sich nicht mit einem achselzuckenden „Es wird schon" beiseiteschieben ließ.

„Was ist los?" Meine Stimme war hoch, fast fremd.

„Alva ist zusammengebrochen. Sie ist stabil, aber im Krankenhaus. Komm bitte so schnell es geht nach Hause."

Panik überschwemmte mich, wie eine Welle, die zu hoch ist, um sie zu durchbrechen. Meine Mutter, Alva, ist zusammengebrochen? Für einen Moment konnte ich nur starren, mein Herz pochte dumpf und die Worte der Realität klopften erbarmungslos an meine Schläfen. Aber irgendwo in mir regte sich dieser kleine Teil, der in Krisen die Kontrolle übernahm.

„Okay, wie geht es ihr? Weißt du mehr? Weiß Sönke Bescheid?"

„Sie ist im Krankenhaus in Flensburg, sie ist stabil, in guten Händen und ja, Sönke weiß Bescheid."

Ich konnte es nicht fassen, meine Mutter, die unkaputtbare. Mein Blick wanderte zur Uhr, fast Mitternacht. Ohne zu zögern, griff ich nach meiner Tasche, schickte ein paar kurze Nachrichten an meinen Chef und Nele, packte mechanisch ein paar Sachen. Es war fast wie ein Skript, das ich abspulte: Taschen, Tickets, Notfallmodus. Am Bahnhof angekommen, schien die Welt seltsam still zu stehen, als würde sie spöttisch die Schultern zucken. Die Uhr zeigte die Minuten an, aber jede Sekunde zog sich wie Kaugummi, das man viel zu lange gekaut hatte. Atemübungen? Fehlanzeige. Jede Technik, die ich mal in einem ach so klugen Artikel gelesen hatte, schien nutzlos. Sogar meine Thrash-Metal-Playlist, die sonst jede Sorge erstickte, scheiterte kläglich daran, die düsteren Gedanken zu übertönen. Ich richtete meinen Blick auf die große Anzeigetafel der Züge. Noch 30 Minuten bis zur Abfahrt und der Zug würde erst wieder in Hamburg halten. Als ich mich wieder umdrehte und zum Bahnsteig schaute, stand er plötzlich vor mir: Der große Berg aus Sorgen und Traurigkeit, den ich die letzten Stunden erfolgreich abgeschüttelt hatte. Es war, als hätte ich mich so schnell bewegt, dass er nicht mit mir Schritt halten konnte, nur um mich jetzt mit all seiner erdrückenden Schwere einzuholen.

Ich spürte, wie ich instinktiv versuchte, diese Last zu ignorieren und sie noch ein wenig länger von mir fernzuhalten. Nur so lange, bis ich im Zug sitzen und mich wieder neu sammeln konnte. Ich holte tief Luft und räusperte mich, in der stillen Hoffnung, den Kloß in meinem Hals damit hinunterzuschlucken. Mit einem gezielten Schritt bewegte ich mich zum Bahnsteig und stellte mich in meinen Abschnitt. Ich schloss die Augen, lauschte den leisen Geräuschen um mich herum. Alles, was ich wollte, war das beruhigende Rattern des einfahrenden Zuges, das mir endlich das Gefühl geben würde, vorwärtszukommen.

Als der Zug schließlich eingefahren war, ließ ich mich auf einen Platz sinken, begleitet von der leisen Hoffnung, ein wenig Schlaf zu finden. Doch kaum hatte der Zug Fahrt aufgenommen, drängten sich Erinnerungen an meine Mutter in meinen Geist, wie abgenutzte Szenen eines oft abgespielten Films. Ihr herzliches Lachen, das jede ihrer Umarmungen durchzog und die kleinen unausgesprochenen Ratschläge, die in den Zwischenräumen ihrer Worte lagen, schienen plötzlich lebendiger denn je. Wie oft hatte ich das als selbstverständlich betrachtet? Man lebt so, als wären Eltern ein unerschütterliches Fundament, ein immerwährendes „Da". Bis plötzlich der Boden wankt. Meine Gedanken kreisten, wie kleine nervöse Vögel und pickten an der Erkenntnis, die ich bisher so tapfer verdrängt hatte: Meine Eltern wurden älter, verletzlicher und die Illusion ihrer Unantastbarkeit bröckelte. Eine leise Angst kroch in mir hoch – was, wenn das nur der Anfang war? Was, wenn ich nicht da war, wenn sie mich wirklich brauchten? Ich konnte nicht leugnen, dass die lange Fahrt diese Wahrheit nur umso deutlicher machte. Lebte ich zu weit weg, um für sie da zu sein?

Der Gedanke traf mich wie ein Schlag: Was für eine Tochter war ich, die sich ein Leben weit weg von der Vertrautheit der Kindheit aufgebaut hatte? Ich starrte aus dem Zugfenster hinaus in die Nacht. Schon oft hatte ich dieses nagende schlechte Gewissen gespürt, ein leises, aber hartnäckiges Ziehen, welches mir immer wieder zuflüsterte: „Du bist nicht da, wenn sie dich brauchen." Aber jetzt, mit meiner Mutter im Krankenhaus, fühlte es sich überwältigend an, wie ein Urteil, das ich über mich selbst fällte.

Mein Bruder Sönke wohnte seit einigen Jahren in Singapur und auch ich hatte mich entschieden, wegzuziehen. Das war keine spontane Entscheidung gewesen, sondern eine wohlüberlegte, fast strategische. Ein neuer Job, eine Stadt die mich reizte, die Verlockung, mich außerhalb der vertrauten Kreise zu beweisen. Doch war es Egoismus, diesen Schritt zu gehen? Eine Art von Flucht, bei der ich mich hinter „Selbstverwirklichung" versteckte? Oder war es vielleicht Mut, der Mut, das Unbekannte zu erkunden, auch wenn das bedeutete, etwas hinter mir zu lassen?

Ich dachte an meine Eltern, an ihre Gesichter, an die kleinen Veränderungen, die ich bei jedem Besuch bemerkte. Der Gedanke, dass sie jeden Tag ohne mich lebten, mit kleinen und großen Herausforderungen, den banalen wie den bedrückenden, brannte in meinem Inneren. War es wirklich fair, dass ich mir ein Leben so weit weg von ihnen aufgebaut hatte? Gleichzeitig war da diese leise Stimme, die mich fragte, ob das Leben in der Nähe sie wirklich glücklicher gemacht hätte oder ob ich es mir selbst nur einredete, weil ich die Erwartungen nicht erfüllte, die ich ihnen oder mir selbst zugeschrieben hatte. Hätten wir uns häufiger gestritten? Hätte die Nähe die Beziehung erdrückt? Ich wusste es nicht.

Es gibt keine klare Antwort, dachte ich, als ich meine Hände auf meinem Schoß faltete. Für die Eltern da zu sein und gleichzeitig den Mut aufzubringen, an unbekannten Orten etwas Neues zu wagen – zwei Ziele, die oft im Widerspruch stehen. Doch wo verläuft die feine Grenze zwischen diesen beiden Welten? Liegt sie in einem zusätzlichen Anruf, in einem spontanen Wochenendbesuch, selbst wenn der Alltag drängt? Oder ist sie letztlich nichts weiter als der schlichte, aber unerreichbare Wunsch, alles richtig zu machen, ohne jemals wirklich zu wissen, was „richtig" bedeutet?

Als der Zug sich dem Ziel näherte, fühlte ich die Last dieser Fragen schwer auf meinen Schultern. Ich war nicht die Tochter, die „gleich um die Ecke" wohnte. Aber ich war die Tochter, die jetzt hier war und ich hoffte, das ist es, was zählt.

Kapitel 15

Nun stand ich hier, am Morgen, mitten in der klinisch sterilen Krankenhausatmosphäre, umgeben von grellem Neonlicht und dem leisen Piepen der Maschinen, während sich mein Kopf weigerte, die Situation zu verarbeiten. „Was für eine trostlose Realität", dachte ich und spürte, wie sich meine Schultern anspannten.

Als ich endlich ans Bett meiner schlafenden Mutter durfte, schob sich eine Flut von Emotionen durch meinen Körper – Überforderung, Angst und eine Melancholie, die ich kaum zu benennen wusste. Da lag sie, meine Mutter, immer noch stark, selbst im Schlaf, doch der Anblick ließ mich in einem Moment der Realität stranden, den ich nicht kommen sah. Die Vorstellung, dass auch sie endlich war, drückte mir die Luft aus den Lungen. Die Tür öffnete sich leise und ich wandte mich um. Ein Arzt kam herein und natürlich sah er gut aus. Dunkles, leicht welliges Haar, ein akkurat gestutzter Dreitagebart und diese braunen Augen, die warm, aber auch seltsam durchdringend waren. Und dann diese Stimme – die Mischung aus Sanftheit und Autorität, als würde er einem gerade eine exklusive Testfahrt in einem Luxusauto empfehlen.

„Dr. Brambella, guten Tag", seine ruhige, sanfte Stimme füllte das Zimmer. Aber ich war meilenweit weg. An wen erinnert mich bloß seine Stimme? Mein Blick wanderte unauffällig über ihn. „Matthew McConaughey!" dämmerte es mir. Dieser Arzt klang genau wie Matthew McConaughey während er mir erklärte, wie es mit meiner Mutter weiterging.

„Konzentration, Frida, Konzentration." Aber das war leichter gesagt als getan.

„… und so würden wir dann fortfahren", erklärte er. Sein Blick traf meinen und ich wusste sofort: Er wartete auf eine Antwort. Eine, die ich nicht geben konnte. Denn: Was hatte er gerade gesagt? Ein verschwommenes „Wie bitte?!" entkam mir, bevor ich es verhindern konnte. Ein Hauch von Verlegenheit lief mir über die Wangen. Spitze. Genau der richtige Moment, um die Gedächtnisspanne eines Goldfisches zu haben.

„Ich habe leider nicht alles verstanden", gestand ich.

Dr. Brambella nickte geduldig und wiederholte seine Erklärung, während ich diesmal krampfhaft versuchte, meine Gedanken beisammen zu halten.

Die Zimmertür öffnete sich hinter Dr. Brambella und Tante Hanne schob sich leise in das Zimmer. Die jüngere Schwester meiner Mutter, mit ihren kurzen dunklen Locken und der athletischen Haltung einer Frau, die niemals ein Tennismatch ausließ. Sie hatte ein Talent dafür, selbst in den bedrückendsten Momenten ein Lächeln hervorzubringen. „Na, was sagt der schöne Arzt?" Ihre Augen blitzten verschmitzt.

Ich konnte mir ein leises Lachen nicht verkneifen.

Als sie den Blick des Arztes bemerkte, grinste sie. „Ich schnack mal mit der Schwester. Die weiß hier eh immer alles." Ohne eine Antwort abzuwarten, zog sie ab und ich spürte eine seltsame Mischung aus Dankbarkeit und

Erleichterung. Meine Tante, die selbstbewusste Agentin im Alltagsleben, wusste, wie man Informationen beschaffte.

Der Arzt erklärte mir noch einige Einzelheiten, die mich beruhigten und als er ging, setzte ich mich zurück auf den Stuhl, hielt die Hand meiner Mutter, die sich warm und lebendig anfühlte und sagte leise: „Du schaffst das, Mama. Ich bin hier." Ein Kloß bildete sich in meinem Hals, während das vertraute Piepen der Maschinen ein merkwürdig beruhigendes Hintergrundgeräusch wurde.

Kurze Zeit später kam Hanne zurück und strahlte, als hätte sie gerade den Hauptgewinn gezogen. „Alles soweit okay. Der schöne Dr. Barella hat sich keine großen Sorgen gemacht." Sie zwinkerte mir zu und ich schüttelte nur den Kopf.

„Brambella, Hanne. Dr. Brambella", korrigierte ich sie und spürte, wie sich ein leises Lächeln auf meinen Lippen breitmachte. Wir umarmten uns und ich merkte, wie sehr wir beide diese Umarmung gebraucht hatten. In diesem Moment wusste ich, dass, egal wie schwer es auch sein mochte, wir das hier irgendwie gemeinsam schaffen würden. Nachdem Hanne an der Seite meiner Mutter geblieben war, nutzte ich die Gelegenheit, um nach unten zu gehen und mir am Automaten einen Kaffee zu holen. Der Duft des frischen Kaffees erfüllte den kühlen Flur und wirkte wie eine kurze Umarmung inmitten des aufwühlenden Chaos. Der Becher füllte sich langsam mit der dunklen Flüssigkeit und ich atmete tief durch. Die aufkommende Wärme in meinen Händen war ein winziger Trost, aber immerhin besser als nichts.

Während ich wartete, schaltete ich mein Handy ein, das ich vor dem Betreten des Krankenhauses ausgeschaltet hatte. Ein leises Vibrieren und schon sprangen drei Nachrichten auf den Bildschirm. Nele war die Erste: „Wann soll ich dich abholen und wie geht's deiner Mama?" Dann leuchteten fast gleichzeitig Nachrichten von Tobi und Daniel auf: „Wie geht's dir? Wo bist du?"

Ich seufzte leise. Es war wie ein unsichtbarer Drahtseilakt, der sich durch mein Leben zog: die Sorge um meine Mutter, die aufrichtige Zuneigung meiner besten Freundin und das komplizierte Geflecht aus Gefühlen zu diesen beiden Männern. Heute war das alles zu viel. Ich tippte mechanisch eine kurze Antwort an Nele: „Alles okay. Sie ist stabil. Melde mich später." Für mehr fehlte mir die Energie.

Der Kaffee war kaum halb getrunken, als Hanne plötzlich um die Ecke kam. Sie musterte mich besorgt mit ihren braunen Augen, die von einem warmen Schimmer durchzogen waren. Ihre Anwesenheit war wie ein vertrautes Ankern in der aufgewühlten See.

„Frida, hast du überhaupt geschlafen?", fragte sie sanft, ihre Stimme trug eine Mischung aus Kühnheit und Mütterlichkeit.

Ich schüttelte den Kopf und nahm einen großen Schluck vom Kaffee, der viel zu bitter war. „Nein", murmelte ich. Der Schlafentzug begann, mich in einen Strudel der Erschöpfung und Traurigkeit zu ziehen. Jeder Muskel in meinem Körper protestierte gegen die Last der vergangenen Stunden.

„Hör zu", Hanne legte mir eine Hand auf die Schulter. „Warum schreibst du nicht Nele? Sie kann dich abholen. Ich bleibe bei Alva und passe auf." Ihre Stimme klang fest und der Gedanke, sich fallen lassen zu dürfen, war verlockend.

„Ja, du hast recht", antwortete ich und griff nach meinem Handy. Nele, immer mein Fels in der Brandung.

Schnell tippte ich: „Hey, kannst du mich abholen?"

Die Antwort kam in Sekunden. „Bin auf dem Weg."

Hanne lächelte und zwinkerte mir zu. „Keine Sorge, ich halte hier die Stellung. Versuch, dich ein bisschen zu erholen, Frida."

Die Wartezeit bis Nele kam, verging langsamer als eine Schulstunde an einem tristen Montag. Endlich sah ich sie um die Ecke biegen, in ihrem großen Familienauto, ein silberner Kombi, der sich wie ein träger Wal durch die Straßen schob. Sie trug ihre blonden Haare locker zum Dutt gebunden und hatte diesen sanft mütterlichen Ausdruck im Gesicht, der eine Mischung aus Überblick und Sorge zeigte.

„Moin", sagte sie, als ich die Beifahrertür öffnete und mich hineinschleppte. „Alles gut, Frida. Ich fahr' dich heim." Ihre Stimme war leise und beruhigend. Ohne ein weiteres Wort legte ich den Kopf an die Fensterscheibe und schloss die Augen. Die Straßen zogen vorbei, Lichter und Schatten spielten ein stilles Schauspiel. Nele sprach nicht. Sie wusste, dass das Beste, was sie tun konnte, einfach da zu sein war. Der sanfte Motor des Autos und das gleichmäßige Rauschen der Reifen waren wie ein Schlaflied. Die Autofahrt von Flensburg nach Nordfriesland dauerte 40 Minuten und als wir ankamen, streichelte Nele mir leicht den Arm. „Hey, Schlafmütze, wir sind da." Ich lächelte sie matt an, stieg aus und wusste: Mit Menschen wie ihr um mich herum konnte ich alles durchstehen.

Kaum hatten wir das Haus betreten, hallte uns ein ohrenbetäubendes „Jungeee, Jungeeee!" entgegen. Der Lärm traf mich wie eine Wand und ich hielt unwillkürlich inne.

„Was ist das?", fragte ich mit gehobener Augenbraue und warf Nele einen Blick zu. „Können deine Jungs plötzlich sprechen?"

Nele lachte, eine blonde Strähne fiel in ihr Gesicht, als sie den Kopf schüttelte. „Das ist Thore, wenn er sich online mit seinen Kumpels auf ein Spiel trifft, dann ist das mit viel Geschrei und wenig Substanz. Und frag mich nicht nach Details, ich bin bei deren Slang raus. Manchmal glaube ich, die sprechen eine Geheimsprache."

Thore, der Ältere, mit seinen dreizehn Jahren bereits fast so groß wie Nele selbst, war ein wandelndes Energiepaket. Und dann war da noch Felix, der Neunjährige, der trotz seines Alters immer ein Talent dafür hatte, sich mit klugem Humor und schiefem Grinsen in jede Konversation einzuschalten. Die beiden zusammen waren eine Einheit, die es locker mit einer kleinen Rockband aufnehmen konnte – mit Thore als Frontmann und Felix als unerschütterlichen Sidekick, der sich insgeheim für den Klügsten im Raum hielt.

„Thore klingt, als würde er live aus einer Parallelwelt berichten", murmelte ich und lauschte weiter dem unvermeidlichen Durcheinander, das sich aus dem oberen Stockwerk ergoss.

„Digga, das ist voll sus!", schallte es wieder.

„Wie bitte?" Ich legte den Kopf schief und schaute Nele an, meine Miene eine Mischung aus Fassungslosigkeit und amüsierter Resignation. Nele prustete los und warf mir einen liebevollen Blick zu. „Ja, das ist deren Alltag. 'SLAY, Digga!' ist mein neues Mantra. Wobei ich bis heute nicht weiß, ob das eine Aufforderung ist oder eine Feststellung."

Ich grinste. „Oh Gott, wir sind wirklich in dem Alter angekommen, oder? Das Alter, in welchem wir nicht mehr wissen, ob wir mithalten oder einfach leise nicken sollen."

Nele nickte schmunzelnd. „Definitiv. Vielleicht wirst du die erste Tante, die die Jugendsprache meistert. Das wäre doch was."

Sie führte mich in das Kinderzimmer ihres jüngsten Sohnes, Felix. Der Raum war hell und freundlich, die Wände waren mit bunten Zeichnungen von Raketen, Robotern und lachenden Sonnen dekoriert. Felix' Lieblingsplüschtiere saßen ordentlich in einer Ecke, während ein paar Autos lose verstreut lagen. Der Duft nach frischer Wäsche und einem Hauch von Vanillekerzen hing in der Luft. Nele hatte eine Matratze auf dem Boden vorbereitet, bezogen mit einer Decke, die mit Sternen bedruckt war und ein weiches Kopfkissen. Daneben stand ein kleines, sanft glühendes Nachtlicht in Form eines lächelnden Mondes. Diese liebevolle Geste ließ mir plötzlich die Tränen in die Augen steigen.

„Das ist so lieb von dir, Nele", flüsterte ich und zog sie in eine Umarmung. Ihre Arme umschlossen mich fest, wie nur sie es konnte, mit dieser warmen Vertrautheit, die mich an unsere gemeinsamen Abende voller Gespräche und Tee erinnerte.

„Wir sind Freundinnen. Es ist das Mindeste, was ich tun kann."

Ich lächelte erschöpft und ließ mich auf die Matratze sinken, die mich wie eine warme Wolke empfing. Doch bevor ich völlig zur Ruhe kam, stürmten Thore und Felix ins Zimmer, ihre Gesichter vor Energie und Neugier strahlend.

„Jungs, raus hier. Frida muss schlafen", sagte Nele mit gespieltem Ernst, während sie die beiden Richtung Wohnzimmer dirigierte. Doch Felix warf mir einen letzten prüfenden Blick zu und murmelte: „Frida geht vor uns ins Bett? Das ist doch noch total früh. Das ist echt sus."

Nele schmunzelte und zwinkerte mir zu, bevor sie mit den Jungs verschwand. „Tja, Tante Frida, du bist jetzt offiziell sus."

Ich lehnte mich zurück und ließ die Umgebungsgeräusche langsam in den Hintergrund treten. Der Lärm der Jungs wurde leiser und irgendwann schlief ich ein.

Kapitel 16

Ich blinzelte und öffnete langsam die Augen, der Schlaf hing noch schwer in meinem Kopf. Einen Moment lang wusste ich nicht, wo ich war, bis mein Blick auf das riesige „YOLO"-Poster neben mir fiel. Natürlich, ich war bei Nele.

Mein Handy lag neben der Matratze und leuchtete schon ungeduldig. Nachrichten, zu viele Nachrichten. Heute wollte ich mich jedoch nicht mit Smalltalk oder halbherzigen Erklärungen abmühen, warum ich gestern nicht erreichbar war. Die einzige Nachricht, die ich las, kam von Tante Hanne: „Mama geht es gut. Sie war gestern Abend kurz wach."

Ich atmete tief ein. Erleichterung breitete sich in meiner Brust aus. Langsam schleppte ich mich in die Küche und sah, dass Nele mit ihren Jungs längst unterwegs war. Auf dem Tisch lag eine handgeschriebene Notiz: „Frida, hab einen ruhigen Tag! Frühstück ist im Kühlschrank. Falls du was brauchst, ruf mich an. Drück dich, Nele." Ich musste lächeln. Nele war wirklich die Art von Freundin, die dir zeigt, dass auch kleine Gesten ein großes Herz haben. Doch ich konnte nicht herumtrödeln. Meine Mutter wartete auf mich. Also schnappte ich mir mein Handy und suchte hektisch nach dem Bahn- und Busfahrplan.

Entweder in zehn Minuten mit der Bahn los und den Anschlussbus schaffen, oder eine Stunde auf den Anschluss warten. Eine Stunde? Auf dem Land? Das bedeutete, auf einem verlassenen Bahnsteig herumstehen, der so trostlos war, dass selbst die Tauben sich zu langweilen schienen. Oder eine Ewigkeit am ZOB verbringen, der mit seiner

Mischung aus Geisterstadt und zeitloser Bushaltestellen-Tristesse mehr Schrecken bot als ein verlassenes Haus.

Zehn Minuten also. Ich riss mich aus meiner lethargischen Morgenstimmung und begann, mich fertig zu machen. Schnell die Tasche geschnappt, Neles Tür abgeschlossen und dann nichts wie los. Was ich als schnelles Rennen geplant hatte, wurde zu einem halbherzigen Joggen mit Atempausen und innerlichem Fluchen über meine nicht mehr ganz so jugendliche Kondition.

Die kühle Landluft biss mir ins Gesicht und während ich schnaufend vorwärts stolperte, konnte ich meine Gedanken nicht abstellen. Ich dachte an meine Mutter, die nun im Krankenhaus lag, und an diese schmerzliche Erkenntnis, die uns irgendwann alle trifft: Eltern werden älter und das Leben erinnert uns daran auf die unsanfteste Weise. Die Zeit, die ich mit ihnen als endlos empfunden hatte, schien plötzlich wie Sand durch meine Finger zu rieseln. Und als ob das nicht schon genug war, drängten sich immer wieder die Bilder von Daniel und Tobi in meine Gedanken. Zwei Männer, zwei Wendungen, die mein Leben noch turbulenter machten. Was wollte ich eigentlich? War ich wirklich in einer Art Dreieck geraten? „Großartig, Frida", sagte ich zu mir, als ich schließlich den Bahnsteig erreichte und – welch Wunder – die Bahn gerade einfuhr. Wenigstens musste ich nicht eine Stunde warten und meine Gedanken weiter entwirren.

Ich sank auf einen der gepolsterten Sitze und starrte aus dem Fenster. Die nordfriesische Landschaft zog an mir vorbei, weit und flach, wie mein aktueller Geisteszustand. Das Landleben hatte seinen Reiz, keine Frage, aber wenn man auf den öffentlichen Verkehr angewiesen war, fühlte es sich an, als würde man in einem Ort wohnen, den sogar die Zeit vergessen hatte. Eine Bahn pro Stunde, ein Bus, der kam, wann er wollte – das war kein Nahverkehr, das war ein Geduldstest. Ich ließ den Blick durch den Wagen schweifen. Hier saß sie also, die Dorfprominenz: Der ältere Herr, der direkt zwei Plätze beanspruchte und der Teenager mit Kopfhörern, der aussah, als ob er gerade eine pubertäre Rebellion durchlebt. „Eine seltsam beruhigende Gesellschaft", dachte ich und lehnte mich zurück.

Ich schaffte es gerade noch, mich zum Anschlussbus nach Flensburg zu schleppen, hundemüde und mit der Anmut eines Schneemanns bei Tauwetter. Der Bus war um diese Uhrzeit – 9:30 Uhr an einem Wochentag – fast leer. Die arbeitsamen Seelen dieser Kleinstadt saßen wohl schon an ihren Schreibtischen oder rührten ihren vierten Kaffee um, während ich mich in einen Sitz plumpsen ließ und mein Handy anstarrte, als wäre es ein Orakel. Max und Anni hatten geschrieben und erkundigten sich, wie es meiner Mutter ging. Ich tippte eine schnelle Antwort: „Sie ist stabil, war gestern Abend wach."

Dann kam es wie immer: Die Übelkeit. Nachrichten auf dem Handy tippen, während der Bus sich durch die Kreisverkehre schlängelt – keine gute Idee. Meine Magengegend meldete sich prompt zu Wort. Ich setzte mich, bevor es kritisch wurde, auf den Sitz hinter der Fahrerin. Blick nach vorne, tiefe Atemzüge. Bloß nicht zum Gesprächsthema des Tages werden. Gerade als mein Magen sich endlich beruhigte und der vertraute Rhythmus des Busfahrens wie ein Wiegenlied wirkte, hielt der Bus an und die Türen öffneten sich mit einem mechanischen Seufzen. Ich schaute auf und da stand er. Paul. Mein Herz setzte für einen Moment aus, bevor es anfing, wie ein marschierendes Orchester zu trommeln. Er sah älter aus, klar, das taten wir alle, aber trotzdem war da dieser Paul-Touch – die dunklen Augen, immer noch tief und warm wie eine Tasse heißer Kakao an einem stürmischen Winterabend.

„Oh nein", dachte ich. „…Oh nein, hoffentlich sieht er mich nicht." Der Bus war fast leer, die Chancen standen schlecht. Paul – mein Paul, meine erste große Liebe, der Mensch, mit dem ich fast alle meine ersten Male verbracht hatte, das erste Mal auf Sylt unter Sternen übernachtet, das erste Mal in Ribe gefeiert, das erste Mal mit einem Auto über die nordfriesischen Landstraßen gefahren und laut Musik gehört, das erste Mal auf einem Konzert geknutscht und, na klar,… DAS erste Mal. Was machte er hier in diesem Bus? Könnte das Universum bitte eine Sekunde Rücksicht nehmen?

„Frida?" Seine Stimme klang immer noch wie früher, ein bisschen heiser, als hätte er gerade sehr laut gelacht oder lange geredet. Ich spürte, wie meine Wangen glühten, aber ich zwang mich zu einem halbwegs lässigen „Moin Paul, lange nicht gesehen." Er setzte sich auf den Sitz gegenüber im Gang, so dass wir uns ansehen konnten.

„Du hier? Im Bus um diese Zeit?" Er lächelte und da war es wieder das Lächeln, welches damals jede Unsicherheit von mir weggespült hatte.

Ich zuckte mit den Schultern und versuchte, meine nervösen Finger ruhig zu halten. „Ja, lange Geschichte. Aber du hast es sicher schon gehört. Ich besuche meine Mutter im Krankenhaus. Und du? Was treibt dich in diese Richtung?"

„Ja, das mit Alva hat sich schnell rumgesprochen." er machte eine kurze Pause. „Ich fahre zur Arbeit", antwortete er und schob sich eine widerspenstige Haarsträhne aus der Stirn. Die Schmetterlinge, die ich für ausgestorben hielt, tanzten plötzlich in meinem Magen. „Aber schön, dich zu sehen, Frida. Wirklich."

Paul und ich saßen uns gegenüber und während der Bus weiter durch die flachen Landschaften tuckerte, versuchten wir, das Gespräch am Laufen zu halten. Es fühlte sich an wie ein vorsichtiges Herantasten an etwas, das einst sehr vertraut war, jetzt aber mit einer feinen Schicht Staub bedeckt war.

„Und, wie läuft's bei dir so?", fragte Paul und verschränkte die Arme vor der Brust. Er wirkte entspannt, als hätte er alle Zeit der Welt, während ich innerlich eine Checkliste abhakte: Gesichtsausdruck – neutral; Hände – nicht zu nervös spielen; Blickkontakt – nicht zu intensiv. Alles gleichzeitig zu managen war eine Herausforderung.

„Ach, viel Arbeit, du weißt schon." Ich zuckte mit den Schultern und versuchte lässig zu lächeln. „Und dann natürlich die Sache mit meiner Mutter jetzt…"

Paul nickte verständnisvoll. „Ja, das klingt hart. Ich hoffe, es geht ihr bald besser." Sein Blick war warm und irgendwie beschützend, was mich gleichzeitig beruhigte und beunruhigte. Da war er wieder, dieser Paul, der mit einem halben Blick meine Gedanken lesen konnte. Bevor die Stille zu lang wurde, setzte er nach: „Und was machst du beruflich? Immer noch im Projektmanagement?"

„Ja, genau. Es ist hektisch, aber irgendwie auch das, was ich mag." Ich versuchte, meine Antwort leicht klingen zu lassen, aber in meinem Kopf schwirrte eine andere Frage herum: Wann steigt er endlich aus? Ich konnte mich nicht erinnern, wann ein Gespräch zuletzt so viele widersprüchliche Gefühle in mir ausgelöst hatte. Die eine Hälfte wollte, dass es aufhörte, die andere wollte mehr hören, mehr von diesem alten Glanz auffangen.

„Du warst immer gut darin, alles zu managen", sagte Paul mit einem kurzen Schmunzeln. „Ich erinnere mich noch an unsere Reisen. Ohne dich hätten wir wahrscheinlich nie den letzten Zug von Sylt nach Hause erwischt." Er lachte leise und ich konnte nicht anders, als mitzulachen. Diese Erinnerungen hatten etwas Schönes, auch wenn sie sich jetzt fast wie aus einem anderen Leben anfühlten.

„Ja, das waren Zeiten", stimmte ich zu und senkte kurz den Blick. Der Bus schaukelte leicht, die Sonne spielte mit den Schatten auf dem Boden und ich fragte mich, ob er die gleiche Unruhe in sich spürte wie ich. War das hier ein zufälliges Wiedersehen oder steckte mehr dahinter?

„Ich muss gleich raus", sagte Paul plötzlich und ich fühlte, wie meine Schultern sich unmerklich entspannten. Die Mischung aus Erleichterung und einem Hauch von Bedauern überraschte mich selbst. „Aber es war echt schön, dich zu sehen, Frida. Vielleicht könnten wir mal einen Kaffee trinken gehen, wenn du länger hier bist?"

Ich nickte, ein wenig zu schnell. „Ja, das wäre nett." Nett, ein Wort, das sich gleichzeitig sicher und belanglos anfühlte. Aber für den Moment war es genug.

Der Bus hielt an und Paul stand auf, zog seine Jacke mit einer lässigen Bewegung zurecht, die ich damals schon mochte. Sein Blick traf noch einmal meinen, ein flüchtiges Lächeln, das alte Erinnerungen wie einen plötzlichen Windhauch aufwirbelte. Er drehte sich um und stieg aus, ließ den leichten Duft seines Aftershaves und einen Hauch Nostalgie hinter sich.

Was für ein Sahnehäubchen auf dem ganzen Chaos, dachte ich und spürte, wie sich ein ironisches Grinsen in meine Mundwinkel schlich. Das Leben hat ein Talent dafür, genau die Personen aufzutischen, die man in solchen Momenten weder erwartet noch unbedingt braucht. Paul, die erste große Liebe, die erste unschuldige Verliebtheit, als wir dachten, das Universum würde sich nur um uns drehen. Und jetzt? Jetzt saß ich in einem Bus, der durch die kühle norddeutsche Landschaft ratterte, mit einer Mutter im Krankenhaus, zwei Männern in meinem beruflichen Minenfeld und Erinnerungen, die wie alte Neonröhren in meinem Kopf flackerten. Ich setzte mich aufrecht hin, während der Bus sich wieder in Bewegung setzte. Die Sitze quietschten wie ein altes Karussell auf dem Jahrmarkt und ich musste über die absurde Melancholie meiner Gedanken lachen. War das jetzt mein großes Comeback? Frida, wieder wie 18, nur ohne die sorglose Überheblichkeit und mit deutlich weniger Lust auf billigen Wodka? Ich starrte wieder nach vorne auf die Straße, um gegen die Übelkeit anzukämpfen.

Kapitel 17

Als ich mit meinem Tee in der Hand das Krankenzimmer betrat, fiel mein Blick sofort auf meine Mutter, Alva. Sie war wach, das Kopfkissen schief unter einer Schulter eingeklemmt und ihre Augen hatten diesen typischen verkniffenen Ausdruck, den sie immer bekam, wenn sie entschieden hatte, dass sie irgendwo absolut fehl am Platz war. Ich atmete erleichtert auf. Wenn meine Mutter diesen Blick draufhatte, konnte es nicht allzu schlimm um sie stehen.

„Frida! Na, endlich", kam es heiter bis trocken von ihr. „Da bist du ja. Meine private Krankenschwester."

„Ja, hier kommt der First-Class-Service", antwortete ich, stellte den Tee auf ihren Nachttisch und umarmte sie, so gut es ging. „Möchtest du einen warmen Lappen für deine Stirn?"

Alva verdrehte die Augen und lachte leise. „Ach, bitte. Was hast du mir überhaupt mitgebracht?"

„Tee", sagte ich und setzte mich auf den Stuhl neben ihr. Sie zog eine Augenbraue hoch. „Tee? Hast du wenigstens Zucker eingeschmuggelt?"

„Kein Zucker", erwiderte ich streng. „Du sollst ja wieder zu Kräften kommen und keinen Zuckerschock riskieren."

„Wieder zu Kräften kommen?" Ein sarkastisches Lächeln huschte über ihr Gesicht. „Mit dem Essen hier?"

Ich musste laut lachen. „Mensch, Mama, du bist kaum wach und schon am Motzen. Das ist ein gutes Zeichen."

Alva zuckte mit den Schultern und ein Funkeln trat in ihre Augen. „Man muss den Laden hier doch in Schwung halten. Wenn nicht, dösen die noch alle ein."

„Typisch", sagte ich und schüttelte gespielt empört den Kopf. Sie nahm meine Empörung zur Kenntnis, verzog aber keine Miene. Stattdessen sagte sie mit der ruhigen Selbstverständlichkeit, die nur Mütter besitzen: „Ach Frida, mir geht's gut. Wenn ich wieder meckern kann, dann ist die Welt in Ordnung."

„Das stimmt", antwortete ich und grinste breit.

Alva zwinkerte mir zu. „Motzen hält jung. Das wusstest du nicht?"

„Soll ich das als ärztlichen Rat nehmen?" Ich lehnte mich zurück und nippte an meinem Tee, der viel zu stark gezogen hatte. „Genau", sagte sie, bevor sich ein kleines, verschmitztes Lächeln auf ihrem Gesicht ausbreitete. „Ach, und übrigens – die haben mir was Schönes gegen die Schmerzen gegeben."

Plötzlich begann sie leise zu kichern, ein Kichern, das sich schnell zu einem kleinen Lachanfall steigerte. „Ich bin vielleicht nicht ganz auf der Höhe."

„Das merke ich", sagte ich und konnte mir ein Lachen nicht verkneifen. „Du klingst, als hättest du zwei Gläser Wein zu viel erwischt."

„Mach drei draus", murmelte sie und kicherte erneut, während sie den Kopf an die Lehne sinken ließ.

„Mir tut's gut, dass du hier bist."

Wir sahen uns an und für einen Moment war ihr Zusammenbruch nur eine blasse Erinnerung, als hätte er sich in einer anderen Realität abgespielt. Meine Mutter lag da, halb aufrecht und betrachtete mich mit diesen durchdringenden braunen Augen, in denen man stets den Hauch von Schalk erahnte auch jetzt, umrahmt von ihrem halblangen, dunklen Haar, das mittlerweile von vielen grauen Strähnen durchzogen war, wie Glitzerfäden in einer Tapisserie.

„Aber wie geht's dir eigentlich?", fragte sie und zog dabei die Stirn leicht zusammen, ein Blick, den ich seit meiner Kindheit kannte, wenn sie versuchte, sich selbst abzulenken. „Erzähl etwas aus Stuttgart. In Nordfriesland passiert nichts."

Ich lachte und nahm einen Schluck Tee, der mittlerweile auf Zimmertemperatur abgekühlt war. „Du würdest dich wundern", sagte ich und bemühte mich, den Unterton von Müdigkeit aus meiner Stimme zu verbannen. Sie hob eine Augenbraue, die fast wie eine Miniatur-Hebebühne für ihre Zweifel wirkte. „Ach, bitte", erwiderte sie. „Was gibt's bei dir Neues? Wie sind die Leute da unten im Süden?"

„Na gut", begann ich, lehnte mich in meinem Stuhl zurück und bemühte mich, den Alltag in Stuttgart in ein spannendes Schauspiel zu verwandeln. „Also, da wäre Nina, meine Kollegin im Marketing. Die Frau ist ein wandelndes Stuttgart-Lexikon, kennt jede Ecke und noch die dazugehörige Geschichte. Ohne sie würde ich vermutlich in irgendeiner Abstellkammer verloren gehen und nie wieder auftauchen."

Ein Schmunzeln zog sich über das Gesicht meiner Mutter, während sie einen vorsichtigen Schluck von ihrem Tee nahm. „Klingt nach jemandem, den man gern in der Nähe hat", murmelte sie.

„Oh ja", sagte ich und schmunzelte, als hätte ich gerade an eine besonders absurde Anekdote von Nina gedacht. „Und dann ist da Herr Braun, mein Chef. Ein Mann, der seine Lebensaufgabe darin sieht, Excel-Tabellen mit der Hingabe eines Künstlers zu analysieren. Du kannst dir nicht vorstellen, wie ernsthaft jemand über den idealen Kaffeebohnenverbrauch referieren kann."

Ein leises Kichern kam über ihre Lippen, gefolgt von einem Anflug von Stolz. „Na, das klingt doch… effizient."

„Effizient ist das richtige Wort", sagte ich trocken und schüttelte leicht den Kopf. „Und dann gibt es da noch Tobi. Sehr nett."

„Aha, Tobi", wiederholte sie mit einem wissenden Unterton, der mich augenblicklich erröten ließ.

„Und…, Daniel", fügte ich nach einem Moment des Zögerns hinzu. Ihre Augenbrauen erklommen eine neue Höhe, fast so, als wollten sie sich dort oben niederlassen und auf Neuigkeiten warten.

„Daniel? Der Name klingt irgendwie bedeutungsschwer."

„Ja", seufzte ich und ein sanftes Ziehen machte sich in meiner Brust bemerkbar. Hatte sie etwa vergessen, dass ich schon von ihm erzählt hatte? Ich atmete ein und erzählte die

Eckdaten „Ein Kollege. Getrennt, aber irgendwie auch nicht? Es ist kompliziert."

Ihre Miene wurde weicher, aber die Verwirrung wich nicht. Ihre Augen fixierten mich mit einer Mischung aus Besorgnis und der Art von Klarheit, die nur Mütter haben. Es war die gleiche forschende Art, die sofort herausfand, wenn ich als Teenager heimlich geraucht hatte. Ich spürte, wie mein Mund trocken wurde, denn ich wusste, dass ich ihr nicht alles erzählen konnte. Nicht, dass Daniel immer noch bei seiner Frau und seinen Kindern wohnte, obwohl er behauptete, das sei nur noch eine Zweckgemeinschaft. Wie sollte ich das erklären, wenn ich selbst kaum eine Erklärung dafür hatte? Und da war diese leise Stimme in meinem Kopf, die wie ein Flüstern aus einer vergangenen Zeit mahnte. Ich wusste genau, was sie sagen würde: Meine Mutter, Alva, die sich kurz nach meiner Geburt von meinem Vater getrennt hatte, hatte sich geschworen, dass ihre Kinder niemals so leben sollten, niemals jemanden einfach nur dulden sollten. Niemals mit jemanden zusammen sein sollten, nur aufgrund von Umständen. Ein kalter Hauch kroch über meinen Nacken und ich schob die Gedanken energisch beiseite. Wie sollte ich dieser starken Frau das erklären, wenn ich es selbst kaum verstand?

„Alles okay bei dir?", fragte sie, ihre Stirn legte sich in die bekannten Falten, die nur auftauchten, wenn sie glaubte, dass ich ihr gerade einen Bären aufbinden wollte. Ich nahm einen großen Schluck von meinem Tee – hauptsächlich, um Zeit zu gewinnen. „Ja, alles gut, Mama. Ich bin nur ein bisschen müde."

Sie kniff die Augen zusammen. Dieser „Willst-du-mir-wirklich-etwas-vormachen?"-Blick. Oh, wie ich diesen Blick liebte und gleichzeitig hasste. Er war wie ein ehrlicher Spiegel, der einem die Wahrheit ins Gesicht schleuderte, ob man wollte oder nicht.

Ich konnte förmlich spüren, wie die Schweißperlen auf meiner Stirn tanzten und entschied, dass ein Themawechsel dringend notwendig war.

„Rate mal, wen ich im Bus getroffen habe", sagte ich, als hätte ich gerade die Pointe eines großartigen Witzes vorbereitet. Ich sah sie an, die Teetasse in der Hand, mein Lächeln etwas zu breit, um echt zu wirken.

Ihre Neugier war geweckt, das sah ich an dem Funkeln in ihren Augen. „Wen denn?", fragte sie und ich war mir sicher, dass sie nun eine kleine Geschichte der Dorfprominenz erwartete.

„Paul", sagte ich und machte eine bedeutungsvolle Pause, während ich ihre Reaktion beobachtete.

Alvas dunkle Augen weiteten sich und ihr Mund formte ein stummes „Oh". „Paul? Dein Paul!?"

Ich konnte nicht anders, als zu lachen. „Ja, genau der. Mein Paul". Meine Mutter lachte, ein warmes, tiefes Lachen, das ihren ganzen Körper mitschwingen ließ. „Ach, wie schön! Und wie sieht er aus? Ist er noch so süß wie früher?"

Ich dachte an Paul, wie er im Bus saß, älter, ein wenig markanter im Gesicht, die feinen Fältchen um seine Augen.

Aber diese dunklen, tiefen Augen – die hatten nichts von ihrer Wärme verloren.

„Er ist… älter geworden. Aber irgendwie auf diese anziehende Weise. Weißt du, wie ich das meine? Nicht mehr der junge Schwärmer, sondern… ja, der charmante Typ, der wahrscheinlich etwas zu viel nachdenkt."

Sie zog die Schultern hoch und grinste. „Wirklich, Frida. Vielleicht war das Schicksal. Und hat er dich auch so angesehen?"

Ich merkte, wie meine Wangen bei der Frage warm wurden. „Möglich. Wir haben uns unterhalten, als wäre die Zeit stehen geblieben. Aber ehrlich gesagt, ein paar Minuten mehr und ich hätte mir gewünscht, dass er einfach aussteigt."

Ihre Augen funkelten wieder und sie hob die Hand an ihr Kinn, als würde sie eine komplizierte Strategie durchdenken. „Vielleicht war er der kleine Aufrüttler, den du gebraucht hast. Hat er noch seine berühmten Monologe gehalten? Du weißt schon, die über das Leben und die Frage, ob man wirklich schon alle Philosophien im eigenen Kopf durchgegangen ist?"

Ich lachte, schüttelte den Kopf und stellte mir Pauls nachdenklichen Ausdruck vor. „Oh ja, er war immer noch der kleine Existentialist, der die großen Fragen stellt. Wir haben uns über alles und nichts unterhalten und er hatte diesen verträumten Blick, den ich schon damals nicht ganz verstanden habe. Wahrscheinlich fragte er sich, ob das Universum uns wirklich zusammen in diesen Bus gesetzt hat."

Meine Mutter lächelte nachdenklich und tätschelte meine Hand. „Frida, vielleicht ist es einfach das Leben, das uns auf charmante Weise zeigt, dass es noch Überraschungen gibt."

Ich nickte, ein kleiner Kloß formte sich in meinem Hals. Vielleicht hatte sie recht. Vielleicht war Paul nur eine unerwartete Fußnote. Ich schüttelte den Kopf über meine eigenen Gedanken. Es war ja lächerlich, jetzt über Paul nachzudenken. Schließlich war das mehr als zwanzig Jahre her und meine Jugendliebe war inzwischen genauso ein Teil meiner Vergangenheit, wie die bunten Haare, die ich mit siebzehn stolz zur Schau trug. Trotzdem konnte ich nicht verhindern, dass ein kleiner Stich von damals hochkam – dieser unwillkommene Herzschmerz, der sich wie ein schaler Nachgeschmack aus der Jugendzeit anfühlte.

In diesem Moment marschierte Tante Hanne ins Zimmer, als wäre sie gerade von einer Seefahrt zurückgekehrt und brächte Geschichten von fernen Küsten mit. Ihre dunklen Locken waren gewohnt perfekt gestylt und ihre Schritte hatten diesen energischen Schwung, der ihr so eigen war. „Wie geht es meiner großen Schwester?", fragte sie mit einer Stimme, die mehr Liebe und Herzlichkeit ausstrahlte als ein ganzes Hochzeitsalbum voller glücklicher Gesichter.

„Sie schläft", flüsterte meine Mutter und schloss dabei schauspielerisch die Augen, als wäre sie in einem Theaterstück. Ich konnte mir das Lachen nicht verkneifen. Ich wusste genau, was jetzt kam: Klatsch und Tratsch, der sich von der Marsch bis zur Ostsee erstreckte. Die beiden Schwestern konnten reden, bis selbst die Möwen die Flucht ergriffen. Und so entspann sich ein Geflecht aus Anekdoten und Erinnerungen, in denen alles Platz fand – von der letzten Dorffeier, bis hin zu Hannes neuesten Diätplänen, die sie mit dem Ernst einer Weltverschwörung diskutierte.

Die Stimmung war gerade auf dem Höhepunkt, als die Tür sich öffnete und Dr. Brambella – oder war es Dr. Barella? – ins Zimmer trat. Der Mann hatte die seltene Gabe, selbst schlechte Nachrichten in eine charmante Anekdote zu verwandeln. „Hallo, die Damen!", begrüßte er uns mit einem strahlenden Lächeln, das wahrscheinlich Herzklopfen auf der gesamten Station auslöste. „Ich hoffe, ich störe nicht?"

„Sie? Niemals", erwiderte meine Mutter mit einem kecken Augenzwinkern, das ich seit meiner Kindheit kannte. Es war die gleiche Art, wie sie früher den Postboten grüßte, wenn der mit dem wöchentlichen Klatschblatt kam.

Dr. Barella – Brambella – der Mann, der keinen Ring am Finger trug, wie meine Mutter später triumphierend erwähnen würde, gab uns ein Update über den Gesundheitszustand. „Alles sieht gut aus und wenn es so weitergeht, können wir Sie noch vor dem Wochenende entlassen."

Kaum war die Tür hinter ihm zugefallen, sah Hanne mich mit glitzernden Augen an. „Wie oft der Dr. Barella wohl angeflirtet wird?", flüsterte sie verschwörerisch.

„Er hat keinen Ring am Finger", verkündete meine Mutter, als hätte sie gerade die Lottozahlen verkündet. „Frida, der wäre doch was für dich!"

Ich spürte, wie mir die Röte ins Gesicht stieg und stand abrupt auf. „Ich gehe kurz raus", sagte ich, wobei meine Stimme ein bisschen dünner klang, als ich wollte. „Ich brauche einen Moment frische Luft."

Als ich auf den Flur hinaustrat, griff ich nach meinem Handy. Der Bildschirm zeigte eine Reihe verpasster Anrufe von Daniel, so dicht aufeinanderfolgend, dass es aussah, als wäre etwas Schlimmes passiert. „Oh nein", murmelte ich und konnte mir ein ungläubiges Kopfschütteln nicht verkneifen.

Ich drückte auf „Rückruf" und wartete, während das Freizeichen erklang. Fast augenblicklich ertönte Daniels Stimme, ein wenig zu aufgeregt für diese Stunde. „Frida! Endlich! Ich habe mir solche Sorgen gemacht!" Sein Tonfall schwankte irgendwo zwischen Erleichterung und leichtem Wahnsinn.

„Daniel, es ist alles okay", sagte ich und meine Stimme klang erschöpft, aber beruhigend. „Wirklich, du musst nicht..."

Er unterbrach mich und das allein war schon ungewöhnlich. „Es tut mir leid, wenn das verrückt klingt, aber ich bin bereits unterwegs in den Norden. Sag mir nur, wo ich hinkommen soll."

Ich hielt inne und die Worte hingen wie ein unerwarteter Gast in der Luft.

Kapitel 18

Warum macht Daniel das? Der ist wahnsinnig… Kein Wunder, dass er Interesse an mir zeigt. Ich ziehe immer nur die verrückten Männer an.

Ich stand da, das Handy am Ohr und versuchte zu begreifen, was gerade passierte. „Was macht dieser Mann?", dachte ich und fühlte eine Mischung aus Verblüffung und leichter Panik. Er fährt quer durch Deutschland, nur weil ich ein paar Tage nicht geantwortet habe? Es war absurd. Und gleichzeitig beunruhigend. Oder war es romantisch? Meine Gedanken wirbelten, als ob jemand einen Ventilator in meinem Kopf auf die höchste Stufe geschaltet hätte. Hatte ich ihn völlig falsch eingeschätzt? Vielleicht war Daniel mehr als nur ein Kollege mit gelegentlichen Ambitionen. Vielleicht war er wirklich besorgt.

Die vertrauten Töne des Fleetwood Mac Hits "Dreams" hallten in meinem Kopf wieder, während ich Daniel lauschte. Passen diese Zeilen nicht perfekt auf ihn? Eine Person, die sich nur meldet, wenn sie ignoriert wird? Oder war er tatsächlich fürsorglich, jemand, der mehr wollte als ein flüchtiges Abenteuer? Ein verheirateter Single – das klingt so widersprüchlich, wie ich mich gerade fühlte.

„Wo bist du jetzt?", fragte ich schließlich, obwohl ich ahnte, dass die Antwort mir nicht gerade Ruhe bringen würde.

„Hinter einer hohen Brücke", antwortete er und in seiner Stimme hörte ich die unterschwellige Anspannung. „Ich sehe gerade ein Schild mit der Ausfahrt Hüttener Berge."

Mein Magen verkrampfte sich, als ob ich eine Achterbahn-
fahrt angetreten hätte, von der ich nicht sicher war, ob ich
sie wirklich wollte. „Er ist schon fast da", dachte ich und
versuchte, meine innere Unruhe zu bändigen.

„Ich stehe vor dem Krankenhaus in Flensburg", hörte ich
mich sagen, bevor ich es registriert hatte. Der Satz hing in
der Luft und ich blinzelte überrascht über meine eigene
Ehrlichkeit. Hätte ich ihn nicht einfach am Telefon vertrös-
ten sollen? Jetzt konnte ich ihn schlecht auflaufen lassen.

„Okay, ich gebe die Adresse ins Navi ein. Warte einen Moment, Frida." Es entstand eine Pause. „Ich bin in 40 Minuten
da", sagte Daniel und mein Herz machte einen kleinen
Hüpfer. 40 Minuten. Nicht gerade die Ewigkeit, die ich mir
gewünscht hätte, um meine Gedanken zu sortieren.

Ein inneres Gedankenkarussell setzte sich in Bewegung,
schneller und schneller. „Was will er wirklich von mir? Ist
es Sorge oder etwas ganz anderes? Und warum dieser
plötzliche Drang, mich zu sehen?" Die Fragen stürmten
durch meinen Kopf, während ich mich selbst fragte, ob ich
für diese Begegnung bereit war. Schließlich war es nicht all-
täglich, dass ein Mann sich so plötzlich und entschlossen in
mein Leben drängte.

Ich versuchte einen klaren Kopf zu bekommen. „Also, was
mache ich jetzt?", fragte ich mich selbst. „Spiel ich mit oder
lasse ich ihn in der Kälte stehen?" Ich ging hinein, um mir
einen Kaffee aus dem Automaten zu holen.

Nach 40 Minuten stand ich wieder vor dem Krankenhaus.
Die frische Herbstluft war erfüllt von dem Duft feuchter

Blätter und einer Prise Nervosität. Dann sah ich ihn – Daniel. Er stieg aus seinem Wagen, eine Mischung aus Eile und Selbstsicherheit in seinem Gang, und überquerte den Parkplatz, die braune Lederjacke leicht offen, als würde er sich auf einen Spätsommernachmittag freuen, nicht auf einen Besuch im Krankenhaus.

Seine Haare, ein bisschen vom Wind verweht, saßen perfekt. Die blauen Augen, die ich mit einem tiefen Ozean verglichen hatte, blitzten, als sie mich erkannten und seine Lippen verzogen sich zu einem Lächeln – ein Lächeln, das in Sekundenbruchteilen beruhigend und aufwühlend zugleich war. Natürlich sah er blendend aus.

„Frida", sagte er mit dieser warmen, tiefen Stimme, die sofort den Lärm um uns herum verschwinden ließ. Bevor ich noch irgendetwas sagen konnte, zog er mich in eine Umarmung. Sein Geruch – eine Mischung aus frischem Kaffee, Leder und diesem ganz bestimmten Duft, den ich mit ihm verband – hüllte mich ein. Er hielt mich fester, als es die Umstände vielleicht geboten hätten und ich spürte, wie sich mein Herzschlag unwillkürlich beschleunigte. Dann spürte ich seine Lippen, wie sie sanft meine Wange berührten, ein flüchtiger Kuss, der so viel mehr andeutete, als er zeigte.

„Ich hoffe, ich habe dich nicht überrumpelt", murmelte er und trat einen Schritt zurück, seine Augen musterten mein Gesicht, suchten nach einem Zeichen, einer Einladung, die über die einfache Begrüßung hinausging.

"Überrumpelt trifft es ganz gut", antwortete ich, meine Stimme ein wenig atemloser, als ich es mir gewünscht hätte. Mein Blick fiel auf das Buch in seiner Hand. Ein Buch über

Stuttgart, sorgfältig ausgewählt mit einem Lesezeichen, das an der ersten Seite hervor spähte.

Daniel bemerkte meinen Blick. „Ich dachte, vielleicht freut sich deine Mutter über ein bisschen Heimat", sagte er und in seinen Augen lag ein Glänzen, das zwischen echter Sorge und seinem typischen Charme changierte, der mich immer wieder aus dem Konzept brachte.

Ein Lächeln huschte über mein Gesicht. „Das ist wirklich lieb von dir, danke." Ein Moment der Stille folgte, einer dieser Augenblicke, in denen man nicht sicher ist, ob man die leichte Spannung lösen oder einfach nur aushalten sollte. Daniel nutzte ihn, um seine Hand sachte auf meinen Arm zu legen, ein warmer, ruhiger Griff, der sagte: „Ich bin hier. Und ich bleibe."

„Wie geht es deiner Mutter?" Seine Stimme war leiser geworden und ich spürte, wie mein Herz ein wenig weicher wurde. Es war diese Mischung aus Ernsthaftigkeit und seiner entwaffnenden Präsenz, die mich gleichzeitig wütend und dankbar machte. Wütend, weil ich nicht wusste, was ich wollte und warum er eigentlich hier ist. Dankbar, weil er gerade da war.

„Besser. Ich glaube, das Buch wird sie aufheitern", sagte ich und versuchte, mich auf das Positive zu konzentrieren.

„Gut", sagte er und ein sanftes Lächeln zog sich über sein Gesicht. Wir standen noch immer nahe beieinander. Das Gespräch und die Umarmung hatten eine Art schützenden Kreis um uns gezogen, der den Rest der Welt ausblendete.

Er nickte und lächelte, dieses kleine, beruhigende Lächeln, das sagte: „Alles wird gut." Es war fast so, als ob wir in einem Raum stehen würden, den nur wir beide kannten.

„Wollen wir reingehen?", fragte er schließlich, ohne sich wirklich zu bewegen, als ob er nur auf mein Zeichen wartete.

Ich atmete tief durch und schüttelte leicht den Kopf. „Daniel, das ist lieb, aber du musst dich nicht drängen. Hast du nicht am Telefon gesagt, dass du ein Hotel gebucht hast?"

Er lachte leise, ein sanftes Lachen, das in seinem Brustkorb vibrierte. „Ja, ich wollte nicht aufdringlich sein. Aber ich bin hier, falls du möchtest, dass wir später zusammen Zeit verbringen. Vielleicht ein Spaziergang durch die Stadt?"

„Ein Spaziergang?" Ich konnte nicht verhindern, dass meine Mundwinkel sich hoben. „Das klingt nach einer guten Idee."

„Dann lass mich schnell ins Hotel fahren und mich frisch machen", sagte er und zwinkerte.

Kapitel 19

Die Dämmerung legte sich wie ein samtiger Schleier über die Stadt und die Luft war erfüllt von dieser besonderen Schärfe, die nur der November mit sich bringt – kühl, klar und verheißungsvoll. Der Winter wird kommen. Ich zog meinen Mantel enger um mich und spürte die knisternde Vorfreude in mir. Die Lichter der Stadt erwachten zum Leben und in den Schaufenstern begannen sich glitzernde Schneeflocken-Dekorationen und kleine Spielzeugzüge zu drehen. Die vertrauten Geräusche und der Geruch von salziger Seeluft mischten sich mit dem Murmeln der Menschen und dem gelegentlichen Klirren von Gläsern aus den umliegenden Cafés und Kneipen. Daniel stand dort, etwas zu lässig an eine Hauswand gelehnt und lächelte, als er mich sah. Sein Blick war wach und aufmerksam, als hätte er den ganzen Tag darauf gewartet, diesen Moment mit mir zu teilen.

„Da bist du ja", sagte er mit einem leisen Lächeln, das eine Spur von Erleichterung verriet. Ich erwiderte sein Lächeln und spürte, wie mein Herz einen Moment schneller schlug.

Wir schlenderten los und ich begann, ihm Geschichten zu erzählen, die ich selbst lange nicht mehr hervorgekramt hatte. Daniel lachte und nickte, als könnte er sich genau vorstellen, wie eine jüngere Version von mir vor ihm tanzte, mit neugierigen Augen und einer Welt voller Träume. Als wir am alten Kino vorbeikamen, tippte ich auf die abblätternde Fassade. „Hier haben wir Filme geguckt, die wir eigentlich noch nicht sehen durften, immer ein bisschen zu laut lachend und zwei Bier in der Tasche."

„Ich hätte nie gedacht, dass du so rebellisch warst", sagte Daniel mit einem schelmischen Funkeln in den Augen.

„Ach, ich würde nicht rebellisch sagen, eher frei", entgegnete ich mit einem Augenzwinkern. Wir gingen weiter, die Gespräche liefen fließend, getragen von den Erinnerungen, die ich für einen Moment wieder lebendig werden ließ. Die Zeit verging, während wir durch die Gassen zogen und schließlich die Pizzeria erreichten, die ich ihm unbedingt zeigen wollte. Der Geruch von frisch gebackener Pizza und Oregano umhüllte uns, als wir Platz nahmen. Der Wein kam und die Gläser klangen leise aneinander, während wir Anekdoten austauschten und über alte Geschichten lachten. Daniel hörte aufmerksam zu, seine kühlen blauen Augen ruhten auf mir, als wollte er jedes Wort festhalten.

„Ich kann verstehen, warum du so gern hier bist", sagte er und schien für einen Moment in Gedanken versunken. Ich fühlte ein warmes Kribbeln, das sich in meinem Bauch ausbreitete. Die flackernde Kerze auf dem Tisch warf ein sanftes Licht auf sein Gesicht und ich bemerkte, wie mir jedes Detail dieses Abends ins Gedächtnis brannte – die Wärme des Restaurants, der würzige Duft der Pizza. Es fühlte sich an, als hätte die Welt für einen Augenblick beschlossen, nur für uns beide zu existieren. Ich wollte die Zeit festhalten, mich in ihr verlieren, weil diese Mischung aus Leichtigkeit, Freude und einem Hauch von Romantik so selten und so vollkommen war.

Später führte ich ihn zu einer alten Kneipe, in welcher ich früher viele Nächte verbracht hatte. Die Kneipe strahlte immer noch den leicht schummrigen Charme vergangener Jahre aus. Die Holztür knarrte wie früher und ein Lächeln huschte über mein Gesicht, als ich es hörte. Drinnen war es lebendig, die Gespräche ein Gemisch aus Lachen und dumpfen Wortfetzen. Wir setzten uns an die Theke und bestellten zwei Bier.

Der Abend entwickelte sich zu einer dieser Nächte, die sich anfühlen, als hätte man die Zeit noch nicht erfunden. Wir erzählten uns Geschichten, die in den Tiefen des Gedächtnisses geschlummert hatten, lachten, tranken und schauten uns zwischendurch an, als gäbe es kein Gestern und kein Morgen. In einer dieser stillen Pausen, in denen die Geräusche um uns herum verblassten, lehnte sich Daniel zu mir und küsste mich. Der Kuss war sanft, vertraut und gleichzeitig pulsierte eine Hitze, die alles andere um uns herum verschwinden ließ. Es war, als hätten wir diesen Moment schon tausendmal erlebt und doch war er so neu, so elektrisierend.

Wir verließen die Kneipe Hand in Hand und gingen durch die ruhigen, von Laternen erhellten Straßen wie selbstverständlich zu seinem Hotel. Die kühle Nachtluft kitzelte meine Wangen und ich fühlte mich lebendig, als hätten wir ein Geheimnis miteinander geteilt. Als wir das Hotelzimmer betraten, lag eine seltsame Spannung in der Luft, eine Mischung aus Neugier und Vertrautheit, die mir ein kleines Lächeln entlockte. Daniel ließ die Tür hinter uns leise ins Schloss fallen und drehte sich zu mir um, seine Augen funkelten im warmen Licht des Zimmers. Er trat näher, langsam, als wolle er sicherstellen, dass ich keinen Moment verpasste.

„Frida", sagte er leise, fast wie eine Frage, als ob ich wirklich vor ihm stehen würde und bevor ich antworten konnte, waren seine Lippen auf meinen. Der Kuss war zunächst zögerlich, wie ein sanftes Abtasten, das schnell intensiver wurde. Es war, als hätten wir beide gerade den Atem angehalten und würden jetzt endlich wieder tief einatmen. Ein leises Lachen entwich mir, als ich seine kurzen Bartstoppeln an meiner Wange kitzeln spürte. Daniel zog eine Augenbraue hoch und sah mich amüsiert an. „Warte ab", sagte er und seine Stimme klang tiefer, voller Versprechen. Wir ließen uns aufs Bett fallen und die Welt um uns verschwamm zu einem Flüstern aus Stoffrascheln und Herzklopfen. Es war kein hastiges, gehetztes Aneinanderklammern, sondern ein Erkunden, ein Wiederfinden von etwas, das sich beinahe nostalgisch und doch vollkommen neu anfühlte. Seine Hände glitten über meine Taille und ich spürte, wie mein Atem stockte, als er eine Spur von Küssen über meine Halslinie zog.

„Du bist wahnsinnig", flüsterte ich, als unsere Blicke sich erneut trafen und das Lächeln, das über sein Gesicht huschte, war fast jungenhaft. „Ich weiß", antwortete er, bevor er mich erneut küsste, diesmal tiefer, fordernder. Es war, als würde die Zeit einen Moment innehalten, uns ein wenig länger in diesem Augenblick festhalten wollen.

Sein Lachen mischte sich mit meinem, als wir uns ineinander verschlungen, die Welt draußen, hinter verschlossener Tür. In diesem Moment war da keine Komplexität, keine unbeantworteten Fragen, nur wir und ein warmer Hauch von Verlangen. Die Stunden zogen vorbei, wir erkundeten unsere Körper und taten das einzig Vernünftige was erwachsene Menschen in diesen Situationen tun würden: Wir hatten Sex. Es war aber nicht einfach Sex, sondern richtig guter Sex. Ein Akt der Liebe, welchen man noch in 5 Jahren im Gedächtnis hat und gerne als Vorlage verwenden würde, als Richtlinie. So eine Art Sex bei welcher man sich wünschen würde, dass es nie wieder anders werden wird.

Kapitel 20

Am nächsten Morgen kämpfte ich mich aus dem Nebel des Schlafs, ein leichter Kopfschmerz pochte hinter meinen Schläfen. Blinzelnd versuchte ich mich zu orientieren. Neben mir lag Daniel, friedlich schlummernd, ein Arm wie eine warme, schwerfällige Decke quer über meinem nackten Oberkörper. Großartig. Jetzt war nicht nur mein morgendlicher Fluchtplan in Gefahr, sondern mein Drang zur Toilette kündigte sich auch an.

Ein erster vorsichtiger Test meines Atems bestätigte meine schlimmsten Befürchtungen: Alles, nur nicht minzig. Dazu die Haare, die sich wie ein Krähennest um meinen Kopf türmten. Ich fühlte mich wie die tragische Heldin eines Shakespeare-Dramas, weniger edel und um die Augen ein bisschen mehr Panda, der die Nacht durchgefeiert hatte. Daniel schnarchte niedlich und seelenruhig weiter, während ich die Verzweiflung in mir aufsteigen fühlte. Wie um alles in der Welt schaffe ich es hier raus, ohne ihn zu wecken?

Langsam schob ich seinen Arm beiseite, seine Haut klebte auf meiner Haut und es war wenig elegant. Zentimeter für Zentimeter, schob ich ihn von mir. Mein Herz setzte jedes Mal einen Schlag aus, wenn er sich bewegte. Endlich, mit einem letzten Ruck, fiel sein Arm zurück auf die Matratze und ich erstarrte, die Luft anhaltend. Er murmelte etwas Unverständliches, drehte sich auf die Seite und schlief weiter. Ich ließ einen tiefen Atemzug entweichen und glitt aus dem Bett wie eine Detektivin auf einer Mission. Neben dem Bett stehend, die Hände in die Hüften gestemmt, ließ ich meinen Blick kurz in die Ferne schweifen und dachte: So ähnlich muss sich bestimmt Catherine Zeta-Jones in *Verlockende Falle* gefühlt haben, als sie sich durch die Laser-Barrieren schlängelte – meine Mission war ungleich dramatischer: ein schlummernder Mann, meine morgendliche Frische und der ständige Schatten des Scheiterns.

Im Badezimmer bot mir der Spiegel das erwartete gnadenlose Bild. Mascara-Spuren, die an einen nächtlichen Kampf erinnerten, und Haare, die aussahen, als hätte ein Sturm sie erwischt. Ich musste improvisieren. Ein bisschen Zahnpasta auf den Finger und voilà. Ich schrubbte meine Zähne so entschlossen, dass ich innerlich an all die Frauen dachte, die in solchen Momenten elegant ihr Reise-Beauty-Set aus der Tasche ziehen würden. Aber nicht ich, ich kämpfte mit einem Finger bewaffnet gegen die Realität. Nach einer schnellen Wasser-Auffrischung, die mein Haar wenigstens in eine Richtung brachte, die weniger „Vogelnest" und mehr „leicht zerzauster Charme" aussah, fühlte ich mich zumindest halbwegs menschlich. Ich tappte zurück ins Zimmer und schlüpfte unter die Bettdecke. Keine Sekunde zu spät, denn Daniel öffnete die Augen und sah mich an. Ein schläfriges Lächeln breitete sich über sein Gesicht und er murmelte: „Wow, du siehst so frisch aus und du riechst so gut."

Ich spürte, wie mein Gesicht sich unwillkürlich zu einem Lächeln verzog, während in meinem Kopf ein kleines Feuerwerk gezündet wurde. Fingerzahnbürste und Wasserkamm, es hatte sich also gelohnt. Ich entspannte mich ein wenig und ließ ihn mich näher zu sich ziehen, die Morgenstimmung war warm und still um uns herum. Das unschuldige Kuscheln wurde intensiver, als seine Hand meinen Rücken entlang strich und seine Lippen einen vertrauten Weg zu meiner Schulter fanden. Ich konnte spüren, wie mein Herz einen kleinen Hüpfer machte. Sein Atem streifte meinen Hals und ehe ich mich versah, entwickelten sich die Berührungen zu mehr.

Ich fühlte mich wie neugeboren. Es war, als hätte jemand einen Schalter umgelegt und plötzlich leuchtete die Welt in einer anderen Farbpalette. Dieses Kribbeln im Bauch, das ich sonst nur aus meinen Teenagerzeiten kannte, hatte sich eingenistet und machte sich breit und das zufriedene Lächeln auf meinen Lippen war nicht zu vertreiben. Ich war ein bisschen peinlich berührt von mir selbst, aber das hielt mich nicht davon ab, mich großartig zu fühlen.

Als ich mich anzog, lag Daniel noch im Bett, die Decke halb über sich gezogen, ein zufriedenes Grinsen im Gesicht. Sein Haar war zerzaust auf diese mühelose Art, die Männer nie wirklich verstehen würden, während ich mit Haarspray und Bürste kämpfen musste, um auch nur annähernd so auszusehen. „Wir sehen uns später zum Mittagessen?", murmelte er mit dieser angenehm rauen Morgenstimme.

„Ja", antwortete ich, während ich mir die Haare zu einem halbwegs passablen Pferdeschwanz band. „Ich hab' noch einen Termin im Krankenhaus bei meiner Mutter, aber danach bin ich frei." Ich griff nach meiner Tasche, schon halb auf dem Weg zur Tür und warf ihm einen letzten Blick zu. Er zwinkerte mir zu und mein Herz machte einen kleinen Hüpfer.

Noch bevor ich die Hoteltür hinter mir schloss, schaute ich auf mein Handy, Ich hatte mich am vorherigen Abend bei meiner Tante und Nele abgemeldet, um nicht den Club der

Besorgten auf Trab zu halten. Nele hatte mit einem wissenden Grinsen geantwortet: „Dann genieß es, Frida." Und Tante Hanne, die es immer liebte, ein bisschen pikantes Geplänkel hinzuzufügen, sagte: „Aber erzähl mir später alles, nicht dass ich etwas verpasse."

Jetzt, in der klaren Luft des frühen Novembermorgens, fühlte sich das Leben auf eine Weise lebendig an, die ich fast vergessen hatte. Der Himmel war ein unverschämt schönes Blau, die Sonne hing wie ein perfekt gemalter Punkt am Firmament und die Straßen von Flensburg, mit ihren Kopfsteinpflastern und den Schaufenstern, in denen schon die ersten Weihnachtsdekorationen funkelten, schienen förmlich zu lächeln.

Ich lief beschwingt, nein, ich tanzte förmlich durch die Welt. Der Duft von frischem Gebäck wehte aus einer Bäckerei zu mir herüber und ich beschloss spontan, einige Zimtschnecken für das Personal im Krankenhaus mitzunehmen. Warum nicht? Die Welt war schön und heute wollte ich ein Teil davon sein.

Das hatte mir wirklich gefehlt, dieses Gefühl, nicht einfach eine Option zu sein, sondern jemand, der zählt. Plötzlich war da eine Leichtigkeit in mir, als hätte jemand einen unsichtbaren Rucksack voller Steine abgenommen, den ich viel zu lange mit mir herumgetragen hatte.

Und dann dachte ich an Tobi.

Kapitel 21

Im Krankenhaus angekommen, konnte ich mir ein Schmunzeln kaum verkneifen, als ich meine Mutter erblickte. Sie saß wach im Bett, das Kinn leicht trotzig erhoben, während sie ihren Kamillentee mit einem Blick musterte, als hätte er persönlich eine Beleidigung ausgesprochen. Kaum entdeckte sie mich, hob sie die Augenbraue und fragte trocken: „Na, gut geschlafen?"

„Ganz passabel", antwortete ich und unterdrückte ein Lächeln. „Und wie geht's dir?"

„Ach, ich kann mich nicht beschweren", sagte sie und musterte mich aufmerksam. Ihre Augen, scharf wie die einer Katze, zogen sich leicht zusammen. „Hast du überhaupt geschlafen? Du hast die Klamotten von gestern an."

Sofort durchschaut. Aber ich wollte mir nichts anmerken lassen, setzte mich auf die Kante des Bettes und lenkte das Gespräch mit einem gekonnten Schwenk ab. Wir plauderten über den neuesten Tratsch aus Nordfriesland – Tante Hanne ließ sich nicht lange bitten und tauchte wie bestellt im Zimmer auf. Gemeinsam kramten wir in den Geschichten, die wie goldene Perlen an einer alten Schnur durch unser Dorf wanderten. Tante Hanne erzählte mit funkelnden Augen von der Nachbarin, die ihre Kuchen auf dem Markt wohl auch nur gekauft hatte und nicht wie beworben, selbst gebacken – ein Skandal!

Während wir uns unterhielten, vibrierte mein Handy. Eine Nachricht von Daniel: „Freue mich auf das Mittagessen. Ich fahre jetzt zu einem Kundentermin. Wir sehen uns später."

Ich spürte, wie sich mein Herz erwärmte. Es fühlte sich gut an.

Doch dann hielt ich kurz inne. Ein Kundentermin? Davon hatte er nichts gesagt. War er etwa nicht nur wegen mir gekommen? Oder hatte er es vielleicht so verpackt und ich hatte es einfach nicht hinterfragt? Oder war ich es, die sich das so zusammengereimt hatte? Ich schüttelte den Kopf und zwang mich, nicht weiter darüber nachzudenken. Ich machte mir schon wieder zu viele Gedanken.

Die Tür öffnete sich mit einem leisen Quietschen und herein kam Dr. Barella…, Bramella…, Brambella. Er schritt mit diesem Selbstbewusstsein herein, das ihn wie eine Mischung aus Wunderarzt und Schauspieler wirken ließ. Meine Mutter und Tante Hanne richteten sich beinahe gleichzeitig auf und setzten sich aufrecht hin. Ich biss mir auf die Lippe, um nicht loszulachen. Seine Augen glitten kurz über die Akten meiner Mutter.

„Frau Martens, wenn Sie sich fit fühlen, können wir Sie heute Nachmittag entlassen. Ihre Werte sind stabil und ehrlich gesagt wäre es mir lieber, Sie gehen nach Hause, als dass Sie übers Wochenende hierbleiben und sich langweilen."

Meine Mutter nickte, ihre Freude kaum verbergend. „Ich fühl' mich sehr gut, da spricht nichts dagegen!"

„Das dachte ich mir", antwortete er, sein Lächeln unwiderstehlich und klappte die Akte mit einem Schnappen zu. „Packen Sie in Ruhe Ihre Sachen. Wenn Sie bereit sind, geben Sie uns Bescheid."

„Wird gemacht, Dr. Barella", sagte sie und man konnte hören, wie ihm kurz der Atem stockte und er etwas sagen wollte, drehte sich jedoch mit einem Lächeln um und ging.

Kaum war er aus der Tür, atmeten meine Mutter und Tante gleichzeitig tief durch. „Er sieht wirklich fantastisch aus", flüsterte meine Mutter, die Augen leuchtend.

„Und wie er redet... Er hat so eine schöne Stimme", murmelte Tante Hanne und seufzte dramatisch.

„Na ja, Hauptsache, er kann was", entgegnete ich und grinste. Es war ein gutes Gefühl zu wissen, dass meine Mutter nach Hause durfte. „Ich bleibe übrigens bis Sonntag, bevor ich wieder nach Stuttgart fahre", sagte ich ihr und legte meine Hand auf ihren Arm, um sie aus ihrer Dr. Brambella-Blase zu holen.

„Das ist lieb von dir, Frida", sagte sie und ihr Blick war weich. „Aber mach dir keine Umstände. Ich komm' auch allein klar."

„Ich weiß", erwiderte ich.

Zum Mittag traf ich Daniel in unserer Pizzeria. Der Tag war mild und wir suchten uns einen Platz draußen. Die Stadt war voller Leben. Ich erzählte ihm, dass meine Mutter entlassen wurde und sein Lächeln wurde breiter. „Das ist super. Ich freue mich für euch."

„Ja, wirklich eine Erleichterung", sagte ich und nahm einen Schluck von meinem Cappuccino. „Bleibst du noch ein bisschen? Ich würde dir gern die Nordseeküste zeigen. Es gibt da ein paar Ecken, die sind einfach wunderschön."

Er lehnte sich leicht zurück, seine Augen suchten meine. „Ich würde gern, aber ich muss zurück nach Stuttgart. Ein wichtiger Termin am Wochenende." Seine Stimme war sanft, fast entschuldigend. Doch während er sprach, schlich sich ein leises Unbehagen in meine Gedanken. Der „Kundentermin" – hatte er diesen geschickt als Deckmantel genutzt, um nach Flensburg zu kommen? War ich so in dem Gedanken aufgegangen, dass er wegen mir hier war, dass ich die Möglichkeit einer pragmatischen Wahrheit einfach ausgeblendet hatte?

Meine Überlegungen wurden jäh unterbrochen, als er sich leicht nach vorne beugte, sein Blick ernster wurde. „Frida, ich möchte dich um eines bitten. Wir müssen diskret bleiben, was uns angeht. Vor allem in der Firma."

Ein Schatten legte sich über meine Freude. Ich verstand, was er meinte – seine Position, die Blicke, die unausgesprochenen Regeln. Trotzdem hinterließ es ein mulmiges Gefühl, als hätte er eine unsichtbare Grenze gezogen, um mich auf Distanz zu halten. Ich zwang mich zu einem Lächeln und sagte: „Ja, natürlich, Diskretion." Aber die Worte fühlten sich fremd an, wie ein Zugeständnis, das mehr preisgab, als ich wollte. In meinem Kopf blieben die Fragen. Und das Gefühl, dass der „wichtige Termin" am Wochenende mehr Raum einnahm, als ich mir eingestehen wollte.

Daniel entspannte sich nach meiner Aussage sichtbar und die Momente flossen weiter wie Sand durch meine Finger. Die Minuten vergingen und als die Rechnung kam, wurde der Abschied plötzlich greifbar. Längere Umarmungen, ein stiller Blick und dann ein Kuss, der alles und nichts versprach. Ich spürte die Schwere des Moments.

„Wir sehen uns dann am Montag nach der Arbeit?", fragte ich leise.

„Ja", sagte er mit einem feinen Lächeln. „Aber diskret, okay?"

„Natürlich", wiederholte ich lachend. Doch innerlich nagte das Unbehagen, als ich ihm nachsah, wie er in Richtung seines Wagens ging. Sobald er weg war, griff ich mein Handy und rief Nele an. „Na, was gibt's?" Ihre Stimme klang leicht und fröhlich.

„Oh, wo soll ich anfangen? Also, Daniel...", begann ich und erzählte ihr alles. Von der Pizza, über die Kneipe, bis hin zu dem Augenblick, als wir im Hotel endeten. „Es war einfach unglaublich."

Am anderen Ende hörte ich, wie Nele fast ihren Kaffee verschluckte. „Frida, Glückwunsch!"

„Nele, danke!", rief ich lachend. „Und das Beste? Er hat ein Buch über Stuttgart für meine Mutter mitgebracht, damit wir die Stadt zusammen erkunden können, sobald sie mich besucht."

Ich ließ das Telefon sachte sinken, nachdem wir aufgelegt hatten. Von meinem Unbehagen aus den letzten Minuten mit Daniel hatte ich Nele nichts erzählt. Es war eines dieser Dinge, die ich lieber verdrängen wollte. Stattdessen redete ich mir ein, dass es besser war, einfach die schönen Momente zu genießen.

Ich schlenderte zurück zum Krankenhaus, um meine Mutter abzuholen. Das Taxi für meine Mutter stand schon bereit, was eine willkommene Erleichterung war. Meine Mutter durfte nach ihrem Krankenhausaufenthalt einen bequemen Heimweg genießen und die Fahrt nach Nordfriesland verlief ruhig. Ich fühlte, wie sich die Anspannung allmählich aus meinem Körper löste – sie war endlich wieder zu Hause. Als wir bei ihrer Wohnung ankamen, machte ich es ihr gemütlich, sorgte für Kissen und Decken, während sie sich auf die Couch legte. Danach begann ich, die Spuren ihres Sturzes zu beseitigen, das Chaos, das ihr Unfall hinterlassen hatte.

Jedes kleine Ding, das ich in die Hand nahm – ein Buch mit eingeknickten Seiten, die umgefallene Vase, die Fotos unserer letzten Geburtstagsfeier – schien plötzlich eine bittersüße Bedeutung zu tragen. Es war, als flüsterten sie mir zu, wie schnell sich das Leben ändern kann, von einer Sekunde auf die andere. Während ich aufräumte, wurden meine Gedanken düster. Was, wenn mir so etwas passieren würde? Wer würde kommen und mein Leben wieder in Ordnung bringen? Ich habe keine Kinder. Wer würde mich finden? Natürlich sind da meine Freundinnen und Freunde, meine Familie, aber auch die werden älter. Ich stellte mir ein Bild vor: Max, Anni und ich, alle in unseren Achtzigern, gemeinsam in einer Alten-WG. Max, immer noch leidenschaftlich auf der Suche nach dem besten Craft-Bier, Anni, die selbst im hohen Alter noch für jede Gelegenheit die perfekte Playlist parat hat und ich – nun ja, ich eben.

"Die WG des Wahnsinns", dachte ich und lachte leise. Der Gedanke, unser Ruhestandsleben so zu verbringen, war skurril, aber irgendwie auch verlockend. Vielleicht würde ich wirklich irgendwann eine Senioren-WG gründen. Ein

Ort, an dem wir immer ein wenig beschwipst wären und von guter Musik umgeben, ein wahrhaft würdiges Ende.

Kapitel 22

Meine Mutter riss mich aus meinen Gedanken. „Frida! Hast du den Kuchen schon geholt?", rief sie mit energischer Stimme von der Couch.

„Ja, ich bin schon unterwegs", antwortete ich und schnappte mir meine Tasche. Während ich durch die Straßen schlenderte, die mir so vertraut waren, bemerkte ich, wie schön es war, wieder hier zu sein. Zuhause. Die kleinen Häuser mit den bunten Blumenbeeten, die Luft, die immer einen Hauch von Meer in sich trug, und die Menschen, die sich gegenseitig mit einem freundlichen „Moin!" begrüßten. Es war ein Ritual, das mir ein Lächeln entlockte.

„Moooin!", ein älterer Herr mit einem kleinen schnaufenden Hund grüßte mich von der anderen Straßenseite. „Moin!", erwiderte ich, diesmal etwas lauter.

Es fühlte sich an, wie eine stille Umarmung, kurz, prägnant, aber von einer herzlichen Wärme durchzogen. Vorbei an der alten Kirche, an der ich als Teenager oft mit Freundinnen heimlich Erdbeersekt getrunken hatte. Damals, als Paul auf seinem klapprigen Mofa vorbeifuhr, meine bunten Haare im Wind flatterten und das Leben ein offenes Abenteuer war. Heute fühlte ich mich..., angekommen? Oder vielleicht wie jemand, der einen Moment der Ruhe genoss, bevor es weiterging.

Von weitem sah ich sie schon, eine bekannte Gestalt, die sich ihren Weg die Straße entlang bahnte. Helga Johannsen – Pauls Mutter. Ihre auffällige Statur war unverkennbar, groß und immer ein wenig gebeugt, als hätte sie eine unsichtbare Last zu tragen. Ihr graues Haar war zu einem lockeren Knoten hochgesteckt, aus dem immer ein paar Strähnen herausfielen. Sie trug eine farbenfrohe Strickjacke, die sie wahrscheinlich selbst gemacht hatte, und ihre Schritte waren flink, trotz ihres Alters. Helga hatte immer diese eigenwillige Art, wie sie sich durch die Welt bewegte – mit einer Mischung aus Selbstbewusstsein und einem Hauch Schrulligkeit.

„Moin, Frida!", rief mir Helga Johannsen zu, die immer noch ihre fröhlich-schräge Art zu grüßen hatte. „Moin, Helga!", sagte ich lächelnd und fragte mich, ob sie wohl wusste, dass ich ihren Sohn Paul vor einigen Tagen im Bus getroffen hatte.

Bevor ich mich versah, befand ich mich mitten in einem Gespräch mit Helga. Sie fragte, was ich so machte und ich antwortete mit dem obligatorischen: „Ich arbeite bei einer Marketing- und PR-Firma, als Project Manager." Meine Antwort klang bedeutungsschwer, offenbarte jedoch inhaltlich kaum mehr als ein gut verpacktes Nichts, besonders für jene, die nicht in der Branche beheimatet waren.

„Project was?", fragte Helga mit hochgezogenen Augenbrauen.

„Projektleiterin", sagte ich und musste lachen, als sie ihre Hände in die Hüften stemmte. „Mensch Frida, sach' dat doch gleich! Diese ganzen englischen Begriffe heutzutage."

Ich lachte, sie hatte ja recht. Doch natürlich konnte Helga nicht widerstehen, von Paul zu schwärmen und von ihren Enkelkindern, wie toll Paul sich um alles kümmerte. Ach ja, ihre Enkelkinder – die Währung des sozialen Ansehens. Sie prahlte damit, als wäre es eine Auszeichnung: „Schaut her, meine Gene haben die nächste Runde geschafft!" Es war absurd und etwas rührend, wie Helga über diese kleinen Menschen sprach. Als unser Gespräch sich dem Ende neigte und ich mich verabschieden wollte, rief Helga plötzlich: „Ach, Frida! Gib mir mal deine Nummer! Dann leite ich sie an Paul weiter. Er ist wieder Single und wie ich gehört habe, bist auch du Single. Das wäre doch was! Ihr wart so ein tolles Paar!"

Ich hielt kurz inne, als Helga ihr Handy zückte, bereit, meine Nummer entgegenzunehmen. Ein flüchtiger Gedanke durchzuckte meinen Kopf: Wollte ich wirklich wieder in Kontakt mit Paul treten? Das letzte Mal, als wir uns begegnet waren, war es ein Zufallstreffen, begleitet von einem freundlichen, aber oberflächlichen Austausch. Er hatte sich in all den Jahren kaum verändert. Noch immer dieser charmante Mann mit dem leichten Lächeln, das damals so viele meiner Freundinnen schwach gemacht hatte. Das Gespräch war nett gewesen, ja, aber auch belanglos. Eine Hülle alter Erinnerungen, die sich kaum füllen ließ.

Ich wusste, dass Helga es gut meinte. Also gab ich ihr meine Nummer. „Danke, Frida! Du wirst sehen, er meldet sich bestimmt bald. Ihr hattet immer so eine besondere Verbindung!"

Ich zwang mich zu einem Lächeln und sah Helga nach, wie sie sich mit schnellen Schritten entfernte. „Ist ja auch egal", dachte ich und schüttelte leicht den Kopf. „Ich muss nicht antworten, wenn er schreibt." Aber die Wahrheit war, dass etwas in mir bereits zu rumoren begann. Ein altbekanntes, widersprüchliches Gefühl von Neugierde und Widerwillen zugleich. Während ich endlich den Weg zur Bäckerei fortsetzte, um den Kuchen für meine Mutter zu holen. Die vertrauten Geräusche des Ortes umgaben mich wie eine Decke. Ich blieb kurz stehen und atmete tief ein.

Kapitel 23

Es war Samstagnachmittag und das Fußballspiel war in vollem Gange: „Felix, hau rauf da!", rief ich aus vollem Halse und genoss jede Sekunde. Es machte unverschämt viel Spaß, Neles Sohn lauthals anzufeuern, als ob er mein eigenes Kind wäre – obwohl ich insgeheim überlegte, ob das überhaupt erlaubt war, wenn man keine eigenen Kinder auf dem Spielfeld hatte. „Ach, was soll's?", dachte ich. Schließlich schrie ich für die gute Sache. Und das auch noch mit vollem Einsatz!

„Na, bist du extra eingeflogen, um die Kinder anzuschreien?"

Die Stimme kam von hinten und noch bevor ich mich umdrehte, wusste ich genau, wem sie gehörte. Paul.

Ich wirbelte herum und da stand er mit diesen dunklen, schönen Augen, die mir früher den Verstand geraubt hatten und diesem Grinsen, welches eine Spur Unfug in sich trug. Er trug eine dunkelblaue Windbreaker-Jacke, die locker, aber perfekt saß, nicht zu eng und nicht zu weit. Auf seinen dunklen Haaren saß eine graue Mütze, die ihm einen lässigen Charme verlieh. Dazu eine Jeans und robuste Boots, die aussahen, als hätten sie schon einige Abenteuer mitgemacht. Plötzlich war meine Kehle wie ausgetrocknet, aber ich bemühte mich, gelassen zu wirken.

„Paul Johannsen", sagte ich und versuchte, es so locker wie möglich klingen zu lassen, während ich innerlich eine Welle von Hysterie unterdrückte. „Was machst du denn hier?"

„Felix spielt in derselben Mannschaft wie mein Sohn", erklärte er und stellte sich neben mich, die Hände in die Hosentaschen geschoben. „Dachte, ich schau mal vorbei."

„Klar, warum nicht", entgegnete ich und grinste ein wenig verlegen. „Ist ja auch echt spannend, wie die Kinder dem Ball hinterherrennen, oder?" Ich machte eine Geste in Richtung des Spielfelds, wo Felix gerade dem Ball hinterherjagte. Paul lachte, ein tiefes, ehrliches Lachen. „Ja, aber die Eltern am Spielfeldrand sind fast schon interessanter."

„Oh, absolut", stimmte ich zu. „Sieh dir mal Nele an, die lebt das richtig aus. In ihrem nächsten Leben wird sie sicher Stadionsprecherin."

„Felix, jetzt mal ran da!", brüllte Nele genau in diesem Moment, was meine Worte perfekt untermalte. Paul lachte und für einen Augenblick war es, als wären wir wieder siebzehn und bei einer dieser kleinen Scheunenpartys, als das Leben noch voller ungeplanter Möglichkeiten war. Ich schielte kurz auf mein Handy – keine Nachricht von Daniel. Seit unserem Abschied herrschte Funkstille und auch wenn ich mir einredete, dass es mir egal war, war das Warten doch wie ein heimlicher Dorn im Herzen.

„Schön, dich wiederzusehen", sagte Paul plötzlich und seine Stimme klang ehrlich, fast weich.

„Ja, dich auch", antwortete ich und merkte, wie meine Stimme einen Hauch Unsicherheit verriet. Wohin sollte dieses Gespräch führen? „Und Paul, wie läuft's bei dir? Ich hab' gehört, du bist wieder Single?"

Es war ungeschickt, ich wusste es sofort, aber die Worte waren heraus, bevor ich sie zurückhalten konnte. Pauls Grinsen verflüchtigte sich kurz, dann nickte er langsam.

„Ja, das stimmt. Manchmal verläuft das Leben anders, als man denkt." Er hielt inne, als ob er etwas abwägen würde, bevor er hinzufügte: „Aber vielleicht ist das auch gut so. Und bei dir? Irgendwelche romantischen Eskapaden?" Ich lachte, ein bisschen zu laut, um die Spannung zu brechen. „Ach, nichts, was du als Roman verkaufen könntest." Meine Gedanken schwenkten kurz zu Tobi und Daniel und der immer noch ausbleibenden Nachricht von ihm.

„Das klingt nach dir", sagte Paul mit einem Anflug von Amüsieren. Unsere Blicke trafen sich und hielten einen Moment, der länger war als geplant. Und plötzlich wusste ich nicht mehr, was ich sagen sollte.

„Papa, kann ich eine Bratwurst haben?", unterbrach eine hohe Stimme unser Gespräch. Ich wandte den Blick und sah Pauls Sohn, einen kleinen Jungen mit braunen Haaren, die zerzaust unter einer bunten Mütze hervorschauten. Seine Augen, fast die gleichen wie die seines Vaters, blickten mich neugierig an.

„Na klar, Finn. Frag mal die Frau hier, ob sie dir eine ausgeben möchte", sagte Paul mit einem Augenzwinkern.

Ich starrte kurz Finn an, der daraufhin kicherte. „Du bist die Bratwurstfrau?", fragte er mit einer Ehrlichkeit, die mich aus dem Konzept brachte. Ich merkte, wie meine Wangen warm wurden. „Ja, genau, die Bratwurstfrau aus der Stadt",

brachte ich hervor und zwinkerte ihm zu. Paul lachte und
Finn freute sich über meinen gespielten Ernst.

„Danke", verkündete Finn entschieden und zog sich auf
den Stuhl neben Paul zurück. Die Situation war skurril –
ich, die vor einem peinlichen Lachanfall stand und Paul, der
entspannt wirkte, als sei das hier das Normalste der Welt.
Sollte ich jetzt eine Bratwurst holen?

„Du hast es noch drauf, Frida", murmelte Paul, während er
mich mit einem Schmunzeln musterte. Ich warf ihm einen
halb gespielten ärgerlichen Blick zu, bevor ich aufstand, um
uns allen eine Bratwurst zu holen. Als das Spiel zu Ende
war und die letzte Bratwurst im Sportlerheim verkauft
wurde, verabschiedete ich mich von Nele und Paul. „Ich
bring dich zu deinem Auto", sagte Paul und erhob sich,
Finn an der Hand.

„Sehr witzig", sagte ich, in der Hoffnung, er machte einen
Witz. Doch Paul und Finn folgten mir, ich warf Nele einen
flüchtigen Blick zu, aber sie winkte nur munter und merkte
nichts von meiner unpassenden Nervosität. Die Anwesenheit seines Sohnes nahm dem Moment die Romantik und
fühlte sich daher richtig an.

Wir schlenderten gemeinsam zum Auto meiner Mutter,
welches sie mir ausgeliehen hatte, die leichte Kühle der Luft
auf meiner Haut. Finn hüpfte neben uns her, erzählte be-
geistert von seinem Lieblingsfußballer und zeigte auf alles,
was ihn interessierte. Am Auto angekommen, blieb Paul
stehen, während Finn sich an meinen Autospiegel lehnte
und   Grimassen   schnitt.   „Es   war   schön,   dich

wiederzusehen", sagte Paul und da war dieses kurze, flüchtige Gefühl – ein Hauch von dem, was einmal war.

Ich lächelte zurück, ein bisschen verlegen. „Ja, es hat Spaß gemacht", sagte ich und versuchte, cool zu bleiben. Ich stieg ins Auto, startete den Motor und sah im Rückspiegel, wie Paul mir noch einmal lässig winkte, während Finn mit beiden Händen winkte. Ich musste schmunzeln, Finn war ein sehr niedlicher kleiner Mensch. Kaum verschwanden die beiden aus meinem Rückspiegel, griff ich nach meinem Handy und schaute, ob ich eine Nachricht von Daniel erhalten habe. Mir fielen zwei Anrufe auf: Eine unbekannte Nummer. Ich starrte kurz auf die Nummer, zuckte dann die Schultern. „Das hat bis morgen Zeit", dachte ich mir. Es war Samstag und für heute reichte es mit Überraschungen.

Kapitel 24

Sonntagnachmittag, ich saß im vollen Zug zurück nach Stuttgart, die Landschaft zog in einem verschwommenen Grün und Braun an mir vorbei, während die Realität meiner Situation in mir rumorte. Morgen würde ich wieder arbeiten und Daniel sehen. Und Tobi. Mein Kopf war ein Durcheinander, eine wilde Mischung aus Selbstzweifel und einem Funken Wut, der in meinem Bauch knisterte. Der Freitag mit Daniel war wie eine kleine Flucht gewesen, voller Lachen und Momente, die ich nicht so leicht vergessen konnte. Doch jetzt, mit der kalten Gewissheit der kommenden Arbeitswoche, wirkte alles komplizierter, vernebelter. Ich lehnte mich in den Sitz zurück und versuchte, meine Gedanken zu sortieren, doch der Zuglärm und die Gespräche um mich herum machten es schwer. Mein Handy summte plötzlich und riss mich aus meinem Gedankendickicht. Eine unbekannte Nummer. Wieder diese Nummer. Mein Herz setzte einen Moment aus, als ich zögerte.

„Hallo?"

Am anderen Ende der Leitung antwortete eine Frauenstimme, die vor Zorn und Schmerz bebte. Sie war leise, doch jeder Ton ihrer Worte jagte mir eine eiskalte Welle über den Rücken.

„Wer ist da?", fragte sie, ihre Stimme hatte diesen Ton von kalter Entschlossenheit.

Ich lachte nervös, die Situation war surreal. „Sie haben mich angerufen. Kann ich fragen, worum es geht?"

„Ich habe Ihre Nummer auf dem Telefon meines Mannes gefunden… und Ihre Nachrichten gelesen." Ihre Stimme brach ein wenig und der Boden unter meinen Füßen schien sich zu verflüchtigen.

„Wie bitte?", stammelte ich. Mein Herz klopfte so laut, dass ich glaubte, die Frau am anderen Ende müsste es hören können. „Sie sind… Daniels Ex-Frau?", fragte ich, während ich hoffte, dass sie das Missverständnis aufklären würde.

„Frau!", wiederholte sie mit einem klirrenden Ton in der Stimme. „Ich bin seine FRAU! Wir leben zusammen. Er hat mir nie gesagt, dass wir getrennt sind."

Mir wurde schlecht. Mein Magen zog sich schmerzhaft zusammen, während ihre Worte mich trafen wie kalte Scherben. „Sie haben mit ihm eine Affäre, oder?" Ihre Stimme brach und ich spürte ihren Schmerz, als wäre er mein eigener.

„Ich…, er sagte, sie sind getrennt", brachte ich hervor. Meine eigenen Worte klangen fahl, sinnlos.

„Getrennt?" Ihre Stimme schnitt durch die Luft wie ein scharfes Messer. „Wir schlafen noch im selben Bett! Er kommt nach Hause, wir essen zusammen und dann verschwindet er für zwei Tage und du glaubst, wir seien getrennt?" Ein bitteres, verletztes Lachen hallte durch die Leitung und schnitt mir ins Herz.

„Es tut mir leid", flüsterte ich schließlich, als würde das irgendetwas bewirken. „Ich wusste wirklich nichts davon. Ich hätte das nie—"

„Oh, es tut dir leid?" Ihre Stimme zitterte vor unterdrückter Wut. „Du bist also auch nur ein Opfer, hm? Die arme Frau, die reingefallen ist?"

Mein Mund war trocken. „Ich wusste nicht, dass —"

„Du WUSSTEST es nicht?" Jetzt schrie sie fast. „Wie naiv kann man sein? Hast du keine Fragen gestellt? Keine Zweifel gehabt?"

Mein Schweigen sagte alles. Ich hatte es geglaubt, blind vor Verlangen, festgehalten an dem, was ich für ehrlich gehalten hatte. „Ich dachte, er ist ehrlich", flüsterte ich, die Worte klangen hohl.

„Ehrlich?" Ihre Stimme wurde zu einem harten, kalten Lachen. „Er ist ein Lügner und du hast ihm das abgenommen. Du hast mein Leben zerstört... Du hast unsere Familie zerstört."

Ich spürte jeden ihrer Vorwürfe wie einen Schlag, aber ich konnte nicht auflegen. Das Gewicht ihrer Anschuldigungen hielt mich fest, lähmte mich fast. Zu groß war mein Schuldgefühl, anstatt eine Erleichterung spürte ich das Gefühl, es wieder gutmachen zu müssen, auch wenn ich wusste, dass das unmöglich war. „Es tut mir leid. Ich wollte das nie."

„Männer wie er spielen mit den Gefühlen von Frauen wie dir", unterbrach sie mich scharf. "Und Frauen wie du... ihr seid blind. Am Ende muss ich dieses Chaos wieder aufräumen."

Das Knacken in der Leitung verriet, dass sie aufgelegt hatte. Ich starrte auf mein Handy, unfähig, mich zu bewegen. Die

Gespräche im Zug, das Klicken der Tastaturen, das leise Murmeln – alles verschwamm. Daniel war verheiratet. Nicht getrennt, sondern verheiratet. Alles, was er gesagt hatte, war eine Lüge.

Ich saß im vollen Zug, umgeben von schnarchenden Reisenden, tippenden Studenten und Menschen, die einfach nur versuchten, die nächsten Stunden irgendwie zu überstehen. Aber ich? Ich erlebte innerlich einen moralischen Zusammenbruch der Extraklasse. Der Anruf von Daniels Frau hallte in mir nach, ihre bebende Stimme, die sich zwischen Schmerz und Wut bewegte. Jetzt saß ich hier und hatte das Gefühl, als hätte ich in ein emotionales Wespennest getreten.

„Ich bin nicht diese Frau", dachte ich mir. „Ich bin nicht die, die sich mit verheirateten Männern einlässt, die Teil eines Beziehungsdramas wird, bei dem am Ende niemand gewinnt." Daniels Frau hatte ganz deutlich gesagt „Mein Mann." Nicht „Ex-Mann", sondern Mann. Mein Herz zog sich bei dem Gedanken zusammen. Wo war Daniel jetzt? Seit seiner Rückkehr nach Stuttgart herrschte Funkstille. Kein „Hey, wie geht's?", keine Antwort auf meine letzten Nachrichten. Nichts. Hatte er gerade zu viel damit zu tun, die Trümmer seines Doppellebens wegzuräumen? Oder war ich für ihn nur ein kleiner Ausflug, eine nette Ablenkung oder womöglich einfach nur eine weitere Bestätigung? Ein Klischee, das ich mir nie vorgestellt hatte zu sein. Der Gedanke zog sich in meinem Kopf – zäh und hartnäckig. Mein moralischer Kompass wackelte zwar gelegentlich, aber ich wusste, dass das hier jenseits aller Akzeptanz war.

Warum fühlte ich mich so dumm und verletzt? Hatte ich wirklich alles übersehen oder schlimmer noch, bewusst weggeschaut? Gab es ein untrügliches Zeichen, eine kleine Wahrheit, die sich mir angeboten hatte und die ich stur ignoriert hatte? Vielleicht. Vielleicht hatte ich nicht genau hingehört, weil ich den Kuss, die Nähe, die Aufmerksamkeit wollte. Weil ich in seiner Gegenwart die Illusion von etwas Besonderem gespürt hatte, das mich von Zweifeln und Warnungen abschnitt.

Mein Blick schweifte aus dem Fenster, über die vorbeiziehenden Felder und Dörfer. Doch innerlich war ich nicht in Bewegung. Ich stand still und stumm auf der Oberfläche des eigenen Selbstbetrugs. Ich musste an Ninas Worte denken, an ihre deutlichen Warnungen. Doch ich hatte diese abgetan, fast arrogant. Hatte ich wirklich geglaubt, besser zu wissen, wer Daniel war?

Ich schloss die Augen und spürte die Last dieser Erkenntnis, schwer und unausweichlich. Es war nicht nur Daniels Täuschung, die mich hierher geführt hatte. Ein Teil davon war auch mein Bedürfnis, etwas zu sehen, das nie wirklich da gewesen war. Und das, so schmerzlich es war, war vielleicht die härteste Lektion von allen.

Mit diesem vertrauten Schmerz drifteten meine Gedanken ab, zurück zu einer Zeit, die ich längst überwunden geglaubt hatte. Damals, Mitte zwanzig, als mein Freund mich betrogen hatte. Er war nichts Besonderes, nur eine kurze Romanze und doch hatte es mich zerschmettert. Nicht, weil ich ihn so sehr geliebt hatte, sondern weil es etwas in mir aufbrach, das ich nicht verstand. Es war, als hätte sein Verrat ein Licht auf die dunkelsten Winkel meines Selbstwerts geworfen. „Was stimmt nicht mit mir?", hatte ich mich gefragt. Was hatte die andere Frau, das ich nicht hatte?

Dieses Gefühl, dass die Schuld bei mir lag und nicht bei ihm, hatte mich damals verschlungen. Und jetzt? Jetzt war ich über vierzig, älter, klüger, reifer. Zumindest dachte ich das. Ich hatte geglaubt, ich hätte gelernt, meine Grenzen zu schützen. Aber, nun ja, hier saß ich wieder, in demselben Gedankenkarussell wie damals. Nur dass es diesmal tiefer ging, vielschichtiger war.

Ich spürte, wie mich die Gedanken wieder in das alte Muster zogen, dieses „nicht genug sein", eine Wahrheit, die ich nie wirklich glauben wollte, die aber in Momenten wie diesen aufblitzte. Warum können Menschen solche Wunden in uns auslösen? Was mich am meisten traf, war nicht nur Daniels Verhalten, sondern auch die Enttäuschung über mich selbst. Dass ich mich hatte täuschen lassen. Dass ich mich erneut geöffnet und angreifbar gemacht hatte.

Und während ich all diese Gedanken durchlief, merkte ich, wie sehr mein Selbstwert doch manchmal von der Tagesform abhängt. Heute war ein schlechter Tag. Ein Tag, an dem es schwer war, bei mir selbst zu bleiben, ohne mich von diesem inneren Sturm mitreißen zu lassen. Ich atmete tief durch. Einatmen. Ausatmen.

Als Frau in meinem Alter war man oft in einer Art Zwischenwelt gefangen. Zu jung, um den Traum von Familie und Haus komplett aufzugeben, aber zu alt, um sich diesen Jugendidealen blind hinzugeben. Man wird älter, vielleicht auch einsamer, wenn man Pech hat. Ich schloss die Augen und atmete weiter tief durch. Der Gedanke daran, Daniel zu schreiben, lag wie eine Last auf meiner Brust. Aber letztendlich ließ ich es bleiben.

Als der Zug in Stuttgart einfuhr, spürte ich, wie sich eine Schwere auf meine Schultern legte. Der Alltag wartete, mit all seinen Unannehmlichkeiten und den Fragen, auf die ich vielleicht keine Antworten hatte, die ich aber bewältigen musste. Ich schnappte mir meinen Koffer und machte mich bereit, in mein Leben zurückzukehren. Das leise Summen der Stadt empfing mich wie ein zögerndes Willkommen. Ich entschied mich, den Weg zu meiner Wohnung zu Fuß zu gehen. Klar, es war ein ordentlicher Marsch, aber vielleicht würde es mir helfen, meine Gedanken zu ordnen. Oder vor ihnen wegzulaufen. Ein Schritt nach dem anderen, das war jetzt meine Devise.

Ich schaute auf mein Handy. Sechs ungelesene Nachrichten, zwei verpasste Anrufe. Genau das, was ich jetzt nicht gebrauchen konnte. Ohne auch nur mit der Wimper zu zucken, drückte ich den Ausschalter und warf das Gerät demonstrativ in meine Tasche. Keine Menschen, keine Gespräche, keine Verantwortung. „So", dachte ich, „und jetzt?" Mein innerer Monolog war schon immer lauter als alles andere, was in meinem Leben passierte.

„Was mache ich eigentlich?", fragte ich mich, während ich durch die Straßen ging. Was, wenn das hier alles war? Wenn ich die Frau wurde, die im Büro zu viel redete und nach Feierabend mit den Kollegen zu tief ins Glas schaute, weil sie keine anderen sozialen Kontakte hatte? War ich das vielleicht schon? Ich setzte einen Fuß vor den anderen, die Autos rauschten an mir vorbei, aber mein Kopf war ein

Wirbelsturm. Meine Gedanken wurden immer schwerer, aber das hinderte sie nicht daran, munter weiterzuwirbeln.

Ich schüttelte den Kopf und schob meine Hände tiefer in die Jackentaschen. Ich hätte am liebsten geweint, vielleicht weil ich traurig war, aber definitiv, weil mein Ego einen Knacks bekommen hatte. Der kalte Wind wehte mir ins Gesicht. „Vielleicht sollte ich mir einen kleinen Hund holen", dachte ich plötzlich. „Die lieben dich bedingungslos. Ein Hund wäre eine solide Investition."

Ein Lächeln huschte über mein Gesicht, als ich meine Haustür erreichte. Der Weg hatte nichts geordnet, im Gegenteil. Aber die Idee mit dem Hund blieb. Tatsächlich traf mich dieser Gedanke wie ein Blitzschlag: Ich hole mir einen Hund. Der Sonntagabend ist gerettet.

Ich schnappte mir meinen Laptop, machte es mir auf der Couch gemütlich und begann, in den Tierheimen der Umgebung nach Hunden zu suchen. Niedliche Schnauzen, große Augen… es war fast wie Online-Dating, nur ohne die unangenehmen Bilder. Ein süßer Mischling nach dem anderen huschte über den Bildschirm. „Oh, guck mal, der hat aber große Ohren… Daniel hat auch große Ohren."

Gerade, als ich mich von dieser absurden Vorstellung abwenden wollte, stieß ich auf die perfekte Anzeige. Da war er: Jochen Cocker. Ein Cocker Spaniel mit einem Fell, das wie das eines plüschigen kleinen Teddys aussah. „Jochen Cocker" – der Name war perfekt. Er saß da, seine Schlappohren hingen fröhlich an der Seite und ich war verliebt! Ein Hund mit Charakter, das spürte ich sofort. Ohne lange zu überlegen, schrieb ich eine Nachricht an das Tierheim.

„Hallo, ich bin Frida und würde Jochen Cocker gerne kennenlernen." Zack, abgeschickt. Ich war sofort ein bisschen aufgeregt und stellte mir vor, wie ich bald mit Jochen Cocker durch den Park spazierte. Schluss mit Gedanken an Daniel – jetzt kam Jochen Cocker in mein Leben. Zufrieden legte ich meinen Laptop beiseite, schlang die Decke um mich und schlief schneller ein, als ich dachte.

Kapitel 25

Der nächste Morgen brach an und ich machte mich mechanisch fertig. Die routinierten Bewegungen halfen, meinen Kopf halbwegs klar zu halten. Zähneputzen, Gesicht waschen, Jacke überstreifen – alles wie auf Autopilot. Ich zog meine Tasche über die Schulter und machte mich auf den Weg zur Arbeit. In meinem Kopf war ein ausgeklügelter Plan entstanden, um Daniel gekonnt zu umgehen. „Hallo" sagen, zügig an ihm vorbeigehen, mich an meinen Schreibtisch setzen. Wenig trinken, damit ich wenig Chancen gab, auf dem Weg zur Toilette angesprochen zu werden. Essen und Tee hatte ich dabei, also keine Ausreden, in die Küche zu müssen. Perfekt.

„Hallo!", rief ich, ein wenig zu laut, als ich das Büro betrat. Perfekt, alles läuft. Ich bog in Richtung meines Schreibtisches ab, als ich plötzlich vor ihm stand.

Daniel.

Er stand dort, wo er normalerweise nie stand, mit einem Kaffee in der Hand. Sein Hemd war makellos gebügelt, ein zarter Blauton, der seine blauen Augen betonte. Der obere Knopf seines Hemdes war geöffnet und seine Haare waren, wie eigentlich immer, ein wenig zerzaust – auf diese mühelos anziehende Art, als wäre er gerade einem Film entsprungen. Ein leichter Duft von Sandelholz lag in der Luft. Sein Blick war überrascht und ich spürte, wie mein Herz einen Takt aussetzte. „Frida", seine Stimme war ruhig, aber seine Augen musterten mich neugierig. „Wie war das Wochenende im Norden?"

„Wie war das Wochenende im Norden?" … Ernsthaft? Das war alles, was ihm einfiel?

Mein innerer Monolog explodierte in tausend sarkastischen Splittern. „Fantastisch, Daniel. Vielen Dank für die Nachfrage. Das Gespräch mit deiner Frau, ein Traum."

Oh, wie gern hätte ich das gesagt. Aber stattdessen stand ich einfach nur vor ihm, meine Gedanken in einem wütenden Durcheinander. Wie konnte er so ruhig, so unverfroren, diese Frage stellen? Seine Haltung, so gelassen, als wären wir zwei alte Bekannte, die sich zufällig beim Bäcker treffen. Ich spürte, wie die Wut nun von einer Hitzewelle begleitet wurde. Eine, die sich bis in meine Ohren zog. Mein Mund blieb geschlossen und Daniel stand vor mir, völlig ahnungslos, was in meinem Kopf vorging. Keine Ahnung von dem Gedankenchaos voller beißender Kommentare, keine Ahnung, dass ich innerlich das Tischgedeck unserer „wir-tun-mal-so-als-wäre-alles-normal"-Begegnung umwarf.

Langsam merkte ich, wie meine Wangen rot wurden. Nicht nur ein leichtes Erröten – nein, ich spürte, wie mein ganzes Gesicht in Flammen aufging. Die Kollegen ringsum musterten uns verstohlen. „Jetzt sag etwas", schrie mein Verstand. Und endlich, nach einem Moment, der sich wie eine Ewigkeit anfühlte, brachte ich es heraus:

„Gut."

Das war alles. Gut. Viel zu leise, viel zu unspektakulär. Ich wollte mich im Boden vergraben. Dann, als wäre ich in einem Film in Zeitlupe, drehte ich mich um und ging in Richtung meines Schreibtisches. Ich wusste, dass die Pause zwischen seiner Frage und meiner Antwort viel zu lang gewesen war. Zu lang, um noch als normales Nachdenken durchzugehen. Endlich setzte ich mich an meinen Platz, mein Herz hämmerte und meine Finger zitterten leicht. Der Morgen war vorbei, bevor er richtig begonnen hatte. Mein Blick fiel auf mein Handy in der Tasche. Sechs ungelesene Nachrichten, darunter auch eine von Tobi. Ein kurzes „Na, alles okay bei dir?" Nicht das, was ich mir erhofft hatte, um meinem Selbstwert zu schmeicheln. Die Dramatikerin in mir wollte beleidigt sein. Eines dieser theatralischen inneren Augenrollen erfasste mich und ich ertappte mich dabei, wie albern mein Verhalten war. Ich bin zu alt für diesen ganzen Zirkus. Der Gedanke hämmerte in meinem Kopf, während ich mein Gesicht in den Händen vergrub und spürte, wie die Tränen sich hinter meinen Augenlidern sammelten. Vielleicht sollte ich mich heute einfach krankmelden. Einfach aufstehen, den Rechner ausschalten und nach Hause gehen, bevor die Lage hier im Büro eskalierte und ich mich selbst in eine dramatische Szene verwandelte. Mein Kopf pochte im Takt meines rasenden Herzens und das Summen der Gespräche um mich herum wurde zu einem dumpfen Hintergrundrauschen. Plötzlich spürte ich, wie jemand vor meinem Schreibtisch stand. Ich blinzelte, hob den Kopf und sah Tobi.

Tobi war das Gegenteil von dem Chaos, das gerade in mir tobte. Seine braunen Augen - so tief und aufmerksam, dass sie einem das Gefühl geben konnten, er würde jedes kleinste Geheimnis lüften – trafen meinen Blick mit einer Mischung aus Neugier und leichter Sorge. Sein Haar war ordentlich zurückgekämmt, ein paar Strähnen hatten sich jedoch gelöst und fielen ihm in die Stirn. Er trug ein dunkelblaues Hemd, das an ihm perfekt saß und die leichten Schattierungen des Stoffs bei jeder Bewegung changieren ließ. Seine gut geschnittene Anzughose vollendete den Eindruck eines Mannes, der sich seiner Wirkung bewusst war, ohne dabei prahlerisch zu wirken. Seine polierten schwarzen Lederschuhe reflektierten das Licht, als wollten sie betonen: „Schau, hier steht jemand, der sein Leben im Griff hat."

„Frida?", fragte er, seine Stimme sanft, eine Spur tiefer als das Summen der Kaffeemaschine im Hintergrund. Dieser Klang hätte mich an jedem anderen Tag beruhigt, aber heute drohte er, die Tränen in meinen Augen freizusetzen. Ich durfte jetzt nicht schwach werden. Nicht vor Tobi, nicht heute.

„Ja?", brachte ich heraus und versuchte ein Lächeln, das wahrscheinlich eher wie eine verzweifelte Grimasse aussah. Warum stand er ausgerechnet jetzt hier? Warum sah er so aus, als wäre er die Hauptfigur in einem modernen Roman über Männer, die gleichzeitig gutherzig und attraktiv sind?

„Ist wirklich alles in Ordnung?" Seine Stirn legte sich in sanfte Falten und seine Augen suchten mein Gesicht ab, als wäre es ein Buch, dessen Kapitel er nicht ganz verstand. Wie sollte ich ihm erklären, dass nichts in Ordnung war? Stattdessen nickte ich viel zu energisch.

„Ja, alles gut", log ich, meine Stimme klang eine Spur zu hoch, fast wie ein quietschender Stuhl in einem stillen Raum. Er zog eine Augenbraue hoch – genau die Art von Geste, die ihn gleichermaßen charmant und skeptisch wirken ließ. Ein leises Lächeln umspielte seine Lippen und ich konnte nicht anders, als mir ein kleines, verräterisches Lachen zu verkneifen.

„Wenn du ‚alles gut‘ sagst und dabei so aussiehst, als würdest du innerlich jemanden verfluchen, bin ich geneigt, dir nicht zu glauben“, sagte er, während er die Hände in die Taschen seiner Hose schob. Dieser Anflug von Belustigung in seinem Tonfall war typisch Tobi. Er konnte ernst und humorvoll zugleich sein, wie jemand, der gerade einen Geheimtipp verrät.

„Es ist nur ein typischer Montag“, antwortete ich schließlich und hoffte, dass dieser Satz alles erklären würde. Und zu meiner Überraschung nickte er, als ob das die vollkommene Wahrheit wäre. Vielleicht war es das ja auch. Ein Montag, der wie ein Berggipfel auf einer Wanderung war, man musste ihn überwinden, um den Rest der Woche hinter sich zu bringen.

„Falls du reden willst, ich bin da. Auch an Montagen“, sagte er leise, beugte sich ein wenig vor und dann, bevor ich darauf reagieren konnte, drehte er sich um und ging zurück an seinen Platz. Vielleicht nimmt er es mir übel, dass ich mich nicht gemeldet habe? Ich hatte Tobi nicht geschrieben, als ich im Norden war. Das Wochenende mit Daniel hatte mir den Boden unter den Füßen weggezogen, als ich erfuhr, dass er noch richtig verheiratet war und nicht, wie von ihm beworben, getrennt. Dieses Wissen lastete schwer auf mir und ich wusste einfach nicht, wie ich mich zu Tobi positionieren sollte. War er für mich mehr als eine spontane Romanze? Oder war ich für ihn nur ein flüchtiger Moment, ein kleiner Lichtblick im stressigen Alltag? Diese Zweifel nagten an mir und die Tatsache, dass auch Tobi sich kaum gemeldet hatte, machte es nicht besser. Es war einfach, in meiner Unentschlossenheit zu verharren, anstatt die Tür zu einer möglichen Enttäuschung weiter zu öffnen.

Aber im Moment wünschte ich mir nichts sehnlicher, als dass mich jemand in den Arm nehmen würde und mir sagte: „Du bist genug. Es wird alles wieder gut."

Kapitel 26

Feierabend. Endlich Feierabend. Der Gedanke umgab mich wie eine warme Decke an einem kalten Winterabend. Ich hatte den Tag tatsächlich überstanden – die Begegnungen, die ich größtenteils erfolgreich vermieden hatte und, oh Wunder, sogar die strategisch geplanten Toilettenbesuche. Was normalerweise ein banaler Teil des Alltags war, fühlte sich heute wie ein Drahtseilakt an. Ich packte meine Sachen, den Mantel über dem Arm, die Tasche fest in der Hand, bereit, so schnell wie möglich aus dem Büro zu flüchten. Bloß raus, dachte ich. Raus aus dieser brodelnden Spannung, welche die Luft hier drinnen wie ein dichtes Gewitter aufgeladen hatte.

Während ich mich zur Tür bewegte, zwang ich mich, nicht an das absolute Chaos, das mein Liebesleben derzeit in einen Zustand versetzt hatte, der einem explodierten Spaghetti-Topf glich, zu denken. Kaum hatte ich diesen Gedanken zu Ende gebracht, tauchte Tobi plötzlich aus dem Nichts vor mir auf.

„Hey, Frida", sagte er, ein leichtes Lächeln auf den Lippen, das die Neugier in seinen braunen Augen nicht ganz verbarg. Er sah umwerfend aus – wie immer. Dieses Hemd, das seine Schultern betonte, als hätte es keine andere Bestimmung, die paar lose Strähnen, die ihm in die Stirn fielen. Alles an ihm schien zu sagen: „Vertrau mir, ich kann dich retten."

Bevor ich antworten konnte, hörte ich eine andere Stimme hinter mir, tief und vertraut.

„Frida."

Natürlich war es Daniel. Wer sonst?

Ich drehte mich langsam um und sah ihn dort stehen, im Türrahmen des Konferenzraums. Er hatte diese typische, leicht sorglose Haltung, die bei ihm immer irgendwie fehl am Platz wirkte, als hätte er sich angewöhnt, sie sich einfach anzuziehen wie einen Mantel. Seine blauen Augen suchten meinen Blick, ein Anflug von Unsicherheit in seinem Gesicht, den er rasch zu verbergen suchte.

„Können wir reden?", fragte er, als ob alles normal wäre. So, als ob wir nicht das emotionale Äquivalent zu einem brennenden Müllcontainer waren. Tobis Augen wanderten zwischen Daniel und mir hin und her und seine Brauen zogen sich zusammen, ein Ausdruck, der etwas zwischen Verwirrung und säuerlicher Erkenntnis lag. „Sieht so aus, als hätte ich hier etwas verpasst", meinte er mit einer Schärfe in der Stimme, die ich zum ersten Mal hörte.

Die Spannung war so dicht, dass ich das Knistern fast spüren konnte. Ein Wort, eine falsche Bewegung und die Situation würde explodieren. Mein Mund öffnete sich, bereit, etwas völlig Irrationales zu sagen. Aber bevor ich dazu kam, erklang plötzlich das Klingeln meines Handys. Ein Rettungsanker. Ich griff nach dem Telefon, warf einen Blick auf das Display, es war meine Mutter. Perfektes Timing, wie immer. „Entschuldigt, ich muss das annehmen", sagte ich und zwang ein entschuldigendes Lächeln auf mein Gesicht. Ohne ein weiteres Wort drehte ich mich um, zog meinen Mantel fester um mich und marschierte los. Schnellen Schrittes, die Luft um mich herum schien zu vibrieren vor

Spannung und mein Herz hämmerte im Takt meiner schnellen Schritte. Ich war nicht nur unterwegs – ich marschierte, als hätte jede Faser meines Wesens eine Mission, die den Grund meiner Existenz berührte. Ich war eine Freiheitskämpferin, eine Rebellin, die entschlossen war, ihr eigenes Schicksal zu gestalten und sei es in einem einzigen dramatischen Akt. Es war ein Hochgefühl der Entschlossenheit, welches mich antrieb. Doch eine Revolution zu führen, wenn man die einzige ist, die sich anschließt – das hatte einen bitteren Geschmack. Allein, aber nicht weniger feurig, strebte ich der Tür entgegen, die mir den Weg in die Nacht und ihre verheißungsvolle Sicherheit bot. Doch bevor meine Hand den kalten, metallischen Griff erreichte, spürte ich einen entschlossenen Griff an meinem Oberarm. Es war ein Griff, der nicht nur meinen Körper festhielt, sondern auch die Flut an Gedanken und Gefühlen, die mich wie eine unkontrollierte Welle erfasst hatten.

„Frida, was ist los?" Die Stimme, die mich aufhielt, war so schwer, dass sie in meine Knochen kroch. Tobi. Sein Tonfall war eine Mischung aus Sorge und Wut, doch da war auch ein Hauch von etwas, das mich innehalten ließ: Enttäuschung. Er klang verletzt, seine Augen suchten meinen Blick, als würde er nach einer Antwort graben, die ich ihm lange verwehrt hatte.

„Erst verbringen wir diesen fantastischen Sonntag miteinander und jetzt…, das hier. Was ist das?" Die Schwere in seinen Worten zog an mir, wie der Sturm an einem vor Anker liegenden Schiff. Ein Zittern lief durch meinen Körper, eine Kette aus elektrischen Impulsen, die jeden meiner Muskeln erfasste.

Mein Telefon hatte aufgehört zu vibrieren. Tobis Hand hielt mich immer noch fest, aber sein Griff wurde weicher, fast zögerlich.

„Was ich hier mache, Tobi?" Meine Stimme war ein Flüstern, das zwischen uns hing wie ein letztes Gebet. „Ich versuche, einen Ausweg zu finden. Einen Ausweg aus allem." Ein Ausdruck von Schmerz zog sich über sein Gesicht, seine Brauen senkten sich und seine Lippen pressten sich zu einer schmalen Linie zusammen. Er wusste nicht, wie tief das Labyrinth der Absurdität reichte, durch das ich mich tastete.

„Warum hast du nicht mit mir geredet?", fragte er, fast flehend, seine Finger rutschten von meinem Arm, glitten an meinem Unterarm herab, als würde er mich nicht festhalten, sondern führen wollen. Ich stand vor ihm, sah in seine braunen Augen und eine Welle von Reue durchfuhr mich. Was hatte ich nur getan? Warum bin ich so?

Ein scharfer Stich jagte durch mein Herz. Ich mochte ihn – das war das Erschreckende. Und doch schien es, als wäre meine Unfähigkeit, mich auf etwas Echtes einzulassen, ein dummes Schauspiel meines eigenen Egos.

„Ich muss es ihm sagen. Ich muss mich dem stellen, was ich angerichtet habe", sagte ich zu mir selbst und ein bitteres Lächeln zog an meinen Lippen.

Aber bevor ich den Mut dazu fand, machte sich mein Körper selbstständig. Meine Füße trugen mich zur Tür hinaus und ehe ich es bemerkte, rannte ich – wie eine erwachsene Frau, die sich ihrer Verantwortung stellt. Während ich durch die kühle Nachtluft sprintete, wurde mir klar, dass ich nicht nur Daniels Frau verletzt hatte, sondern auch Tobi und mich selbst… „Wieso… wieso?", fragte ich mich verzweifelt. Die Straßen flogen an mir vorbei und mit jedem Schritt schien die Unsinnigkeit meiner Flucht größer zu werden. Ich bog um die Ecke, mein Hals brannte, die Seitenstiche schossen wie kleine Messerstiche in meinen Leib und mein Atem ging keuchend. Schon wieder vibrierte mein Telefon. Ohne zu zögern, zog ich es aus der Tasche. Unbekannte Nummer.

Kapitel 27

Bevor sie auch nur ein Wort sagen konnte, platzte es aus mir heraus: „Es tut mir leid. Ich wollte Sie nicht verletzen.“

Am anderen Ende herrschte eine Stille, die sich wie ein Vakuum um uns legte. Sekunden vergingen, zogen sich in die Länge. Vielleicht war sie überrascht, dass ich den ersten Schritt machte. Vielleicht hatte sie erwartet, dass ich mich verteidigen würde. Stattdessen klammerte ich mich an die Stille, so als würde sie meine eigene Zerbrechlichkeit spiegeln.

Dann ein leises Einatmen. „Weißt du, was das Schlimmste daran ist?“ Ihre Stimme war ruhig, doch darunter lauerte eine Spannung, die mich unruhig machte. „Ich habe es nicht kommen sehen. Überhaupt nicht.“

Ein Kloß formte sich in meiner Kehle. Was konnte ich sagen? Es gab kein Wort, das die unendliche Schwere dieser Situation lindern konnte.

„Ich dachte immer, so etwas passiert anderen Leuten“, sagte sie. Ihre Stimme schwankte zwischen Wut und Erschöpfung. „Nicht mir. Nicht uns. Wir hatten eine Familie. Ich habe ihm vertraut. Und dann sehe ich deine Nachrichten. Es war wie ein Schlag ins Gesicht.“

Ihre Worte trafen mich mit der Wucht einer Lawine. Schuld brannte in mir, aber gleichzeitig regte sich dieser absurde Funken von Unschuld. Ich war in eine Geschichte geraten, in die ich nie hätte verwickelt werden wollen.

„Ich wusste es nicht", murmelte ich und meine Stimme klang klein. „Ich wusste nicht, dass ihr noch zusammen seid. Er hat mir gesagt, dass ihr getrennt seid. Schon lange. Ich dachte, er ist –", ich schluckte hart, „frei."

Wieder Stille. Ihre Atemzüge klangen schwerer jetzt, als kämpfte sie darum, sich zu fangen.

„Getrennt", wiederholte sie und lachte bitter. „Der Klassiker, oder? Trennung auf Zeit. Hat er dir auch gesagt, dass es meine Schuld war? Dass ich das alles kaputt gemacht habe?"

Mein Herz zog sich zusammen. Ja, Daniel hatte etwas in diese Richtung gesagt. Niemals direkt, immer nur durch die Lücken, die ich selbst gefüllt hatte. Vielleicht hatte ich nie gefragt, weil ich die Wahrheit nicht wissen wollte.

„Hör zu", ihre Stimme erhob sich, kantig und scharf. „Ich weiß, du hast das nicht gewollt. Kein Mensch will das, oder? Ich bin mir sicher, du dachtest, es wäre alles okay. Aber was mich am meisten verletzt, ist nicht, dass du ihm geglaubt hast. Es ist, dass ich ihm geglaubt habe. Immer. Und jetzt sitze ich hier und frage mich, was ich falsch gemacht habe. Was wir als Familie falsch gemacht haben und die Einzige, der ich das erzählen kann, bist du, weil niemand anderes davon erfahren kann, dass unsere heile Welt zerrüttet ist. Ist das nicht absurd und traurig?"

Die Tränen stiegen mir in die Augen und brannten wie Salz.

„Es ist nicht nur das Fremdgehen", sagte sie und ihre Stimme klang plötzlich müde. „Es ist dieses Gefühl, ausgetauscht zu werden. Dass alles, was man aufgebaut hat, nichts mehr wert ist. Das mein Leben nichts wert ist." Ihre Stimme brach. „Er kommt davon, Frida. Diese Menschen kommen immer davon. Und wir stehen da, fragen uns, warum wir nicht genug waren."

Ein kurzes Schweigen folgte. Dann sprach sie, leiser: „Was wirst du jetzt tun?"

„Ich weiß es nicht", gab ich zu. „Aber ich weiß, dass ich nichts mehr von ihm will. Nicht mehr."

„Gut", sagte sie, fast tonlos. „Gut. Das wollte ich hören." Ein Klick, die Verbindung brach ab. Sie hatte aufgelegt.

Kapitel 28

Ich atmete tief ein, versuchte den Kloß in meinem Hals hinunterzudrücken, aber er blieb hartnäckig sitzen wie ein ungebetener Gast. Die Tränen liefen mir über meine Wangen und ich konnte nicht entscheiden, ob ich wütend auf Daniel, die absurde Situation oder am meisten auf mich selbst war. Wie hatte ich all das nicht kommen sehen?

Noch ein tiefer Atemzug und ich sprach zu mir selbst: „Jochen Cocker." Der Name des Hundes war mein Anker, mein rettender Gedanke in einem Meer des emotionalen Chaos'. Ein Hund konnte mich lieben, ohne dass wir beide in einem Drama versanken. Einfach, klar, bedingungslos.

Zu Hause angekommen, checkte ich als Erstes meine Mails. Doch das Postfach starrte mich leer an. Kein „Ja, kommen Sie und holen Sie Jochen, er wartet auf Sie!" Stattdessen: nichts. Enttäuschung prickelte wie Brausepulver unter meiner Haut. Um die Stille zu durchbrechen, rief ich Max und Anni an. Gespräche mit lieben Menschen waren wie seelische Erste Hilfe und das brauchte ich dringend.

„Seine Frau hat mich angerufen", platzte es aus mir heraus, kaum dass Max abgehoben hatte. „Ich habe eine Familie zerstört. Diese ganzen Lügen, ich hätte es ahnen müssen. Aber er hat es so gut gespielt, Max! Wer macht sowas?"

Max lauschte aufmerksam, nur unterbrochen von einem leisen Seufzen. „Frida, nicht viele Menschen sind so. Aber Daniel ist definitiv ein großer Vollidiot. Da sind wir uns einig."

Anni war währenddessen in einer ersten Liebesphase, die anstrengendste für Außenstehende. Ihre neue Freundin

Clara, eine beeindruckende Frau mit scharfem Verstand und genug Coolness, um jeden Raum zu füllen, war alles, was Anni brauchte. „Ja, sie ist echt etwas ganz Besonderes", schwärmte Anni, ihre Stimme klang so warm, dass man am liebsten in ein Kissen beißen wollte vor Neid. „Wisst ihr, wenn ich morgens nach ihr duschen gehe, hat das Wasser immer die perfekte Temperatur. Wir haben beide exakt die gleiche Wohlfühltemperatur. Ist das nicht verrückt? Das gibt es doch sonst nie! Es ist einfach… perfekt."

Ja, klar. Die perfekte Wassertemperatur, das war definitiv Annis rosarote Brille in ihrer reinsten Form. Der Schuh der modernen Cinderella, dicht gefolgt von dem perfekten Wasserdruck. Ich freute mich sehr für Anni, aber ich wusste auch, dass uns nun einige Wochen bevorstanden, in denen wir regelmäßig Zeuge solcher verliebten Mini-Wunder werden würden, die sie vorher noch NIE bei einer anderen Person erlebt hatte.

„Und was ist mit Tobi?", fragte Anni plötzlich. Ihre Stimme war voller Neugierde und einem Hauch von Hoffnung. „Der süße Tobi?"

Ich seufzte so tief, dass es im Telefon wie das Rauschen des Ozeans klang. „Tobi ist toll. Aber nachdem was ich angerichtet habe? Ich glaube, er will mich privat nie wieder sehen. Ich habe mich wie eine Idiotin aufgeführt. Und wenn er das mit Daniel wüsste…"

„Drama-Queen", neckte Max und ich konnte fast sein verschmitztes Grinsen hören.

„Schuldig im Sinne der Anklage", gab ich zu und lachte. Ein echtes Lachen, das mich überraschte. Mein Kopf war gefüllt mit Fragen und Vermutungen. Als wir das Gespräch beendet hatten, starrte ich auf mein Handy. Was für unglaubliche Menschen hatte ich doch in meinem Leben. Wenn ich ehrlich war, hielten diese mich zusammen, wenn alles in mir auseinanderfiel.

Ich ging durch meine kleine Wohnung, um meine Aufregung etwas abzubauen. „Ich mache jetzt wirklich eine Pause", sagte ich zu mir selbst, als wäre es eine Überlebensstrategie. Eine Pause vom Männerzirkus, eine Pause von allem. Kein Daniel, kein Tobi, keine dramatischen Gedankenschleifen. Stattdessen: „Frida-Time", sagte ich noch lauter mit einer tiefen Stimme und brachte mich selbst zum Lachen.

Ich dachte kurz daran, eine Meditations-App herunterzuladen. Eine dieser Stimmen, die einem sagen, man solle wie ein Berg stehen und die Gedanken wie Wolken vorbeiziehen lassen. Aber dann sah ich wieder Jochen Cocker auf meinem Bildschirm. Sein treuherziger Blick mit den Schlappohren, die wie alte Lappen herabhingen. „Frida, ich bin die Antwort auf all dein Elend", schienen seine Augen zu sagen. Gut, dachte ich, Jochen klingt wie ein Plan.

Also schrieb ich dem Tierheim eine lange, ehrliche Mail. Vielleicht zu ehrlich, denn ich verstrickte mich in die Absurditäten des Lebens. Vielleicht sollte ich nicht so viel preisgeben, aber dann dachte ich: „Ehrlichkeit ist der Beginn jeder guten Beziehung, selbst mit einem Hund." Danach setzte ich mich mit einem Glas Wein in der Hand auf die Couch. Eine Serie lief, aber ich schaute nicht wirklich hin.

Der nächste Tag begann wie jeder andere – mit dem unausweichlichen Befehlston meines Weckers, der sich mit einem schrillen Piepton in meine Träume drängte. Im Halbschlaf stand ich vor dem Badezimmerspiegel und betrachtete mein Gesicht. Ich stellte fest, dass sich die Sorgenfalten auf meiner Stirn allmählich zu einem Dauerzustand entwickelten.

„Frida, du musst aufhören, über diese Männer nachzudenken", murmelte ich mir selbst zu. Aber das war leichter gesagt als getan. Der Gedanke an Daniel ließ mich nicht los. Hatte er überhaupt eine Ahnung, dass seine Frau ihm auf die Schliche gekommen war?

Vielleicht hatte sie ihm nichts gesagt. Vielleicht war sie zu verletzt, um das Gespräch zu führen und Daniel lebte einfach weiter in der Unwissenheit. Irgendwo, vermutlich gut gelaunt und ahnungslos.

Ich beschloss, dass ich zumindest eine dieser beiden Geschichten heute zu einem Ende bringen wollte. Tobi schien die richtige Wahl. Zumindest musste ich hier nicht die halbe Ehe-Historie ausgraben. Nachdem ich gestern Abend vor ihm weggelaufen war, musste ich heute mit ihm reden.

Doch als ich das Büro betrat, merkte ich, dass sich die Dinge anders entwickelten. Daniel war da und hatte mich sofort im Blick, von Tobi fehlte jede Spur. Mit klopfendem Herzen und meinem besten Desinteresse-Gesicht setzte ich mich an meinen Schreibtisch und beschloss, ihm so gut wie möglich aus dem Weg zu gehen. Aber Daniel dachte wohl anders. Nach einem langen Meeting und einem weiteren Kaffee, den ich unnötigerweise in der Küche holte, stand er plötzlich vor meinem Schreibtisch. Keine Flucht mehr möglich. Sein Gesicht war ernst, die Lippen zusammengepresst.

„Frida, wir müssen reden", sagte er in einem Ton, der zwischen Dringlichkeit und Unsicherheit pendelte und mich verwirrte. Am liebsten hätte ich mich dem Gespräch entzogen, aber da war diese hartnäckige Neugier in mir, die sich weigerte, loszulassen. Warum stand er überhaupt hier? Wusste er etwa mehr, als ich dachte? Ein Teil von mir wollte unbedingt hören, was er zu sagen hatte.

„Nicht hier", fügte er leiser hinzu und deutete in Richtung Ausgang. „Lass uns rausgehen." Draußen im Wind, etwas abseits der neugierigen Augen im Büro, brach er das Schweigen, seine Stimme seltsam leise, fast brüchig. „Ich..., wollte das alles nie so." Er hielt kurz inne, als würde er die nächsten Worte sorgfältig abwägen und suchte meinen Blick, doch ich wich ihm aus, ließ meinen Blick auf der Pflasterung des Gehweges ruhen.

„Ich habe dir von meiner Ex-Frau erzählt, weil ich ehrlich zu dir sein wollte." Seine Worte waren kaum mehr als ein Flüstern, aber sie hallten in mir wider und lösten eine Flut gemischter Gefühle aus. Da stand er, der Mann, der mich in dieses emotionale Chaos gezogen hatte und zum ersten Mal wirkte er verletzlich. Ein kurzer Moment des Mitgefühls keimte in mir auf, doch bevor ich mich davon überwältigen lassen konnte, riss ich mich innerlich zusammen. Seine Frau hat ihm also erzählt, dass sie mich angerufen hat.

„Daniel, ehrlich gesagt weiß ich nicht, was ich jetzt von dir hören möchte", sagte ich schließlich und überraschte mich selbst mit dem ruhigen, festen Ton meiner Stimme. Mein Herz schlug hart gegen meine Brust, aber ich konnte nicht zulassen, dass er die Kontrolle über meine Gefühle übernahm.

Daniel schloss die Augen für einen Moment, als müsse er sich selbst Mut zusprechen. „Frida", begann er schließlich, „es ist… kompliziert." Ein bitteres Lächeln erschien auf seinem Gesicht, das mich gleichzeitig anziehen und abstoßen konnte. „Ich habe versucht, ihr klarzumachen, dass unsere Ehe…, dass es nicht mehr so ist wie früher, aber sie hat es nicht verstanden." Ein Seufzen entwich ihm. „Ich wollte es dir sagen, auf meine Weise habe ich es dir auch gesagt und ihr sogar angedeutet, dass ich…, dass wir…, dass ich jemanden kennengelernt habe."

Ich spürte, wie sich die Kälte der Situation in mir ausbreitete. War das der Mann, den ich so anziehend fand? Der so umständlich, beinahe heimlich die Fäden zog, aber nichts wirklich klärte?

„Angedeutet?", wiederholte ich und es klang schärfer, als ich beabsichtigt hatte. „Das hier…, dieses Lügenkonstrukt, das will ich nicht."

Er schluckte, seine Miene war versteinert, doch ich bemerkte das kurze Zucken an seinen Mundwinkeln, das mir verriet, dass er mit meinen Worten kämpfte. „Ich weiß, Frida. Und du hast vollkommen recht. Es ist feige gewesen, das weiß ich. Aber ich habe euch nicht angelogen." Seine Stimme war kaum mehr als ein Flüstern, fast ein

Eingeständnis, das sich zwischen uns legte wie ein Katalysator. „Ich möchte mich ja trennen. Nur, das ist so schwer für sie, für meine Ex-Frau."

Wieder sah er mich an, dieses Mal intensiver und ich sah darin die Schatten von Verantwortung, von einem schwankenden Pflichtbewusstsein, das in mir nur Unverständnis auslöste. Wie viele Menschen wollte er noch in diesem emotionalen Zwielicht festhalten?

„Daniel, was genau willst du von mir?" Ich stellte die Frage ruhig, aber meine Geduld war am Ende.

Ein unsicheres Lächeln umspielte seine Lippen. „Frida, ich… ich will das hier für uns klären und ich will es bald tun. Ich weiß, dass ich mehr machen muss als nur Andeutungen." Er legte seine Hand auf mein Handgelenk und für einen Moment erinnerte ich mich daran, warum ich mich jemals auf diesen Mann eingelassen hatte. Da war Wärme, ein Hauch von Aufrichtigkeit, vielleicht sogar eine Spur Verliebtheit. Oder war das nur die Illusion von Nähe? Ich nahm seine Hand und drückte sie kurz, fast mechanisch, bevor ich sie sanft wegschob. „Das musst du nicht mehr, Daniel." Ich wusste, dass ich mich damit selbst beschützte, denn dieses Gespräch war überfällig. „Du solltest ehrlich sein und das nicht nur für dich."

Ich wandte mich ab, bereit, zurück ins Büro zu gehen, meine Gedanken waren ein Wirbel aus Enttäuschung und Erleichterung. Irgendwo tief in mir wusste ich, dass das Ende längst gekommen war und Daniel nur noch versuchte, die Trümmer zu sortieren und sein Ego aufzubügeln. Wie konnte ich nur so naiv sein? Ich, die selbsternannte

Meisterin der Menschenkenntnis, bin glatt auf diesen alten Trick hereingefallen. Dass ich dachte, ich könnte über diesen Dingen stehen, immun gegen die charmant verpackten Halbwahrheiten. Doch wahrscheinlich ist niemand sicher vor Menschen, die eine Fassade so überzeugend beherrschen, dass man für einen Moment den Boden unter den Füßen verliert.

Ich schüttelte den Kopf, als ich zurück ins Büro schlenderte. Ein Teil von mir konnte sich das Ego-Streicheln nicht verkneifen – vielleicht hatte Daniel sich tatsächlich Mühe gegeben, weil ich ihm wichtig war. Doch während ich die Schritte zählte, kam mir eine andere Möglichkeit in den Sinn: War das alles nur eine weitere taktische Maßnahme gewesen? Eine „Emotionseinlage" für ihn selbst, damit er sein eigenes schlechtes Gewissen besser ertragen konnte und mich gleichzeitig warm hielt? Die Vorstellung war bitter und hinterließ den säuerlichen Geschmack von Enttäuschung. Aber vielleicht war es auch einfach das menschliche Bedürfnis, sich im Recht zu fühlen. Es ist seltsam – manchmal reicht ein kleiner Funken Eitelkeit, ein Hauch von Bedeutung und schon beginnt man, einen Menschen zu idealisieren, der gar nicht für die Idealisierung gemacht ist. In Wahrheit hatte Daniel vermutlich wenig davon verstanden, was er seinem Umfeld angetan hatte, sondern sich nur eine bequeme Ausrede zurechtgelegt, mit der er in den Spiegel schauen konnte. „Ich habe euch nicht angelogen…"

Ich setzte mich an meinen Schreibtisch. Ich ließ meinen Blick über das Büro schweifen und suchte Tobi. Um dabei möglichst unbeteiligt zu wirken, hielt ich einen Kaffee in der Hand und schlenderte scheinbar zufällig zwischen den

Schreibtischen hindurch. Gestern hatte ich Tobi sprichwört-
lich stehen gelassen. Eine Flucht, die nichts anderes zeigte
als mein eigenes Unbehagen vor Gesprächen, die eine unangenehme Wahrheit ans Licht bringen könnten. Heute jedoch spürte ich den leisen, nagenden Drang, die Sache mit
ihm zu klären oder es zumindest zu versuchen.

Aber von Tobi war weit und breit nichts zu sehen.

Ich machte einen kleinen Umweg über die Kaffeeküche,
schielte in einen leeren Konferenzraum und setzte mich für
einen Moment an meinen Schreibtisch, um meinen Blick
weiter durch das Büro schweifen zu lassen. Seltsam, das
Büro fühlte sich heute leerer an als sonst – oder vielleicht
lag es daran, dass ich Tobis Präsenz vermisste und mir ein-
bildete, dass sie den ganzen Raum füllen könnte.

„Was machst du da, Frida?" Eine Stimme holte mich aus
meinen Gedanken. „Suchst du etwa jemanden?" Nina lächelte mich an, ihren Kopf leicht geneigt, mit diesem fast
wissenden Blick, den nur Kolleginnen beherrschen, die immer ein offenes Ohr und eine offene Frage parat haben.

„Ach, nur… ein bisschen Bewegung nach all der Bild-
schirmarbeit", murmelte ich beiläufig und hob meinen Kaf-
fee zur Demonstration. Sie schien die Antwort für bare
Münze zu nehmen und bevor ich weiter grübeln konnte, fiel
Nina in ihren typischen Plauderton, der wie ein sanftes
Knistern durch die Stille des Büros hallte.

„Hast du schon gehört? Daniel soll wieder eine Büro-Affäre
haben!", sagte sie mit diesem „Ich weiß etwas, das du nicht
weißt"-Ton, der ihre Augen regelrecht aufleuchten ließ. Mir

blieb beinahe der Kaffee im Hals stecken. Der Gedanke schoss durch meinen Kopf: Wenn Nina wüsste, dass diese „Affäre" vermutlich ich bin… oder? Mein Herz klopfte ein bisschen schneller. Oder konnte es sein, dass es noch eine andere gibt? Die Möglichkeit traf mich wie ein unerwarteter Regenschauer, kalt und überraschend. Ich zwang mich zu einem neutralen Lächeln.

„Nein, das habe ich nicht gehört", entgegnete ich so beiläufig wie möglich und nippte an meinem Kaffee, als hätte ich das Interesse an dem Thema bereits verloren.

„Ja, angeblich spricht sich das gerade rum", sagte Nina und zuckte mit den Schultern, als wäre es ein Nebensatz in ihrem Leben. „Aber ehrlich gesagt, wer weiß das schon? Daniel und seine Geheimniskrämerei…" Sie kicherte, als wäre das alles eine amüsante Anekdote. Nina begann über ihr Wochenende zu plaudern – eine Hüttentour mit viel Regen und einem romantischen Abend am Kamin, welchen sie sehr ausschmückte. Meine Gedanken hingegen schwebten in eine ganz andere Richtung und ein unerwartetes, kleines Lächeln schlich sich auf meine Lippen. Daniel war Geschichte. Allein das Bewusstsein, dass ich jetzt frei war, ließ mich durchatmen, als hätte endlich jemand das Fenster in einem kleinen, stickigen Raum geöffnet. Ich spürte, wie sich ein Gefühl, ein Funken Entschlossenheit in mir ausbreitete.

Nina redete noch immer munter weiter und bemerkte meinen Blick, der ungeduldig über die Schreibtische huschte. Sie hielt abrupt inne, neigte den Kopf und schenkte mir einen listigen Seitenblick.

„Sag mal, Frida", begann sie mit einem kleinen Lächeln, das nichts Gutes verhieß. „Wen oder was suchst du eigentlich?"

„Ich? Oh, niemanden. Nur… ein bisschen Abwechslung vom Bildschirm. Es ist bekanntlich sehr gut, wenn man zwischendurch in die Ferne sieht, so entspannen sich die Augen." Ich nahm einen demonstrativen Schluck von meinem Kaffee und hoffte, sie würde es dabei belassen.

„ Mhm, die Augen entspannen…sicher", sagte Nina mit einem gespielt skeptischen Ausdruck. „Weißt du, Frida, du bist echt schlecht darin, unsichtbar zu sein, wenn du jemanden sehen willst." Ich versuchte, cool zu bleiben, während ich doch ahnte, dass meine warmen Wangen mich verraten hatten.

„Also ehrlich, Nina", murmelte ich, gespielt empört. „Ich entspanne nur meine Augen."

Doch sie ließ sich nicht abwimmeln. „Ach, das könnte natürlich sein… Oder –", sie beugte sich verschwörerisch zu mir herüber „– vielleicht suchst du nach einem bestimmten Kollegen mit einem sympathischen Lächeln und der lässig am Türrahmen steht?" Sie zwinkerte mir schelmisch zu und deutete mit dem Kopf Richtung Kaffeeküche.

Ich folgte ihrem Blick und spürte, wie mein Herz einen kleinen Hüpfer machte. Da stand er tatsächlich – Tobi, vertieft in ein Gespräch mit einem anderen Kollegen, scheinbar ganz in seiner eigenen Welt. Sein Lächeln war entspannt und er strahlte diese ruhige, unaufgeregte Energie aus, die ihn von vielen anderen hier unterschied.

„Na, erwischt?" Ninas Stimme riss mich aus meiner Gedankenverlorenheit. „Also, Frida… was läuft da?" Sie zog die Augenbrauen hoch.

„Ach, Nina, es ist alles gar nicht so, wie du denkst", murmelte ich und versuchte, den Blick wieder von Tobi abzuwenden, doch das Lächeln ließ sich einfach nicht unterdrücken.

„Ach, nein?" Sie grinste breiter. „Also, wenn mich jemand so ansehen würde, wie du gerade Tobi angeschaut hast…, da wäre es vermutlich längst um mich geschehen!"

Ich schüttelte lachend den Kopf, spielte mit meinem Kaffee und rang nach einer halbwegs vernünftigen Antwort, aber Nina kam mir zuvor.

„Weißt du, Frida", sagte Nina mit diesem scharfsinnigen Lächeln, das alles sehen wollte, „Tobi ist echt ein Netter und soweit ich weiß, hat er keine Freundin." Sie zwinkerte verschwörerisch und fügte mit einem leisen Flüstern hinzu: „Ich kann dir seine Nummer besorgen."

Ich erwiderte ihr Lächeln, aber die Mühe, es aufrechtzuerhalten, wurde mir fast zur Last. Wenn Nina wüsste, dass ich womöglich bereits alles zerstört hatte, was zwischen Tobi und mir hätte sein können. Nina schüttelte lachend den Kopf und deutete erneut mit dem Daumen in Tobis Richtung. „Na los, Frida", sagte sie in einem aufmunternden Tonfall, „ich sehe, wie du ihn ansiehst. Ein bisschen Mut hat noch niemandem geschadet." Mit einem letzten vielsagenden Blick ließ sie mich stehen.

Ich sah ihr kurz nach und drehte mich dann langsam wieder zu Tobi um. Da stand er immer noch vertieft in sein Gespräch und ich fühlte eine Mischung aus Aufregung und Trauer in mir aufsteigen, die mich schwindelig machte. Es war, als hätte ich zwei völlig gegensätzliche Stimmen in meinem Kopf, die jeweils das Kommando übernehmen wollten. Die eine, fröhlich und aufgeregt, flüsterte: „Geh hin! Vielleicht ist noch alles gut. Vielleicht gibt es doch noch eine Chance?" Die andere war dunkler, nüchterner und murmelte: „Und was, wenn er schon von dir und Daniel weißt? Was, wenn der Moment vorbei ist oder vielleicht gab es nie einen Moment?"

Ich atmete tief durch, doch der Knoten in meinem Hals blieb hartnäckig sitzen. Sollte ich wirklich hinübergehen? Und was sollte ich sagen? In dem Moment, in dem ich ihn ansprach, könnte der kleine Schutzwall, den ich um mich gebaut hatte, zerbröseln. Solange ich nichts tat, konnte ich so tun, als wäre alles in Ordnung – als ob die Dinge zwischen uns nie beschädigt worden wären, als hätte ich nie eine panische Flucht hingelegt und ihn mit offenen Fragen zurückgelassen.

Ich rang mit mir und spürte einen Funken Humor in dieser Situation aufkeimen – wie ironisch, dass ich, die sich gerne für überlegter und gefasster hielt, jetzt vor einem einfachen Gespräch so viel Angst hatte. Doch der Gedanke daran, dass Tobi vielleicht nur eine Erklärung brauchte, dass vielleicht alles halb so schlimm war und ich gerade die Chance für einen Neuanfang verpasste, ließ mir keine Ruhe.

Ich straffte die Schultern, schob den Knoten in meinem Hals so gut es ging zur Seite und ging langsam in seine Richtung und jeder Schritt fühlte sich an wie ein kleiner Sieg über meine eigenen Ängste. Was ist eigentlich aus meinem Vorsatz geworden, die unauffällige Kollegin zu sein?

Kapitel 29

Ich ging direkt auf Tobi zu, der dort immer noch in ein Gespräch mit einem Kollegen vertieft war. Seine braunen Augen – die wirklich das Talent hatten, jemanden zum Schmelzen oder zu absoluter Verwirrung zu bringen – waren fest auf seinen Gesprächspartner gerichtet. Die kleinen Lachfältchen um seine Augen waren sichtbar, seine Lippen verzogen sich in einem halben Lächeln, das ihn noch attraktiver wirken ließ. Wie konnte jemand nur so unverschämt gut aussehen, ohne sich dessen überhaupt bewusst zu sein.

Mit einer Mischung aus Hoffnung und leichter Enttäuschung versuchte ich, seine Aufmerksamkeit zu erhaschen – einen Blick, ein Zeichen, irgendetwas, das mich einlud, die kleine Distanz zwischen uns zu überbrücken. Aber nein, Tobi blieb in seine Unterhaltung vertieft und schien mich gar nicht wahrzunehmen. Das konnte doch nicht sein! Vielleicht war es Absicht? Eine kleine Panik kam auf: Sollte ich überhaupt hingehen und das Gespräch unterbrechen?

Jetzt, wo ich schon halb auf dem Weg war, wirkte mein Vorhaben plötzlich komplett unüberlegt und mutete leicht lächerlich an. Mit einem gezwungen-lockeren Lächeln machte ich einen abrupten Bogen und tat so, als hätte ich etwas ganz anderes im Sinn. Vielleicht eine Lieferung im Druckerraum überprüfen, obwohl ich dort heute definitiv nichts verloren hatte. Mein Herz schlug ein bisschen schneller, als ich verstohlen in seine Richtung schielte, die Augen über die Schulter leicht gedreht, um herauszufinden, ob er vielleicht doch ein wenig irritiert meinen Schwenk bemerkt hatte. Nichts. Weder eine Regung noch ein Blick.

Was mache ich hier eigentlich? Der Gedanke traf mich wie eine kalte Dusche – unangenehm erfrischend und ungebeten. Ein Hauch von Scham mischte sich mit leiser Verzweiflung, während ich realisierte, dass ich mich gerade eher wie ein Amateur-Stalker benahm, der durchs Büro schlich, statt mich auf meine Arbeit zu konzentrieren.

Ich wollte doch die unauffällige Kollegin sein, die sich wie die Farbe Beige in jede Umgebung einfügt – dezent, still und garantiert ohne Drama. Aber beige? Ich war hier alles, nur das nicht. Wenn ich ehrlich war, glich ich momentan eher einer Neonreklame, die hektisch „Ich habe mich nicht im Griff!" blinkte. Von der unauffälligen Eleganz eines beigen Kollegen-Daseins war ich so weit entfernt, wie mein Schreibtisch von meinem aktuellen Aufenthaltsort.

Okay, dachte ich bei mir, als ich mit steifem Gang zurück an meinen Schreibtisch marschierte. Wirklich, Frida. Es gibt eine Sache, die du jetzt tun musst und das ist arbeiten. Ich zwang mich, den ersten Absatz meines aktuellen Projekts durchzulesen. Doch die Worte verschwammen sofort und in meinem Kopf kreisten die Gedanken weiter um Tobi. Es war ein ständiges Hin und Her zwischen: „Ich sollte ihm eine vernünftige Nachricht schreiben, die alles klärt" und „Nichts machen, so lange die Möglichkeit besteht, dass zwischen uns noch irgendetwas ist!" Die Hoffnung, dass da noch mehr sein könnte, war fast schöner als die Realität, die eine unschöne, aber nüchterne Wahrheit an den Tag bringen könnte.

Gegen späten Nachmittag, als ich mich damit abgefunden hatte, dass das Thema Tobi sich einfach irgendwann von selbst erledigen würde, summte mein Handy. Der Bildschirm zeigte eine Nachricht an:

„Pommes Schranke, später? 20 Uhr bei unserer Bude?"

Ich konnte es nicht fassen. Einfach so, in einer einzigen Nachricht. Ich starrte auf mein Telefon, unfähig, mir ein Lachen zu verkneifen.

Pommes Schranke. Wirklich? Er hatte es so locker formuliert, so mühelos, als wäre er sich seiner Position absolut sicher. Als würde er wissen, dass ich ohnehin Ja sagen würde.

Mein Herz machte einen kleinen Hüpfer, während ich seine Worte wieder und wieder las. Ich versuchte, mir die Entschlossenheit einzureden, eine selbstsichere Antwort zu formulieren. Nach einer Minute – die mir wie eine Ewigkeit vorkam – tippte ich eine Antwort:

„Ja."

Auf dem Weg zur Pommesbude rang ich innerlich mit den richtigen Worten. Ich fühlte mich beinahe verpflichtet, mein Liebesleben zu rechtfertigen. Und so begann mein innerer Monolog über das moderne Dating, während ich mich fragte, wie sich die Welt bloß so verändert hatte.

„Die Welt des Datings…" dachte ich seufzend. Früher war es doch alles so einfach. Man war verliebt, da gab es keine komplexen Spiele oder „mehrere Optionen offenhalten" – man hielt Händchen, ging vielleicht gemeinsam auf einen Tanzabend und wenn's wirklich gut lief, gab's irgendwann die Einladung zu einem gemeinsamen Kinobesuch.

Doch danke, digitale Welt! Heute blättert man durch hunderte Profilbilder, klickt hier und da auf „gefällt mir", schreibt mit vier, fünf Leuten gleichzeitig und ja, all diese Leute schreiben ebenfalls noch mit anderen Personen. Jeder Mensch hat „mehrere Eisen im Feuer", als wäre das die neue Normalität. Nicht mehr so linear und geordnet. Jetzt hat man das Gefühl, als wäre Dating ein organisiertes Strategiespiel mit taktischem Mehrfachkontakt. Jede Person ist Jäger und gleichzeitig Beute, alle schielen ein wenig in andere Richtungen, um keine „Optionen zu verpassen". Irgendwann vergisst man, dass es eigentlich nur darum geht, eine echte Verbindung zu finden.

Ich erwischte mich dabei, dass ich versuchte, mich herauszureden, als könnte ich die moderne Dating-Kultur für meinen eigenen Unsinn verantwortlich machen.

Okay, neuer Versuch.

Aber es ist nicht leicht, in einer Welt voller Optionen eine Verbindung zu finden, die real ist. Man hat keine Ahnung, wo man wirklich steht. Vielleicht schreibt dir gerade jemand eine süße Nachricht, während diese Person auf jemand anderen wartet.

„Okay, Fokus!", murmelte ich schließlich zu mir selbst, während ich mein Tempo leicht anzog. Ich sollte Tobi nicht mit meinem gesamten chaotischen Gedankensalat überfallen. Also einfach locker bleiben.

Ich marschierte unentspannt durch die Gassen, die Straßenlaternen leuchteten warm und die Fenster der umliegenden Geschäfte strahlten festliche, goldene Lichter aus, die auf das Kopfsteinpflaster fielen. All das stand im puren Kontrast zu meinen Gedanken. In der Luft lag dieser leicht frostige, klare Geruch, gemischt mit dem unwiderstehlichen Aroma von gebrannten Mandeln und Glühwein aus den Buden ein paar Straßen weiter. Selbst die kleine Pommesbude, hatte sich endlich dem weihnachtlichen Zauber hingegeben. Ein kleiner Weihnachtsbaum stand auf dem Tresen, behangen mit kleinen roten Kugeln und glitzernden Lamettafäden. Die Lichterkette, die ihn umschlang, blinkte in gemächlichen Rhythmus und tauchte die Bude in ein weiches Licht. Vor dem kleinen Tannenbaum stand ein kleines Schild: "I feel better with Lametta."

Und dann stand er da – Tobi, eingehüllt in eine Wolke aus Frittierfett und dem leicht süßlichen Duft von Ketchup. Wir sahen uns an, beide ein wenig unsicher, als ob wir uns das erste Mal begegneten. Sein Blick war entspannt, seine braunen Augen wirken in dem warmen Licht fast schwarz. Er schmunzelte kurz, dann bestellte er für uns beide Pommes Schranke mit einer ordentlichen Ladung Ketchup und Mayo, was sofort ein Lächeln auf meine Lippen zauberte.

Aber da war diese Spannung zwischen uns, ein leichtes Unbehagen, das ich nicht ablegen konnte. Was war das hier eigentlich? Spürte er dieselbe Unsicherheit? Irgendwie fühlte es sich seltsam an, so formell und distanziert nebeneinander zu stehen, als ob wir uns nicht trauen würden, diese lockere Bekanntschaft zu einer echten Nähe werden zu lassen. Das letzte Mal, als wir uns gesehen hatten, war voller Intensität und Verlangen gewesen. Ganz ehrlich, einfach nur ein rohes, fast naives Verbundensein. Und jetzt?

Ich zögerte, ob ich ihn umarmen sollte, aber ließ es bleiben, aus Angst, dass er die Geste als zu vertraulich empfinden könnte. Ich merkte, wie wenig ich eigentlich über ihn wusste. Klar, Tobi mochte Pommes Schranke. Ich wusste, dass er ein Bierfreund war und kannte ein paar seiner liebsten Menschen von dem gemeinsamen Kneipenabend. Aber das war's eigentlich auch. Wer war Tobi, wirklich? Warum zog er mich so an, ohne dass ich sagen konnte, warum?

„Frida...", riss seine Stimme mich aus dem Gedankenkreisen. „Wie geht's deiner Mutter?" Er fragte in einem Ton, der gleichzeitig Anteilnahme und leichte Nervosität verriet. Er wusste, dass das ein schweres Thema für mich war und vielleicht war diese Frage seine Art, die Brücke zwischen uns zu bauen.

„Besser", antwortete ich knapp und nickte, sah ihm dabei kurz in die Augen. Das war meine Chance. Das Drängen, ihm alles zu erzählen, wurde stärker und ich wusste, dass ich diese Ehrlichkeit brauchte – für uns beide.

„Tobi", begann ich zögerlich, spürte, wie meine Stimme leiser wurde, fast wie in einer Beichte. „Ich mag dich wirklich sehr und ich merke, dass ich oft an dich denken muss. Und deshalb..." Ein kalter Luftzug zog durch die Straße und für einen Moment fiel mein Blick auf den Weihnachtsbaum, der im Rhythmus seiner kleinen Lichter blinkte und dem es mit Lametta offensichtlich viel besser ging als mir, in diesem Moment.

„Ich möchte dir etwas sagen, damit du nicht das Gefühl hast, dass ich dir etwas verschweige." Er sah mich aufmerksam an, ein feines Stirnrunzeln erschien auf seiner Stirn.

„Ich hatte…“ Ich hielt inne, holte tief Luft und sprach weiter, ehe ich es mir anders überlegen konnte. „Daniel hat mich vor ein paar Tagen in Flensburg besucht.“

Tobi sah mich unverwandt an, aber ich bemerkte ein leichtes, fast unmerkliches Flackern in seinen Augen. Ein Ausdruck, den ich nicht ganz deuten konnte. Es war keine Wut und auch keine Enttäuschung, eher so etwas wie Verwunderung oder Erstaunen.

„Und? Was wollte er?“, fragte Tobi ruhig, seine Stimme tief und kontrolliert. Ich hatte plötzlich das Gefühl, dass diese Worte mehr über ihn verrieten, als ich bisher von ihm kannte – er war bereit, zuzuhören, er gab mir Raum, ohne zu urteilen.

„Er wollte mich sehen“, sagte ich, kaum mehr als ein Flüstern, aber Tobi nahm jedes Wort auf, wie jemand, der eine schwierige Nachricht erwartet. „Er wollte mich besser kennenlernen.“ Die Worte klangen absurd in meinen Ohren. Jetzt, wo ich sie ausgesprochen hatte, fühlte ich, wie falsch sich das alles eigentlich anfühlte. „Aber, da ist nichts mehr.“

„Und, habt ihr euch besser kennengelernt?“, fragte Tobi ruhig.

Die Pommes waren mittlerweile angekommen, dampfend und mit so viel Mayo, dass es beinahe dekadent aussah. Ich griff mir eine ohne hinzusehen und nahm einen Bissen, eher um die Stille zu überbrücken als aus Hunger. Ich nickte nur. Sein Blick blieb fest auf mir, ruhig und doch irgendwie abwartend.

„Danke, dass du mir das sagst", meinte er schließlich und sein Ton war so sanft und so klar, dass mir fast die Tränen kamen. Keine Vorwürfe, keine Wut. Nur eine leise, fast warme Anerkennung dafür, dass ich es ihm gesagt hatte. Das war's? Hatte ich mir all die Gedanken und Sorgen umsonst gemacht? Ich wartete ab, wollte sehen, ob noch mehr kam, aber Tobi blieb ruhig. So ruhig, dass es mich fast irritierte.

Dann sah er sich um, als würde er sich seine Worte sorgfältig überlegen und blickte mich schließlich an. Da war kein Hauch von Wut in seinen Augen, kein Zorn, nur eine seltsame Gelassenheit, die ich fast bewunderte, aber die mir gleichzeitig Angst machte. Sein Blick bohrte sich in meinen, als ob er versuchte, hinter meinen Worten, hinter meinen Erklärungen etwas zu sehen, das ich selbst nicht verstand.

„Frida", begann er leise und langsam, „natürlich verletzt es mich. Ich wäre blind oder naiv, wenn ich sagen würde, dass das keine Rolle spielt. Dass es an mir nicht nagen würde." Seine Stimme war ruhig, doch ich spürte das Gewicht hinter den Worten, die in der kalten Dezembernacht beinahe die warme Weihnachtsbeleuchtung um uns herum dämpften. „Es ist vor allem schwierig, weil es Daniel ist. Ein Typ, der keine Affäre im Büro auslässt, für den das alles nur ein Spiel ist. Und dass du ihm verfallen bist, ist schwer für mich zu verstehen."

Ich schluckte, spürte den vertrauten Kloß im Hals zurückkehren. Tobi sagte alles so klar und direkt, ohne dabei unhöflich oder grausam zu sein. Doch es schmerzte, seine Worte zu hören, weil sie mir vor Augen führten, wie viel ich mit meinen impulsiven Entscheidungen aufs Spiel gesetzt habe. Und gleichzeitig bewunderte ich ihn für diese Offenheit, diese Klarheit, die ich selbst selten aufbringen konnte.

Er ließ den Blick sinken und schüttelte langsam den Kopf, wie jemand, der gerade eine unangenehme Erkenntnis verdaut. „Daniel", sagte er noch einmal und in diesem Wort lag so viel Abneigung, dass ich etwas zusammenzuckte. „Jemand, der Frauen für sein eigenes Ego benutzt. Und jetzt ist es ausgerechnet er, der..." Er brach ab und sah mich an, eine leise Bitterkeit in seinem Blick.

Ein Moment der Stille legte sich zwischen uns, schwer und unangenehm. Die Pommes vor uns waren längst kalt, doch das war das Letzte, woran ich gerade dachte. Meine Gedanken kreisten nur um die Frage: War das der Moment, in dem alles zerbrach, noch bevor es wirklich begonnen hatte?

Tobi schob sich ein paar Schritte näher, seine Augen suchten meine und für einen Moment war es, als könnte ich in seinen Gedanken lesen. Er kämpfte, das konnte ich sehen. Doch dann sprach er weiter, seine Stimme fester, aber auch weich, fast verletzlich.

„Frida, ich muss wissen, dass du kein Fähnchen im Wind bist. Dass du dich nicht in irgendwelche Liebesgeschichten stürzt, nur um dein Ego aufzupolieren oder von deinen eigenen Problemen abzulenken. Ich weiß, dass es oft schwer ist, den eigenen Weg zu finden." Er atmete tief durch und sprach weiter, seine Worte wie ein Netz, das mich festhielt, mich zur Ehrlichkeit zwang. „Aber ich brauche jemanden, der sich entscheiden kann. Der sich entscheidet, weil es das Richtige ist. Und ich..."

Er sah mir in die Augen und ich sah eine Wärme in seinem Blick, die mich zugleich rührte und beschämte. „Ich würde dich wirklich gerne kennenlernen, Frida", sagte er und ließ die Worte im Raum hängen, als wollte er sicherstellen, dass ich sie wirklich hörte. „Aber ich weiß auch, wie viel ich mir selbst wert bin. Ich bin nicht auf der Suche nach irgendetwas. Ich suche nach etwas Echtem und das sehe ich in uns."

Seine Worte trafen mich tief. Diese unmissverständliche Klarheit, mit der er sprach – sie machte mir auf einmal bewusst, wie sehr ich bisher in einem selbst gewobenen Netz aus Unsicherheiten gelebt hatte, ohne wirklich zu wissen, was ich wollte. Tobis Ehrlichkeit legte mir eine Verantwortung auf, die ich nicht so einfach abschütteln konnte. Ich spürte ein Prickeln in meinem Nacken und wusste, dass ich keine Ausflüchte mehr finden würde, um dieser Entscheidung zu entkommen.

Tobi wollte mich. Er war bereit, sich mir zuzuwenden, nicht aus einem Spiel heraus, sondern aus einer echten, fast zärtlichen Entschlossenheit. Und ich? Ich stand da, vor den Scherben meiner eigenen Unsicherheit und musste mir eingestehen, dass ich selbst oft zu leichtfertig gewesen war, zu sehr im Rausch der kurzen Begegnungen.

„Wow", flüsterte ich schließlich, kaum mehr als ein Hauch. „Du hast mir gerade mehr gezeigt, als ich mir selbst zugestehen würde." Meine Stimme zitterte leicht. Er nickte nur, ganz still und wartete. Diese Geduld, dieser respektvolle Raum, den er mir ließ – es war das Gegenteil von allem, was ich bisher in meinem Leben kennengelernt hatte. Ich spürte, dass ich ihm nicht einfach eine Antwort geben konnte, die irgendein Problem löste. Ein Gedanke durchzog mich wie ein warmer Schauer: Ich muss ihn küssen. Ich muss es einfach. Da war diese Dringlichkeit, die fast unheimlich, aber ebenso verlockend war.

Hier, zwischen dem Duft von Pommes mit Mayo und dem frostigen Dezemberabend, schien es das einzig Richtige zu sein. Ohne nachzudenken trat ich näher, hob meinen Blick zu ihm und unsere Augen begegneten sich ein letztes Mal in stiller Zustimmung, bevor ich mich vorbeugte und meine Lippen auf seine legte.

Der erste Kontakt war sanft, fast tastend, doch sobald seine Lippen die meinen berührten, schien die Welt um uns herum zu verschwinden. Die Kälte wich und alles, was ich spürte, war die wohltuende Wärme, die von seinem Mund ausging. Sein Atem, warm und vertraut, mischte sich mit meinem und es war, als wäre dieser Moment schon immer vorherbestimmt gewesen – als hätte mein Herz nur darauf gewartet, endlich die Antwort zu finden, nach der es so lange gesucht hatte.

Tobi zog mich sanft näher, seine Hand legte sich auf meine Schulter, dann in meinen Nacken und ich spürte seine Finger, die meine Haut unter der Jacke leicht berührten. Ein Kribbeln lief über meinen Rücken und ich konnte nicht anders, als mich vollkommen in diesem Kuss zu verlieren. Es war nicht nur ein Kuss – es war eine Verheißung, eine stille Übereinkunft, dass hier, in diesem Moment, etwas Neues begann. Seine Lippen bewegten sich langsam und sicher über meine und es fühlte sich an, als würde all die Unsicherheit, die Angst, die Verwirrung, einfach dahinschmelzen.

Die Zeit dehnte sich und ich wusste nicht mehr, ob es eine Minute war oder zehn. Als wir uns schließlich voneinander lösten, war mein Atem leicht beschleunigt und ich sah in seine Augen, die mich warm und mit einem leicht verschmitzten Lächeln ansahen. Ich fühlte mich schwerelos, wie auf Wolken. Meine Wangen waren warm und mein Herz pochte in einem Takt, den nur er zu kennen schien.

„Okay", sagte ich schließlich, meine Stimme war ein wenig heiser und ich spürte das breite Grinsen auf meinem Gesicht, „das war ein sehr guter Kuss. Fünf von fünf Sternen."

Wir lachten beide und in diesem Moment fühlte ich mich so unbeschwert, dass selbst die kalte Nachtluft keine Rolle mehr spielte. Es war, als hätten wir ein Abkommen getroffen. Keine weiteren Ablenkungen, nur wir beide, um zu sehen, wohin das alles führen würde.

„Wir machen das", sagte ich und sah ihm tief in die Augen. „Ich möchte dich auch kennenlernen, ohne all das Drumherum."

Tobi nickte und seine Hand streichelte noch einmal kurz meine Wange, bevor er meine Finger nahm und sanft drückte. „Genau das wünsche ich mir auch", sagte er leise. „Keine Ablenkungen, keine komplizierten Geschichten. Nur du und ich."

Kapitel 30

Am nächsten Morgen wachte ich in Tobis Bett auf, halb unter der Decke vergraben, während er neben mir tief und friedlich schlief. Die ganze Aufregung, das Kopfkino und dann endete der Abend einfach hier, als wäre es das Normalste der Welt. Vielleicht war es das ja auch. Vielleicht waren wir zwei Menschen, die sich mochten und nun endlich den Mut gefunden hatten, das auch zu zeigen. Aber trotzdem war mein Kopf ein einziges Karussell. Hatte ich Tobi in etwas hineingezogen, das er nicht verdient hatte? Oder lasse ich mich zum ersten Mal in meinem Leben auf etwas Schönes ein?

Ich schob die Decke und meine Gedanken zur Seite. „Frida, ganz ruhig", sagte ich mir, während ich mich aus dem Bett schlich. Es war erst sechs Uhr morgens. Ich sollte heimgehen, duschen und mich neu sammeln. Aber wo war mein BH?

Leise tappte ich durchs Schlafzimmer, auf Zehenspitzen, während Tobi noch seelenruhig schlief. Das war ja mal wieder typisch: Männer sehen nach solchen Nächten immer aus, als hätten sie ein Wellness-Wochenende hinter sich, während ich mich wie eine zerknitterte Socke fühlte. Gerade als ich fast zur Tür geschlichen war, hörte ich hinter mir ein leichtes Räuspern. „Frida, willst du etwa schon wieder rausschleichen?"

Ich blieb wie versteinert stehen. Er hatte mich erwischt! Langsam drehte ich mich um und sah ihn an, während er sich lässig auf dem Bett aufrichtete, die Arme verschränkt und ein schiefes Lächeln im Gesicht. Seine braunen Augen blitzten leicht verschlafen, aber dieser freche Glanz darin war unverkennbar. Mit den zerzausten braunen Haaren und diesem spitzbübischen Ausdruck sah er aus wie ein Teenager, der gerade erwischt worden war, wie er nachts aus dem Haus schlich.

„Ich dachte, du schläfst noch und ich wollte…", stammelte ich, meine Stimme schwebte zwischen einem verlegenen Flüstern und hilfloser Ausrede.

Er grinste breiter und schüttelte leicht den Kopf. „Komm schon, Frida, das kannst du besser."

Ich ging auf Tobi zu, er streckte sich und zog mich sanft zurück ins Bett. Sein Lächeln in diesem ersten Licht des Tages ließ mein Herz einen Sprung machen. Ich war ihm hilflos ausgeliefert. Seine zerzausten Haare, seine dunklen, fast schwarzen Augen, die mich mit diesem geheimnisvollen Schimmer ansahen. Er zog mich dichter zu sich und für einen Moment war jede Unsicherheit verschwunden. Das Vertraute und die Neugierde, die sich in seiner Nähe immer wie ein Flirren anfühlten, mischten sich zu einem Gefühl, das einfach stimmig war. Die nächsten Minuten vergingen wie im Flug. Lachen, tiefe Blicke, Momente der Nähe, in denen keine Worte nötig waren – nur wir beide und der leise Atem, der die Stille zwischen uns füllte. Es war ein Gefühl, das nicht nach Erklärungen verlangte, nur nach dem Hier und Jetzt.

Irgendwann stand ich schließlich doch auf, warf einen Blick auf die Uhr und erschrak. „Oh nein!", entfuhr es mir. Es war völlig ausgeschlossen, jetzt noch nach Hause zu kommen, um zu duschen oder – das Offensichtliche – frische

Unterwäsche anzuziehen. Und mal ehrlich, wir alle kennen dieses Gefühl. Das lässt sich nicht schönreden. Aber Tobi? Dem konnte ich das natürlich nicht sagen.

Plötzlich fühlte ich mich hektisch, unvorbereitet und ganz weit entfernt von der Frau, die ich eben noch in seinem Blick gesehen hatte. „Ich kann unmöglich so zur Arbeit gehen", sagte ich, wobei die Betonung eindeutig auf dem *so* lag und dabei so viele Ebenen an Bedeutung hatte, dass ich selbst ein bisschen den Überblick verlor.

Tobi grinste und stand auf, verschwand kurz im Bad und kehrte dann mit einer frischen Zahnbürste in der Hand zurück, die er mir reichte. „Hier, für Notfälle", sagte er und zwinkerte, „und nimm dir ruhig etwas von mir. Meine Boxershorts stehen dir bestimmt."

Ich zögerte einen Moment und nahm die Zahnbürste verlegen entgegen, doch die Vorstellung, seine Kleidung zu tragen, fühlte sich ungewohnt intim an. Er lächelte mich aufmunternd an und mit einem Seufzen gab ich schließlich nach. Ich zog mir seine Boxershorts an, schnappte mir meine Kleidung vom Vorabend und versuchte, diese neuen „Arrangements" so gelassen wie möglich hinzunehmen. Wir gingen zusammen zur Arbeit und natürlich war ich den ganzen Weg über paranoid. Die gleiche Kleidung wie gestern? Großartig. Tobi, wie immer lässig und entspannt, schien das absolut nicht zu stören. Er spazierte neben mir her mit seinem typischen „Mir-doch-egal"-Gesichtsausdruck, während ich das Gefühl hatte, dass jede Person, die uns sah, genau wusste, dass ich in denselben Klamotten steckte, wie am Tag zuvor und eine Boxershorts trug.

Kaum im Büro angekommen, hörte ich eine vertraute Stimme durch den Raum schallen. „Frida!", rief Nina, die mich sofort entdeckte, mit ihrem unübersehbaren Charme. „Na, hattest du einen so tollen Abend, dass du keine Zeit hattest, dich umzuziehen?" Ihre Augen funkelten und sie musterte mich von Kopf bis Fuß, die Mundwinkel spöttisch nach oben gezogen.

Natürlich entging Nina nichts. Ich versuchte, die Fassung zu bewahren. „Es war ein langer Abend."

Nina lachte und boxte mir spielerisch in den Arm. „Aha, ein langer Abend also? Und was genau war daran so lang?" Sie zog die Augenbrauen hoch und funkelte mich neugierig an.

„Nina, bitte!" Ich riss die Augen auf und bemühte mich, ruhig zu bleiben. „Es war wirklich nur ein Abend. Pommes essen, ein bisschen reden und dann…" Ich brach ab, als ich ein Vibrieren in meiner Tasche spürte.

Eine Nachricht. Von Tobi. Unauffällig zog ich mein Handy hervor und las: „Du siehst gut aus in meinen Boxershorts."

Mein Herz machte einen kleinen Hüpfer und ich unterdrückte ein Kichern. Ich musste die Lippen zusammenpressen, um nicht laut loszulachen.

„Na, Frida? Wo waren wir?" Nina hatte sich inzwischen lässig an meinen Schreibtisch gelehnt und erwartete offenbar eine ausführlichere Erklärung.

„Ehrlich gesagt war es wirklich nichts Besonderes", stammelte ich und versuchte, so unbeteiligt wie möglich zu wirken, obwohl meine Wangen inzwischen bestimmt tomatenrot waren. Nina schüttelte nur den Kopf und grinste. „Schon klar, Frida. Ich bin gespannt, wie es mit dir und Tobi weitergeht." Ich wurde knallrot, das spürte ich genau. Aus der Ferne sah ich, wie Tobi mir einen kurzen Blick zuwarf und grinste.

Der Rest des Tages verlief dafür erstaunlich normal, so normal wie es eben geht. Daniel lief mir in der Kaffeeküche über den Weg und ich bemerkte, wie gleichgültig er mir gegenüber war oder ich ihm. Wahrscheinlich hatte er schon die nächste Büro-Romanze am Start, dieser Blödmann.

Zum Feierabend, als ich gerade meine Sachen packte, vibrierte mein Handy erneut, Tobi. Ein kleines Lächeln stahl sich auf meine Lippen, während ich das Display entsperrte.

„Lust auf Pommes Schranke?"

Ich schüttelte grinsend den Kopf. „Das ist also unser Ding jetzt?" Ich sagte es leise vor mich hin, schob den Laptop in meine Tasche und warf mir den Mantel über. Es fühlte sich fast absurd an, wie schnell sich in den letzten 24 Stunden alles verändert hatte. „Ja", tippte ich zurück, bevor ich das Handy in die Tasche schob, „aber dieses Mal bei mir."

Gerade als ich zur Tür hinausging, vibrierte mein Telefon erneut. Fast automatisch nahm ich es heraus, halb in Gedanken an eine freche Antwort von Tobi. Doch mein Lächeln erlosch sofort, als ich den Namen auf dem Display las: Tante Hanne.

In mir zog sich etwas zusammen. Der letzte Anruf von Hanne war etwas mehr als vor einer Woche gewesen und die Erinnerungen an den Schwächeanfall meiner Mutter,

Alva, hatte die letzten Tage wie eine unsichtbare Schwere über mir gehangen. Seitdem ging mir immer ein unruhiges Gefühl durch den Kopf, wenn Hanne anrief und so war es auch jetzt. Mit einem schweren Herzen nahm ich ab und hoffte auf eine entspannte, fröhliche Stimme am anderen Ende der Leitung. „Frida, wie geht's dir?", fragte Hanne sofort, ihre Stimme klang sanft, aber da war auch eine Besorgnis darin, die mir nicht entging. Ein Gefühl der Anspannung machte sich in mir breit.

„Mir geht's gut, Hanne. Was ist los?" Ich konnte das Unausgesprochene bereits spüren, als sie mit einem zögerlichen Atemzug ansetzte.

„Ich mache mir Sorgen um Alva,", fuhr sie fort. „Sie war seit dem Sturz nicht ganz sie selbst. Du weißt schon."

Mein Herz zog sich zusammen. Meine Mutter Alva, die widersprüchlichste Frau, die ich kannte. Unabhängig und stur, die immer alles alleine schaffen wollte. Und trotzdem war da auch diese schwache und sanfte Seite, die uns oft alle auf Trab hielt. In den letzten Tagen hatte sich eine Unsicherheit verstärkt, kurze Momente des Vergessens, Anrufe, die ins Leere liefen und eine stetige Besorgnis von Hanne, die mich in meiner Verantwortung noch mehr unter Druck setzte. Ich verstand sie gut; schließlich fühlte ich mich auch verantwortlich. Warum musste ich in meinem Alter noch so weit wegziehen?

„Ich verstehe, Hanne", sagte ich leise, während ich nach draußen trat und die kalte Abendluft einatmete. Ein Hauch von Reue mischte sich in meine Gedanken. „Ich sollte sie vielleicht öfter besuchen, ich weiß."

„Das wäre gut", meinte Hanne und ich hörte die Erleichterung in ihrer Stimme. „Aber Frida, mach dir bitte keine Vorwürfe. Alva ist nun ja, sie ist Alva." Sie lachte leise und ich konnte mir ein Schmunzeln nicht verkneifen. Ja, das war wahr. Alva hatte eine unverwechselbare Art, Liebe zu zeigen. Manchmal hatte ich das Gefühl, sie könnte die Worte „Ich brauche dich" niemals laut aussprechen, selbst wenn sie es wirklich wollte.

„Ich rufe sie morgen gleich an", versprach ich, obwohl ich wusste, dass ein Anruf nie ausreichen würde. „Danke, dass du Bescheid gesagt hast, Hanne."

„Natürlich, Frida. Wir sind doch eine Familie", sagte sie und legte auf.

Ich blieb für einen Moment stehen und atmete tief durch. Die Stadt war mit warmen Lichtflecken versehen, überall schimmerten die Lichter der weihnachtlichen Dekoration. Ein seltsamer Trost lag in der Stille dieses Augenblicks und obwohl ich mich plötzlich ein bisschen verloren fühlte, machte sich auch ein Hauch von Entschlossenheit in mir breit. Ich würde Tobi fragen, ob er am Wochenende mit zu meiner Mutter in den Norden fahren möchte. Der Gedanke allein ließ mein Herz ein bisschen schneller schlagen. Nicht nur, weil es bedeuten würde, dass er mich begleiten würde, nein, auch weil es hieß, dass er Alva treffen würde und meine Mutter war eine besondere Frau.

Kapitel 31

Schon als ich die Tür öffnete, sah er sich neugierig um und schob mit einem leichten Schmunzeln seine braunen Haare aus dem Gesicht. Seine braunen Augen wanderten interessiert über meinen Flur. Meine Wohnung war anders als seine. Zwischen minimalistischem Design, einem völlig überfüllten Bücherregal und einem fast lebendigen Monster aus Zimmerpflanzen herrschte das, was ich „kreatives Chaos" nannte und für jeden anderen vermutlich eher wie „Dringender-Organisationsbedarf" wirkte.

„Das ist also deine Höhle", sagte er grinsend und streckte die Hand aus, um eine wild wachsende Efeupflanze zu berühren, die sich bereits über die Hälfte des Regals erstreckt hatte.

„Höhle trifft es ganz gut", meinte ich trocken. „Falls du durch den Dschungel durchkommen solltest, wartet das Wohnzimmer mit einer Couch und Wein. Der Wein ist ein 2020er, die Couch wahrscheinlich älter."

Tobi lachte leise und folgte mir durch den Flur, vorbei an meiner kleinen Bilderwand voller Erinnerungen, Reiseaufnahmen und einiger fragwürdiger Kunstwerke, die ich einmal aus einer Laune heraus gekauft hatte. Ich konnte sehen, wie er sich alles ansah und war mir plötzlich bewusst, wie sehr diese kleinen Dinge doch von mir erzählten. Es war irgendwie angenehm und beängstigend zugleich, diesen Mann, den ich erst jetzt richtig kennenlernte, in meine kleine Welt zu lassen. Im Wohnzimmer angekommen, machte Tobi es sich auf meiner Couch gemütlich, ein bisschen zu gemütlich für einen Erstbesuch, aber genau das machte ihn so sympathisch. Er goss sich ein Glas Wein ein und hob es mir entgegen. „Auf neue Erfahrungen", sagte er und seine Augen glitzerten verführerisch.

„Und auf mutige Entscheidungen", erwiderte ich schmunzelnd und stieß mit ihm an.

Der Abend verlief so harmonisch, dass es fast gestellt wirkte. Wir lachten über die kleinen Missgeschicke des Tages, er erzählte mir von Andi und Schorsch und ich merkte, wie ich mich immer weiter entspannte. Das Schöne an Tobi war, dass er nicht diesen Drang hatte, sich ständig zu beweisen. Er war einfach er selbst. Wenn ich auf meine vorherigen Beziehungen blickte, kam mir das fast wie ein unbekanntes Luxusgut vor. Nach einer Weile ließ sich das Gespräch auf Eltern und Familien lenken und ich fragte Tobi ein bisschen über seine Eltern aus. „Die sind also noch zusammen?", fragte ich und die Frage kam mit einem kleinen Staunen.

Er nickte. „Ja, tatsächlich schon seit über fünfzig Jahren. Die beiden haben sich in der Schule kennengelernt, haben nie jemanden anderen gedatet und seitdem lieben sie sich und machen Ferien im Wohnmobil." Er grinste und fuhr fort: „Ein bisschen klischeehaft, ich weiß."

Ich lachte leise und lehnte mich an seine Schulter. „Klingt fast zu perfekt. Meine Eltern haben sich damals getrennt, als ich und mein Bruder noch Kinder waren." Er nickte und hörte aufmerksam zu und es war irgendwie schön, ihm das zu erzählen. Normalerweise redete ich nicht viel darüber, aber mit ihm fühlte es sich einfach leicht an, diese persönlichen Dinge zu teilen. Ich merkte, wie sich zwischen uns eine

Vertrautheit entwickelte, die aufregend und beruhigend zugleich war. Vielleicht lag das an ihm und seinem selbstverständlichen Wesen, oder vielleicht daran, dass ich endlich jemanden gefunden hatte, dem ich diese Geschichten gern anvertraute.

Nach einem langen Gespräch und einigen Gläsern Wein, bei denen wir tiefere Geheimnisse austauschten und zwischendurch immer wieder alberne Witze machten, kam ich schließlich auf die Idee, ihn zu fragen: „Sag mal, was würdest du davon halten, am Wochenende in den Norden zu fahren? Zu meiner Mutter? Mit mir."

Er sah mich an, die Augen neugierig funkelnd und lehnte sich zurück. „Ehrlich gesagt, das fände ich großartig", antwortete er. „Aber, sollte ich wissen, worauf ich mich da einlasse?"

Ich lachte und nahm einen großen Schluck Wein, bevor ich fortfuhr. „Stell dich auf eine unverblümte Frau ein. Sie ist eine Naturgewalt."

Tobi grinste. „Da bin ich gespannt. Ich mag Naturgewalten." Es war, als würde er die Herausforderung fast willkommen heißen und das gefiel mir – sehr sogar.

„Dann los", sagte ich, ein bisschen überwältigt von seiner Unkompliziertheit. „Du bringst das Auto und ich bringe ein paar Snacks für die Fahrt."

Die Woche verlief erstaunlich ruhig. Zwischen Arbeit, Nina, die mir ständig neugierige Blicke zuwarf und dem Packen für die kleine Reise verging die Zeit fast wie im Flug. Ich hatte sogar vorausschauend ein Zimmer in einem

kleinen Gasthaus in der Nähe von Alvas Haus gebucht. Nur
für den Fall, dass die Begegnung mit meiner Mutter ein
bisschen zu intensiv ausfallen sollte. Immerhin war es Tobis
erster Abstecher in mein Familienleben und da schien mir
ein Rückzugsort mehr als angebracht. Am Freitagmorgen
und nach einer kurzen Nacht standen wir pünktlich um sie-
ben Uhr vor seinem Auto, einem älteren, aber gut gepfleg-
ten Passat Kombi. Ich war beeindruckt. Der Wagen passte
perfekt zu Tobi. Charmant, leicht nostalgisch, aber mit dem
Potenzial, einen langen Roadtrip zu meistern.

„Alles bereit, Beifahrerin?", fragte er grinsend und öffnete
mir die Tür, mit einer schelmischen Verbeugung, die bei
uns schallendes Gelächter auslöste.

„Aye, aye", antwortete ich und ließ mich auf den Beifahrersitz plumpsen, schob mir die Sonnenbrille auf die Nase und
sah ihn an, während er ums Auto ging und sich ans Steuer
setzte. Ich fühlte mich tatsächlich bereit für dieses kleine
Abenteuer, was vielleicht daran lag, dass Tobi neben mir
saß oder daran, dass wir eine Neun-Stunden-Fahrt und damit mehr als genug Zeit hatten, alles zu besprechen, was
sich im Kopf angesammelt hatte.

Kaum saß er im Wagen, startete er den Motor und drehte
die Musik auf. Ich spitzte die Ohren und stellte erleichtert
fest, dass seine Playlist, für unseren Marathon-Roadtrip ak-
ribisch zusammengestellt, genau meinen Geschmack traf.
Ein Mix aus alten Rock-Klassikern, ein bisschen Fleetwood
Mac und einigen Punk-Rock-Tracks, die perfekt zum mor-
gendlichen Start in den Tag passten.

„Guter Geschmack, Tobi. Hätte ich nicht gedacht", neckte ich ihn.

Er lachte, warf mir einen kurzen Blick zu und setzte uns konzentriert in Bewegung. „Ach, wirklich? Von was bist du ausgegangen?"

„Na ja sagen wir, ich hätte mich auf alles eingestellt", gab ich lachend zurück.

Die ersten Kilometer verliefen entspannt, bis wir uns auf die Autobahn einfädelten. Ich lehnte mich zurück und genoss die Fahrt, doch schon bald bemerkte ich, wie ich mich unwillkürlich an der Beifahrertür festhielt, immer ein kleines bisschen mitbremste und die imaginäre Pedale auf meiner Seite durchdrückte. Tobi fuhr wirklich gut, entspannt und souverän, aber seine Neigung, erst im allerletzten Moment zu bremsen, ließ meinen Puls immer wieder kurz in die Höhe schnellen.

„Weißt du, du musst wirklich nicht bis zur letzten Sekunde warten, um zu bremsen", sagte ich schließlich und versuchte, es humorvoll klingen zu lassen.

„Keine Sorge, Beifahrerin, ich hab' alles im Griff", entgegnete er und grinste, als hätte er diese Kommentare schon hundertmal gehört. Ich schloss kurz die Augen und legte meine Hand vorsichtshalber noch ein bisschen fester auf die Haltestange an der Tür. Schließlich wollte ich mir meine unauffällige Bremsassistenz nicht nehmen lassen.

„Soll ich auch mal fahren?", fragte ich lässig, ein bisschen in der Hoffnung, ihn bei der nächsten Raststätte abzulösen und meinem inneren Bremsreflex eine Pause zu gönnen.

Tobi warf mir einen belustigten Seitenblick zu. „Frida, keine Sorge. Ich fahre sehr gerne. Außerdem bin ich der Chauffeur hier. Ich sorge dafür, dass du entspannt und sicher ans Ziel kommst."

„Jaja, der Chauffeur", murmelte ich vor mich hin und lehnte mich zurück, während ich das Lenkrad aus der Distanz überwachte, sicherheitshalber. Nach einer Weile, als wir schon einige Stunden gefahren waren und ich mich tatsächlich allmählich an seinen Fahrstil gewöhnt hatte, sah ich ihn von der Seite an und überlegte, ob ich das Thema Hund ansprechen sollte. So spontan wie die Idee mit dem Hund in mein Leben getreten war, schien es mir fast zu mutig, Tobi in die Zukunftsplanung einzubauen. Doch jetzt war Tobi da und ich wollte, dass er wusste, worauf er sich einließ, außerdem musste ich wissen, ob er eine Allergie hatte.

„Weißt du", begann ich leise, „ich habe mich vor ein paar Tagen auf einen Hund im Tierheim beworben."

„Einen Hund?" Er sah mich für einen kurzen Moment interessiert an, bevor er den Blick wieder auf die Straße richtete. „Na, das klingt nach einer interessanten Wendung. Was für eine Rasse?"

„Ein Cocker Spaniel", antwortete ich und ein Grinsen schlich sich auf mein Gesicht. „Er heißt Jochen Cocker."

Tobi lachte laut auf. „Jochen Cocker?"

„Ja!", sagte ich und konnte selbst nicht anders, als zu schmunzeln. „Ich hab' den Namen nicht gewählt, aber als ich ihn gesehen habe, wusste ich, dass es einfach passt." Tobi nickte grinsend und schien sich die Kombination von

„Jochen Cocker" und „Cocker Spaniel" bildlich vorzustellen.

"Ich hoffe wirklich, dass es klappt mit ihm und das Tierheim mich kontaktiert. Ich glaube, er wird so ein richtig toller Begleiter."

„Ich bin gespannt, ihn kennenzulernen", sagte Tobi mit einem Blick zur Seite, der Wärme und ein wenig Neugier verriet. In diesem Moment fühlte ich mich, als würde das Leben tatsächlich für einen Augenblick einfach Sinn machen. Hier saß ich, auf dem Weg zu meiner Familie, an der Seite eines Mannes, mit dem ich mich endlich zu Hause fühlte und vor mir ein möglicher vierbeiniger neuer Freund. Es war, als hätte ich das Stück, das immer irgendwie fehlte, nun endlich gefunden.

Kapitel 32

Wir parkten direkt vor Alvas Haus und ich konnte nicht verhindern, dass mein Herzschlag sich leicht beschleunigte. Auch wenn ich mit meiner Mutter sehr gut auskam, war das erste Zusammentreffen mit einem neuen Mann für mich immer eine aufregende Angelegenheit, bei der ich nie ganz sicher war, wie sie reagieren würde.

Die Haustür öffnete sich, kaum dass wir ausgestiegen waren und Alva kam uns mit einem warmen Lächeln entgegen. Sie war das Bild von Eleganz und Leichtigkeit, trug eine Strickjacke, die leicht von ihren Schultern fiel und ihre grau melierten Haare hatten einen neuen, lässigen Schnitt. Ihre Augen leuchteten freundlich und ich war fast ein wenig überrascht, wie zurückhaltend sie wirkte. Der typische Sturm blieb diesmal aus, es war eher ein sanfter Wind, der uns begrüßte.

„Frida!", rief sie und öffnete die Arme, um mich in eine Umarmung zu ziehen. Sie roch nach Lavendel und etwas, das an frisch gebrühten Tee erinnerte. „Wie schön, dich zu sehen!" Sie hielt mich einen Moment an den Schultern, musterte mich kurz und strahlte mich dann an. „Du siehst gut aus, Liebes."

„Danke, Mama", antwortete ich lächelnd und atmete innerlich auf. Dann ließ sie ihren Blick zu Tobi wandern und ihre Augen funkelten interessiert. „Du bist also Tobi." Sie reichte ihm die Hand, was er prompt und mit einem freundlichen Nicken erwiderte. „Herzlich willkommen! Ich freue mich, dich endlich kennenzulernen. Frida hat ja einiges über dich erzählt."

Tobi lachte leise und sah mich an, bevor er Alva antwortete. „Ich hoffe, nur Gutes?"

Alva grinste dezent und sagte: „Das meiste, ja. Aber das werden wir heute überprüfen." Sie zwinkerte mir zu und ich merkte, wie ich mich langsam entspannte.

„Kommt, lasst uns reingehen!" Sie führte uns ins Wohnzimmer, wo bereits ein kleiner Tisch mit Tee, Keksen und einem Teller voller geschmierter Brote auf uns wartete. Kaum hatten wir den Raum betreten, fiel mir etwas ins Auge, das ich bei meinen letzten Besuchen anscheinend gekonnt ignoriert hatte:

Die Wandgalerie voller alter Familienbilder – Meine Augen wurden groß, als ich erkannte, welche Bilder sie genau aufgehängt hatte: Die ganz besonders charmanten aus einer Phase, in der ich irgendwie… sagen wir, "unproportional" aussah. Es gab da eine Zeit, in der meine Knie und Ellbogen seltsame Ecken bildeten und meine Zähne viel zu groß waren, während andere Körperteile auf die nächsten Wachstumsschübe zu warten schienen. Ich hatte diese Bilder mental längst in die Schublade „verschollenes Jugendmaterial" verbannt. Aber meine Mutter hatte sie offenbar für wert befunden, sie für alle Ewigkeit aufzubewahren. Und nun, zur Krönung, hing dieses Dokument meiner "pubertären Baustellen" für Tobi in voller Pracht zur Ansicht an der Wand.

Natürlich, direkt daneben: Sönke. Mein Bruder. Perfekt inszeniert in jeder Lebensphase, als hätte ihn ein Team aus Fotografen und Stylisten durch die Pubertät begleitet. Seine Bilder sahen aus wie Werbeaufnahmen für „Die besten Gene Norddeutschlands". Egal, ob als Kleinkind oder als

Teenager mit makelloser Haut und Haaren, die wie von einer Meeresbrise geküsst wirkten. Sönke sah immer aus wie der Hauptdarsteller eines Lebens, welches ich offenbar in der Nebenrolle begleiten durfte.

Tobi musterte die Galerie neugierig und ich wusste, dass sein Blick auf diesen Fotos haften blieb, als sich ein Grinsen auf sein Gesicht schlich. „Frida", begann er ein bisschen zu unschuldig, „bist das etwa du oder dein Bruder Sönke?"

Ich fasste mir an die Stirn und versuchte, mit möglichst viel Würde an ihm vorbeizugehen, als wäre ich vollkommen ungerührt. „Ja, das bin ich. Das ist ein Relikt aus einer Zeit, in der mein Körper noch nicht ganz genau wusste, wie er sich zusammensetzen will. Mein Bruder ist der süße Fratz daneben." Ich zeigte auf ein Bild von einem kleinen niedlichen Jungen.

"Sönke ist ja zuckersüß." Er lachte leise, trat einen Schritt näher an die Bilder heran und legte den Kopf leicht schräg.

„Ich finde, du siehst auch entzückend aus", meinte er und sein Tonfall war tatsächlich glaubwürdig. „Ein bisschen wie eine Mischung aus einer Elfe und einem Fohlen."

„Großartig", sagte ich und lachte. „Elfe und Fohlen, das ist doch das, was jedes Mädchen hören will."

„Ich meine das ernst", erwiderte er und sah mich sanft an. „Du siehst selbstbewusst aus, selbst auf diesen Bildern."

„So nun, setzt euch", sagte meine Mutter ungeduldig, während sie uns zum Tisch winkte. „Ihr habt eine lange Fahrt hinter euch, der Tee wird euch guttun." Alva reichte uns

Teetassen und nach ein paar freundlichen Worten über den Tee und die Fahrt drehte sich das Gespräch schon bald Richtung Familiengeschichten. Ich beobachtete sie aus dem Augenwinkel und war fast überrascht, wie ruhig sie wirkte. Sie schien Tobi sympathisch zu finden und die sanfte Art, mit der sie ihn nach seiner Familie und seinen Interessen fragte, machte den Moment angenehm und vertraut.

„Und wie ist es für dich, dass deine Eltern schon so lange zusammen sind?", fragte Alva schließlich mit einem leichten Schmunzeln. „Das ist doch sicher inspirierend oder eher wie ein unerreichbarer Gipfel?"

Tobi lachte leise. „Ich finde es eher inspirierend", antwortete er und sah mich kurz an. „Ich denke, sie sind das beste Beispiel dafür, dass Beziehungen auf Vertrauen und Offenheit basieren sollten."

Alva nickte nachdenklich und sah dann zu mir. „Das klingt doch nach einem guten Grundsatz, oder, Frida? Manchmal wünsche ich mir fast, dass ich das auch ein bisschen mehr gelebt hätte."

Es war keine traurige Bemerkung, sondern eher ein Gedanke, den sie leicht lächelnd aussprach. „Aber es ist auch eine Kunst, sein eigenes Leben so zu führen, wie es für einen richtig ist." Dann reichte sie uns den Teller mit den Keksen und schmunzelte. „Und dazu gehören eben auch Kekse mit Schokolade."

Am Abend, als wir schließlich die kurze Strecke zur kleinen Ferienwohnung fuhren, hing ein angenehmes, entspanntes Schweigen zwischen uns. Der Tag war intensiv gewesen –

aber auf eine Weise, die eher bereichernd als ermüdend
war. Tobi und meine Mutter hatten sich gut verstanden und
ich hatte das Gefühl, dass sich das Band zwischen mir und
Tobi enger gezogen hatte. Kaum angekommen, machten
wir uns einen Tee und ließen uns auf der kleinen Couch in
der Ferienwohnung nieder. Der Abend verlief in einer vertrauten, intimen Zweisamkeit, in der keine Worte nötig waren. Wir genossen die Nähe des anderen, eine stille Übereinkunft, dass alles, was sich in den letzten Tagen aufgebaut
hatte, hier Raum finden durfte. Es war schön, intensiv und
am Ende fühlte ich mich, als wäre ich nach einer langen
Reise endlich an einem Ort angekommen, an dem ich einfach ich selbst sein konnte.

Kapitel 33

Am nächsten Morgen gingen wir wie verabredet wieder zu meiner Mutter. Kaum angekommen, sah sich Tobi den Router an, der laut Alva seit Wochen „Probleme" machte. Seine IT-Expertise kam ihm dabei wie gewohnt gelegen und bald saß er konzentriert über das kleine Gerät gebeugt, während meine Mutter und ich in der Küche blieben. Es schien der perfekte Moment, um ein Thema anzusprechen, das mich schon länger beschäftigte.

„Mama", begann ich zögerlich und spielte ein wenig mit meiner Kaffeetasse. „Wie ist das eigentlich für dich, dass ich jetzt so weit weg wohne?"

Alva sah kurz überrascht auf, dann lächelte sie sanft und setzte sich auf den Stuhl neben mir. „Ach, Frida", sagte sie, ihre Stimme klang nachdenklich, „Ich bin stolz auf dich und Sönke, dass ihr euren Weg geht und euren Platz in der Welt gefunden habt. Aber wenn ich ehrlich bin, fühlt es sich manchmal einsam an."

Sie legte eine Hand auf meine und sah mir mit diesem warmen, ehrlichen Blick in die Augen, den ich an ihr so schätzte. „Es ist nicht so, dass ich euch das vorwerfe. Ich wollte immer, dass ihr das Leben lebt, das euch entspricht. Aber es gibt eben Tage, an denen die Einsamkeit schwerer wiegt als sonst."

Ich nickte langsam und spürte, wie die Schwere ihrer Worte auch mein Herz berührte. „Ja, ich verstehe das. Ich fühle mich oft schuldig, so weit weg zu sein."

Alva schüttelte den Kopf. „Du sollst dich nicht schuldig fühlen, Frida. Das ist das Letzte, was ich möchte. Es ist nur: Viele meiner Freunde haben ihre Kinder und Enkelkinder in der Nähe. Sie sind bei den kleinen und großen Momenten im Leben dabei, ob es ein Mittagessen am Sonntag ist oder ein spontaner Besuch zum Kaffee. Das vermisse ich manchmal." Ihre Stimme war sanft, ohne Vorwurf, doch ich hörte die Sehnsucht, die sie dabei in sich trug.

„Aber warum hast du nie darüber gesprochen?", fragte ich leise. „Ich hätte vielleicht anders entscheiden können."

„Weil das nicht meine Entscheidung ist, Frida", sagte sie sanft. „Ich hatte meine Zeit, in der ich mich für mein Leben entschieden habe und ich möchte, dass du das gleiche Recht hast, genau wie Sönke. Ihr beide müsst nicht für mein Glück verantwortlich sein."

Ihre Worte trafen mich tief. Meine Mutter war eine starke Frau, die so vieles alleine gemeistert hatte und trotzdem spürte ich, dass da ein kleiner, unausgesprochener Wunsch war, den sie vielleicht selbst nur schwer formulieren konnte. Es ging nicht um Erwartungen, sondern um diese leise, kaum greifbare Hoffnung, dass sie vielleicht doch Teil meines Lebens sein könnte, ohne dass es ein „Entweder-oder" sein müsste.

„Aber fühlst du dich denn manchmal…" Ich zögerte, suchte nach den richtigen Worten, „als ob du in meinem und Sönkes Leben nur eine Randfigur bist?"

Sie nickte langsam. „Ja, manchmal schon. Wenn ich sehe, wie meine Freundinnen mit ihren Familien zusammen sind, wie selbstverständlich sie in das Leben ihrer Kinder und Enkel eingebunden sind, dann frage ich mich schon, ob das auch mein Weg hätte sein können. Es fühlt sich teilweise so an, als stünde ich am Rand, auf einem kleinen Abstellgleis. Ich weiß, das ist vielleicht eine altmodische Ansicht, aber es ist eben auch ein menschlicher Wunsch nach Nähe."

Ich spürte, wie ein leises Bedauern in mir aufstieg, als ich die Tiefe ihrer Worte erkannte. Das war ein Thema, das zwischen uns geschwebt hatte, ohne dass wir es je wirklich ausgesprochen hatten. Vielleicht hatte ich mich davor gedrückt, vielleicht war ich auch einfach zu sehr in meinem eigenen Leben gefangen gewesen, um zu erkennen, was für sie von Bedeutung war.

„Mama, ich weiß nicht, wie ich das ändern kann, aber ich will versuchen, öfter hier zu sein. Für uns beide", sagte ich schließlich und hielt ihre Hand fester.

Alva lächelte sanft. „Das bedeutet mir viel, Frida. Aber ich möchte auch, dass du deinen Weg gehst. Vielleicht finden wir beide eine Möglichkeit, dass wir uns ab und zu ein bisschen näher sein können, ohne dass du dein Leben umkrempelst. Und außerdem haben wir noch Sönke. Vielleicht macht er in Singapur bald so viel Geld, dass du nicht mehr arbeiten musst und wir reisen nur noch gemeinsam."

In diesem Moment kam Tobi wieder in die Küche, das Gesicht ein bisschen triumphierend. „Der Router funktioniert wieder."

Alva schüttelte schmunzelnd den Kopf und hob die Hände. „Na, dann ist ja alles gerettet! Danke, Tobi. Jetzt kann ich wieder stundenlang mit meiner Schwester skypen, ob sie will oder nicht."

„Gern geschehen", sagte Tobi und warf mir einen wissenden Blick zu, als hätte er genau gespürt, dass hier ein bedeutsames Gespräch geführt wurde. Die Atmosphäre war angenehm und ich spürte, wie viel klarer meine Beziehung zu meiner Mutter plötzlich geworden war. Die Jahre hatten eine Distanz zwischen uns geschaffen, die mehr war als nur Kilometer und jetzt schien es, als hätten wir beide eine neue Nähe gefunden, die auf Verständnis basierte.

„Ich weiß eure Hilfe zu schätzen", sagte Alva schließlich und ihre Augen blitzten vor leiser Freude. „Aber jetzt würde ich sagen: Zeit für Kaffee und Kuchen. Das haben wir uns verdient."

Am Abend trafen wir uns wie verabredet mit Nele und ihrem Mann Peter in einem neuen Burgerladen, der irgendwo zwischen hip und ein bisschen zu laut angesiedelt war. Die Wände waren mit bunten Graffiti überzogen und Neonlichter tauchten den Raum in grelles Rot und Blau. Aus den Lautsprechern dröhnte eine Playlist, welche zwischen RnB und 90er-Rap pendelte. Alles in allem: Der perfekte Ort für ein junges, trendiges Publikum.

Peter und Nele waren wie immer pünktlich. Peters hellblonde Haare standen in alle Richtungen ab, als wäre er gerade erst aus einem Windkanal getreten und er trug wie gewohnt einen flauschigen Strickpullover. Nele, mit ihrem lockeren Dutt und den lässig hochgekrempelten Ärmeln, winkte uns schon von weitem zu und lächelte, wie die „Glücksrad"-Buchstabenfee. Sie war diese Art von Frau, die stets Ruhe ausstrahlte und gleichzeitig eine sanfte Energie mit sich brachte. Man konnte einfach nicht anders, als sich in ihrer Nähe wohlzufühlen.

Peter kannte ich sogar noch länger als Nele, seit der ersten Klasse. Seit meinem fünften Lebensjahr ist er irgendwie immer da, mal mehr, mal weniger präsent, aber immer Teil meines Lebens. Dass er und Nele seit der Oberstufe ein Paar sind, ist eines dieser schönen Dinge, die sich ganz selbstverständlich anfühlen, als hätte es nie anders sein sollen.

„Na, ihr Turteltauben", rief Peter, kaum dass wir am Tisch saßen und grinste verschmitzt. Ich wusste, was jetzt kam. Peter war Meister darin, alte peinliche Geschichten hervorzuholen und wenn Tobi hier schon als mein neuer Begleiter saß, würde er keine Gelegenheit auslassen.

„Du erinnerst dich sicher an Fridas ersten Freund, oder?" Peter legte mit übertriebener Ernsthaftigkeit los und sah Nele dabei an, die leicht rot wurde und versuchte, ihm einen leichten Tritt unter dem Tisch zu verpassen. „Ja, genau, der kleine Bernd mit den Zahnspangen!"

Ich verdrehte die Augen und schnappte mir mein Glas Wasser. „Peter, Bernd und ich waren zwölf. Das zählt nicht mal als richtige Beziehung!"

Tobi sah mich mit einem leicht spöttischen Grinsen an. „Oh, also Bernd war dein erster Freund? Interessant."

„Ich war zwölf!", verteidigte ich mich lachend und spürte, wie Tobi immer noch belustigt dasaß und jeden Moment der Geschichte aufsog.

„Und dann hast du mit ihm Schluss gemacht", warf Peter ein und tat so, als wäre das der Höhepunkt der Story. „Ganz dramatisch, per Brief, falls ich mich recht erinnere."

„Was sollte ich tun?", entgegnete ich lachend und zuckte mit den Schultern. „Ich habe ihm geschrieben, dass wir uns trennen müssen, weil ich andere ,Prioritäten' hatte." Tobi lachte laut auf und ich konnte sehen, wie sehr ihn diese Anekdoten amüsierten.

„Andere Prioritäten?", fragte er und hob die Augenbrauen. „Mit zwölf? Was waren das denn für Prioritäten?"

„Na ja, mehr Zeit für meine Freundinnen?" Ich merkte, dass meine Wangen leicht glühten, aber der Humor der Situation war einfach zu gut, um ihn zu übersehen. „Ich wollte lieber mit Nele Rollschuh laufen."

Peter grinste breit und sah zu Tobi. „Du hast da jemanden ganz Besonderes an deiner Seite, Tobi. Die Frau hat Prioritäten."

Tobi schüttelte den Kopf und nahm meine Hand. „Das sehe ich", sagte er mit einem liebevollen Blick.

Der Abend ging mit weiteren, durchaus peinlichen Geschichten aus unserer Kindheit weiter. Peter konnte sich nicht bremsen und kramte alles hervor, was ihm einfiel. Von unserem ersten Schulausflug, bei dem ich fast den Bus verpasst hätte, bis zu Neles und meiner legendären Tanzvorführung, bei der wir uns beide schrecklich im Takt vertan hatten. Tobi hörte aufmerksam zu, lachte an den richtigen Stellen und schüttelte immer wieder den Kopf über die schrägen Anekdoten. Das Essen kam, riesige Burger mit allen möglichen Belägen und ein paar zuckersüße Cocktails, die fast zu bunt für natürliche Zutaten waren. Die laute Musik übertönte unsere Stimmen gelegentlich und wir mussten uns ein ums andere Mal über den Tisch beugen, um überhaupt etwas zu verstehen. Wie alte Menschen das eben so machen.

Zum Abschied umarmte mich Nele lange und drückte mich sanft an sich. „Ich freu mich für dich, Frida", sagte sie leise. „Es tut gut, dich so zu sehen."

Ich lächelte und erwiderte die Umarmung, die Wärme ihrer Worte machte mich glücklich. „Danke, Nele. Und vielen Dank, dass ihr mich immer wieder daran erinnert, woher ich komme." Ich boxte Peter freundschaftlich in die Seite.

Auf dem Rückweg konnte ich nicht anders, als zu grinsen. Tobi legte einen Arm um mich und zog mich näher an sich und ich fühlte mich auf eine Weise verankert, die mich fast überraschte. „Je mehr ich über dich erfahre, Frida, umso mehr möchte ich dich kennenlernen." Er sah mich an und wir küssten uns.

Kapitel 34

Die Rückfahrt nach Stuttgart begann mit einem altbekannten Ritual: Tobi setzte sich, kaum hatten wir das Auto gepackt, ganz selbstverständlich hinters Steuer. Es war, als ob ich als Beifahrerin das Bild der Autofahrt lediglich ergänzte. Schon nach den ersten Kilometern überkam mich ein leichtes Déjà-vu und die Erinnerung an unsere Hinreise flimmerte in meinem Kopf auf.

„Na, Chauffeur, möchtest du mich wieder sicher und pünktlich ans Ziel bringen?", fragte ich neckend, als er das Auto souverän auf die Straße lenkte.

„Natürlich", entgegnete er, ohne den Blick von der Straße abzuwenden. „Du kannst dich zurücklehnen und entspannen."

Ich schüttelte grinsend den Kopf und sah ihn von der Seite an. Tobi, mein geduldiger, perfekter Fahrer. Ich wusste, dass ich ihn nicht fragen brauchte, ob ich mal das Steuer übernehmen durfte – die Antwort wäre sowieso „nein". Aber irgendwie war das okay.

Wie schon auf der Hinfahrt hatte Tobi auch jetzt für die musikalische Begleitung gesorgt und nach den ersten Songs wurde mir klar, dass er seine Playlist für unsere Rückfahrt erweitert hatte. Ein paar weihnachtliche Klassiker mischten sich unter die Songs und sorgten für eine festliche Stimmung, an welcher ich Gefallen fand. Es passte alles: Die winterlichen Felder draußen, die Lichter an den Häusern und dazu Weihnachtslieder.

„Na, jetzt willst du bestimmt aussteigen, oder?", fragte er und drehte die Lautstärke ein wenig auf.

„Hach, ich opfere mich für die Atmosphäre", erwiderte ich theatralisch, als ich mich in den Sitz zurücklehnte.

Die Stunden vergingen und trotz aller Entschlossenheit konnte ich es nicht lassen, gelegentlich auf meine imaginäre Bremse zu treten oder mich leicht an der Beifahrertür festzukrallen, wenn wir auf eine Abfahrt zusteuerten. „Tobi, du weißt schon, dass die Ausfahrt nicht wegläuft, oder?", fragte ich trocken, als er erst im allerletzten Moment auf die Bremse ging.

Er grinste, ohne den Blick von der Straße abzuwenden. „Vertrau mir, Frida. Ich habe alles im Griff."

Der Rest der Fahrt verlief kurzweilig. Wir lachten, schauten uns die vorbeiziehenden Landschaften an, die jetzt in der Winterdämmerung eine besondere Ruhe ausstrahlten. Bei jedem Hinweis auf einen Weihnachtsmarkt in den kleinen Orten riefen wir automatisch „Oh!", und ich merkte, dass ich dieses kindliche, leichte Gefühl in der Vorweihnachtszeit wirklich genoss.

Schließlich erreichten wir Stuttgart in der Dunkelheit und die Lichter der Stadt schimmerten uns entgegen. Tobi parkte das Auto vor meiner Wohnung und wir saßen noch einen Moment in Stille nebeneinander, bevor ich mich langsam zur Beifahrertür beugte.

„Möchtest du noch reinkommen?", fragte ich zögernd und es klang fast wie ein Schulmädchen, das zum ersten Mal jemanden einlädt.

Er sah mich an und das kleine Lächeln, das seine Lippen umspielte, ließ mein Herz einen Moment schneller schlagen. „Ja."

Und so verbrachten wir den Abend zusammen in meiner Wohnung, eingehüllt in eine Ruhe, die man nur im Dezember spürt, wenn das Jahr schon fast um ist und die Vorsätze entweder erledigt oder vergessen wurden. Wir kochten zusammen – das heißt, er kochte und ich leistete Gesellschaft und später saßen wir auf der Couch, umgeben von flackernden Kerzen und einer Tasse heißem Tee in der Hand. Alles fühlte sich perfekt an, so unangestrengt, als hätte dieser Abend genau so sein sollen.

„Weißt du", sagte ich, fast beiläufig, während ich Tobi ansah, „mit einem Hund wäre das hier komplett."

„Jochen Cocker, nehme ich an?", fragte er mit einem Lächeln und zwinkerte. Ich nickte und wir beide mussten lachen.

Nach einer Weile, als Tobi eingeschlafen war, griff ich zum Handy und öffnete meine Mails. Schnell tippte ich eine Nachricht ans Tierheim, lediglich um nachzufragen, ob meine vorherigen Mails angekommen seien.

Kapitel 35

Die Vorweihnachtszeit schien wie aus einem kitschigen Film entsprungen. Tobi und ich verbrachten fast jede freie Minute zusammen: Wir schlenderten über Weihnachtsmärkte, Hände fest ineinander verschlungen, zwischen uns nur dampfende Tassen Glühwein und das Knistern von allem, was noch unausgesprochen zwischen uns lag. Abends kuschelten wir uns in meiner Wohnung unter Decken, von Kerzenlicht umgeben und der Duft von Weihnachtsplätzchen und frisch gebrühtem Tee machte alles noch ein Stückchen idyllischer. Kurz gesagt – es war perfekt.

„Ist das nicht schön?", fragte ich eines Abends, als wir, mit zwei Tassen Tee und in dicken Wollsocken, auf meinem Sofa saßen. Tobi nickte zustimmend, sein Lächeln so entspannt, dass ich einen Moment wirklich dachte: Ja, das ist es. Das ist vollkommen perfekt.

Doch immer öfter schlich sich ein Gedanke in meinen Kopf: Konnte es wirklich so einfach sein? Hatte es tatsächlich zweiundvierzig Jahre gebraucht, um in eine Beziehung zu geraten, die einfach funktioniert, ohne scharfe Kanten, ohne Stolpersteine, so natürlich und harmonisch. Fast schon zu harmonisch. Oder suchte ich jetzt absichtlich nach kleinen Wellen, welche sich unter dieser perfekten und glatten Oberfläche bilden könnten? Weil ich aus der Vergangenheit gelernt hatte, dass etwas nicht stimmen konnte, wenn es sich so leicht anfühlte? Vielleicht war es weniger die Harmonie selbst, die mich störte, sondern mein Misstrauen gegenüber ihrer Beständigkeit.

Ich fragte Tobi vorsichtig, ob er Weihnachten zu seinen Eltern fahren würde und er hatte nur achselzuckend gemeint, dass er „selten Kontakt" zu ihnen habe.

„Wirklich?", fragte ich skeptisch. „Was ist ein seltener Kontakt für dich, so einmal im Jahr?"

„So in der Art", antwortete er und zuckte mit den Schultern, als sei das überhaupt nichts, worüber man weiter nachdenken sollte. Sein Ton ließ mich vermuten, dass er das Gespräch lieber nicht vertiefen wollte, aber ich war zu neugierig, um es zu ignorieren.

Ich nickte und versuchte, nicht enttäuscht zu sein. Aber in mir kribbelte der Gedanke, dass da etwas war, das er nicht teilte, als würde ein wichtiges Puzzleteil in dem Bild fehlen. Wir wechselten das Thema und er zog mich dichter zu sich, legte seine Hand auf meine und sagte: „Lass uns einfach die Zeit genießen. Es ist alles so, wie es sein soll." Seine Worte ließen das nagende Gefühl für den Moment verblassen und ich beschloss, ihm zu vertrauen – auch wenn ein kleiner Teil von mir immer noch Fragen hatte, die auf Antworten warteten.

Kapitel 36

Es war ein gewöhnlicher Abend, so dachte ich zumindest. Ich beschloss, dass nach drei Wochen Beziehung ein kleiner kreativer Anstoß nötig wäre, um uns auf Trab zu halten. Wie viele andere Menschen, legte auch ich mich zu Beginn einer Beziehung sehr ins Zeug, als würde ich für einen internen Wettbewerb antreten, getreu dem Motto *"Das bin ich und ich bin viele! Langweilig wird dir mit mir bestimmt nicht!"*

Vielleicht war es dieses unausgesprochene Motto, das mich dazu brachte, mit einem Feuerwerk an Ideen gegen die ersten Anzeichen von Routine anzukämpfen. Ich wollte verhindern, dass die anfängliche Magie, die immer ein bisschen nach Zuckerwatte und Adrenalin schmeckt, zu schnell verglüht. Also fasste ich einen Plan. Es war ein mutiger, möglicherweise leicht unüberlegter Plan, wie sich im Nachhinein herausstellte.

Ich stand vor Tobis Haustür, eingewickelt in meinen knielangen Mantel und das, was darunter als „Outfit" durchging, war meine knappe Reizwäsche und Strümpfe bis zum Oberschenkel. Mein Plan war simple: Klingeln, Mantel fallen lassen, Tobi um den Verstand bringen. Die Vorstellung allein ließ mich schmunzeln und ich konnte die Überraschung in seinen Augen schon sehen.

Ich drückte auf die Klingel, atmete tief durch und malte mir aus, wie er reagieren würde, wenn er die Tür öffnete. Natürlich hatte ich in meiner romantischen Fantasie vergessen, dass ich erst einmal durch das Treppenhaus zu Tobis Wohnung hochgehen musste.

Mit jedem Schritt im Treppenhaus wurde mir klar, dass die Realität oft weniger anmutig ist als die Vorstellung. Zum Glück stand Tobi nicht wie sonst schon lässig im Türrahmen, sondern seine Wohnungstür war verschlossen. Denn es gibt kaum etwas weniger Stilvolles, als sich in hohen Schuhen keuchend in den dritten Stock zu schleppen, während man den Mantel panisch bis zu den Knien umklammert hält. Dabei gleicht man die eingeschränkte Bewegungsfreiheit durch seitliches Anheben der Beine aus und sieht eher süß als sexy aus. Alles nur, um die große Überraschung nicht schon zwischen dem ersten und zweiten Stockwerk zu ruinieren.

Oben angekommen, atmete ich tief durch, sammelte mich und klopfte an seine Tür. Ich war bereit für einen unvergesslichen Moment. Hoffentlich.

Als die Tür sich schließlich öffnete, stand nicht Tobi vor mir, sondern ein älterer Herr mit strengem Gesichtsausdruck und tiefer Stirnfalte. Die gleichen braunen Augen wie Tobi, aber in einer sehr viel distanzierteren Version.

„Oh!", entfuhr es mir und ich erstarrte auf der Schwelle. „Das kann jetzt nicht wahr sein", dachte ich.

„Guten Abend", sagte der Herr kühl und musterte mich mit einem Blick, der irgendwo zwischen neugierig und kritisch schwankte. „Frida, nehme ich an?"

„Ja, genau", brachte ich hervor und versuchte, meine Stimme nicht zittrig klingen zu lassen, während mein Herz raste. „Frida…"

Er sah mich an, den Blick skeptisch auf meinen Mantel geheftet. „Ich bin Rainer, schön, dich kennenzulernen. Komm bitte herein." Bevor ich reagieren konnte, streckte er die Hand aus und machte Anstalten, mir den Mantel abnehmen zu wollen.

Mein Gehirn schaltete auf Alarmstufe Rot. „Oh, nein, nein, danke!", brachte ich schnell hervor und umklammerte den Mantel fest, als ginge es um mein Leben. „Ich behalte ihn noch kurz an, es ist ja doch etwas frisch." Kalter Schweiß brach bei mir aus, während ich versuchte, würdevoll auszusehen, was angesichts der Lage eine Mammutaufgabe war.

„Wie du möchtest", sagte Rainer mit einem leichten Stirnrunzeln, als ob ich das erste Rätsel des Abends für ihn darstellte. „Tobias ist in der Küche. Ich sage ihm Bescheid, dass du hier bist."

Er verschwand den Flur entlang und ich atmete tief durch, spürte aber noch, wie sich meine Wangen vor Hitze fast entzündeten. „Das ist ein Albtraum", dachte ich und starrte auf den Boden, als könnte er mich verschlucken.

Nach einem Moment hörte ich Tobis Stimme näherkommen und dann stand er in der Tür, die Augen überrascht weit geöffnet, während sein Blick zwischen meinem Gesicht und dem Mantel hin und her wanderte.

„Frida!" Er küsste mich. „Meine Eltern haben mich überrascht. Warum hast du noch deinen Mantel an?", fragte er und sah mich mit einem halb amüsierten, halb verwirrten Blick an.

Ich hob eine Augenbraue und deutete mit einem schelmischen Lächeln auf meinen Mantel. „Oh, na ja…, ich dachte, ich bringe mal ein bisschen Feuer in die Vorweihnachtszeit."

Er grinste, konnte sich aber ein schockiertes Schnauben nicht verkneifen, als ihm offenbar klar wurde, was das bedeutete. „Frida, du hast nur das an?"

„Ja", flüsterte ich, die Panik stand mir ins Gesicht geschrieben. „Ich dachte, du wärst allein!"

„Okay, okay", sagte er und zog mich sanft ins Schlafzimmer, als wolle er die Peinlichkeit vor seinen Eltern irgendwie abfedern. „Warte kurz hier." Er kramte ein Hemd und eine seiner Hosen aus der Schublade und hielt sie mir hin. „Hier, zieh das an."

Ich schlüpfte hastig in die Sachen, die an mir definitiv nicht gerade passend wirkten. Es gibt wohl keinen besseren Zeitpunkt, um die Eltern des Partners kennenzulernen, als in einem Outfit, das das genaue Gegenteil von Wohlfühlen ausstrahlte. Das Hemd stopfte ich mit fragwürdiger Entschlossenheit in den Hosenbund, die Hose hielt ich mit einem braunen Ledergürtel im Zaum, der eindeutig mehr Arbeit verrichtete, als ein Gürtel sollte. Die Socken, viel zu groß für meine Füße, zog ich so hoch, dass die Ferse irgendwo auf halber Wade landete. Ein Blick in den Spiegel und es war klar: Ich hatte das Gegenteil der Vorzeigegarderobe erschaffen.

„Perfekt", murmelte ich und hob die Hände theatralisch Richtung Zimmerdecke. Tobi grinste und drückte mir schnell einen Kuss auf die Stirn.

Ich sah aus wie Tobis kleiner Cousin. Mit mäßiger Laune ging ich ins Wohnzimmer, in dem Tobis Mutter mich mit einem herzlichen Lächeln begrüßte. Sie war eine sympathische Frau, deren Augen vor Freude blitzten, als sie mich ansah und ich konnte sofort spüren, dass sie Wärme ausstrahlte.

„Frida, so schön, dich kennenzulernen! Ich bin Jutta", rief sie und winkte mich heran. „Setz dich doch zu uns."

Ich lächelte gequält und setzte mich vorsichtig auf die Kante des Sofas.

„Es freut mich sehr, euch kennenzulernen", antwortete ich höflich, während ich versuchte, mich nicht zu sehr auf die Tatsache zu konzentrieren, dass unter Tobis Hemd immer noch die ungemütliche Reizwäsche verborgen war.

Tobis Vater sah mir erneut prüfend ins Gesicht und ich spürte, dass er nicht genau wusste, was er von mir halten sollte. Es war eine seltsam gespannte Harmonie, wie das leise Knistern eines alten Vinyl-Albums, dessen Nadel bald über den Rand hinauslaufen würde. Wir setzten uns alle an den großen Holztisch, der mehr war als nur ein Esstisch für Tobi und mich war. Er war das Zentrum, an dem wir uns für Gespräche, Kaffee und das schnelle Abendessen nach der Arbeit einfanden. Und heute war er der Ort, an dem unterschwellige Spannungen aufeinanderprallten.

Tobis Mutter, Jutta, saß neben ihrem Mann und schenkte ihm ein Lächeln, das gleichzeitig traurig wirkte. Sie hatte die freundlichen Züge, die man sich von einer Mutter vorstellte und ein ruhiges, sanftes Wesen, das sich vor allem in ihren Augen zeigte. Rainer, sein Vater, war ein Mann, dessen Gesicht von einer Art distanzierter Entschlossenheit geprägt war. Er sprach knapp und jede Bemerkung schien eine Art Subtext zu tragen, den nur Tobi und seine Mutter verstanden.

„Also, Stuttgart", sagte Rainer mit einem trockenen Lächeln und sah Tobi direkt an. „Schon fünf Jahre jetzt und wir haben das Glück, nur alle paar Monate von dir zu hören, wenn überhaupt."

Die Worte lagen im Raum, als hätte jemand ein Gewicht auf den Tisch gestellt. Jutta versuchte sofort, die Stimmung zu entschärfen und legte ihre Hand sanft auf Rainers Arm. „Ach, lassen wir das doch für heute, Rainer. Wir sind hier, um uns zu freuen, dass wir Tobi sehen und Frida kennenlernen dürfen."

Ich saß den beiden stumm gegenüber und bemühte mich, ausdruckslos zu bleiben. „Was für eine Situation", dachte ich mir und spürte, wie sich leichte Schweißperlen an meinem Haaransatz bildeten. Die Diskussion schien schon seit Langem unter der Oberfläche zu brodeln, wie ein Vulkan, der nur darauf wartete, auszubrechen. „Bitte nicht heute", dachte ich mir, mit dieser Hose konnte ich nicht schnell genug fliehen, sollte dieser emotionale Vulkan ausbrechen.

„Okay", antwortete Tobi ruhig, den Blick fest auf seinen Vater gerichtet. Doch ich sah den kleinen Funken in seinen

Augen, eine Mischung aus Enttäuschung und dieser Art von festem Widerstand, den Menschen entwickeln, wenn sie eine Grenze verteidigen, die für sie wichtig ist. „Ich habe hier mein neues Leben aufgebaut. Es ist nicht so, dass ich mich grundlos distanziere."

Rainer schnaubte leise und ich bemerkte, wie er seine Finger wie zum Zeichen einer bevorstehenden Explosion aneinanderpresste. „Es sieht aber genau danach aus, Tobias. Du verschwindest einfach nach Stuttgart, meldest dich kaum und wir sitzen in Duisburg und fragen uns, wann du endlich wieder Teil der Familie wirst."

„Rainer, bitte", versuchte Jutta noch einmal, doch ihr Tonfall klang verzweifelter, als sie wohl beabsichtigt hatte.

Ich fühlte mich wie eine Zuschauerin eines Theaterstücks, das ich nicht ganz verstand und eigentlich gar nicht sehen wollte. Es gab hier zu viele unausgesprochene Konflikte, zu viele alte Wunden, die nur darauf warteten, dass der Deckel gelüftet würde. Tobi blieb äußerlich ruhig, doch ich sah, wie sich seine Hände zu Fäusten ballten. Er war verletzter, als er zugeben wollte.

„Ich habe hier mein Leben gefunden", antwortete Tobi schließlich, seine Stimme angespannt, fast zu ruhig. „Ich musste weg und das bedeutet nicht, dass ich euch nicht schätze. Aber ich bin eben nicht mehr der kleine Junge, der sich für alles rechtfertigen muss."

Rainer atmete tief durch und seine Stimme wurde leiser und kälter. „Ah, ja, Tobias. Nicht der kleine Junge, aber offenbar auch nicht der Mann, der Verantwortung übernimmt."

Ich sah, wie Tobis Gesicht eine Nuance blasser wurde. Sein Vater hielt kurz inne, sah ihm direkt in die Augen und fügte dann hinzu: „Tobias, du hast uns genauso verlassen wie deine Tochter. Wir haben nicht nur einen Sohn verloren, sondern auch eine Enkeltochter."

Stille. Absolute, erdrückende Stille.

In mir zog sich alles zusammen. Juttas Hand lag nun zittrig auf dem Tisch, ihr Blick starr auf die Holzmaserung gerichtet. Ich spürte, wie die Luft schwer wurde, wie die unausgesprochene Wahrheit wie ein Stein auf uns allen lastete. Tobi schwieg. Seine Augen waren auf einen Punkt irgendwo auf dem Tisch gerichtet, als ob er sich innerlich sammelte. Ich wagte kaum zu atmen, spürte, wie ich selbst in diesen tiefen Graben zwischen Vater und Sohn hineingezogen wurde. Seine Tochter?

Nach einem Moment stand er auf, mit einer Ruhe, die nur als Fassade diente. „Es ist vielleicht besser, wenn ihr jetzt geht. Ich melde mich morgen bei euch."

Jutta stand langsam auf und sah ihren Sohn an, in ihren Augen ein Schmerz, den nur Mütter verstehen. Sie legte ihm eine Hand auf die Schulter und küsste ihn sanft auf die Wange, während sie mit leiser Stimme sagte: „Wir sind da, wenn du bereit bist, Tobi."

Er nickte und versuchte zu lächeln, doch es kam nur als schwaches Zucken seiner Mundwinkel heraus. Sein Vater nickte kühl, ohne ein weiteres Wort und sie gingen zur Tür.

Ich blieb am Tisch sitzen, meine Hände verschränkt, so still wie ein Schatten. Ich fühlte mich, als sei ich in ein anderes Leben gezogen worden, eine Geschichte, von der ich bisher nur die schöne, glatte Oberfläche kannte.

Als sie die Wohnung verlassen hatten, blieb Tobi noch einen Moment in der Tür stehen, den Rücken zu mir und ich sah die Spannung in seinen Schultern. Er atmete tief durch, bevor er sich schließlich umdrehte und mich ansah. Seine Augen waren hart, eine Mischung aus Ärger und etwas, das vielleicht Enttäuschung war, über seine Familie, vielleicht auch über sich selbst.

Er hielt inne und schloss die Augen. „Es tut mir leid, dass du das miterleben musstest."

Die Luft war schwer, so dicht, dass ich kaum atmen konnte. Das gemütliche, fast märchenhafte Bild, das ich mir von Tobi und mir ausgemalt hatte, zerbrach in dem Moment, als diese eine Wahrheit wie eine Bombe in der Mitte des Tisches explodierte.

Tobi ist Vater einer Tochter.

Ich saß da, benommen und versuchte die Worte seines Vaters zu verarbeiten, die wie ein Echo durch meinen Kopf dröhnten: „Tobias, du hast uns genauso verlassen wie deine Tochter." Die Worte rissen mir den Boden unter den Füßen weg. Es war, als wäre die perfekte Kulisse, die ich für unsere Beziehung aufgebaut hatte, plötzlich bloß eine Pappwand, die beim ersten Windstoß einstürzte und dahinter einen Scherbenhaufen freilegte, von dem ich nichts geahnt hatte.

„Tobi", begann ich, meine Stimme härter, als ich es wollte. „Du hast eine Tochter?" Ich zwang mich, ihn anzusehen, auch wenn es mir schwerfiel.

Er nickte langsam, sein Blick gesenkt. „Ja", sagte er leise und seine Stimme klang rau und müde.

„Und du hast mir davon nie etwas erzählt?" Die Wut in mir schwoll an, vermischt mit der Enttäuschung, die wie ein dicker Schleier über meinen Gedanken lag. „Wie lange hattest du vor, das zu verheimlichen?"

Er hob den Kopf und sah mich an, aber sein Blick war kühl, verschlossen. „Es war nie meine Absicht, dir das zu verheimlichen. Ich wollte es nur nicht gleich am Anfang herausposaunen."

„Am Anfang?" Ich lachte bitter. „Tobi, das hier ist nicht mehr der Anfang. Wir haben fast jeden Tag zusammen verbracht. Was noch? Was hast du mir noch verschwiegen?"

Er stand auf, lief ein paar Schritte durchs Zimmer und rieb sich über das Gesicht. „Es ist nicht so einfach, Frida. Diese ganze Geschichte, sie ist kompliziert. Ich wollte ein Leben, in dem ich nicht ständig an diese Vergangenheit gebunden bin."

„Kompliziert?" Ich spürte, wie sich meine Hände zu Fäusten ballten und ich zwang mich, ruhig zu bleiben. „Kompliziert ist das hier! Eine Tochter ist kein Detail, das du einfach so weglassen kannst. Es ist kein überflüssiges Kapitel, das man einfach überspringen kann, weil es zu schwer ist."

Er schüttelte den Kopf, seine Schultern sackten ein wenig ein, als wollte er sich vor den Worten verstecken, die er gleich sagen musste. „Sie weiß nicht, dass ich ihr Vater bin, Frida."

Ich sah ihn an, fassungslos.

„Für sie bin ich nur ein Onkel", erklärte er, seine Stimme beinahe tonlos. „Ihre Mutter und ich… Wir haben uns getrennt, bevor sie geboren wurde. Es war besser so für alle. Sie hat einen neuen Partner und dieser ist der Vater meiner Tochter."

„Der Vater?" Ich schnaubte, unfähig zu glauben, was ich da hörte. „Das heißt, du hast dich komplett aus ihrem Leben zurückgezogen, einfach so?"

„Es war nicht einfach, verdammt nochmal", schoss er zurück und zum ersten Mal blitzte ein Funken von Ärger in seinen Augen auf. „Ich habe versucht, es richtig zu machen. Ich habe gedacht, das wäre das Beste für sie, für alle."

„Das Beste für deine Tochter oder das Beste für dich, Tobi?" Ich ließ den letzten Rest an Zurückhaltung fallen, meine Stimme scharf und angespannt. „Das ist nicht irgendwas, Tobi. Es ist kein Jobwechsel oder eine verflossene Liebe. Das ist ein kleiner Mensch und du hast mir verschwiegen, dass es diesen Menschen gibt."

Er ließ sich schwer auf den Stuhl fallen und fuhr sich durch die Haare, verzweifelt nach den richtigen Worten suchend. „Frida, ich wollte einfach nicht, dass das alles zwischen uns steht. Ich wollte dieses Bild von mir, dieses Leben, das ich mit dir führe. Ich wollte das nicht überladen."

Ich lehnte mich zurück und hatte das Gefühl vor einer Mauer zu stehen, gegen die ich mich bisher geweigert hatte zu sehen. „Gibt es noch mehr, was du mir nicht gesagt hast?"

Er schwieg und diese Stille lastete schwer auf mir. Es war, als würde er selbst durch ein Labyrinth von Geheimnissen gehen, die er bisher vor mir verborgen hielt. Der Mann, der mir gegenübersaß, war nicht der gleiche, den ich in den letzten Wochen geglaubt hatte zu kennen. Er sah anders aus.

„Vielleicht", sagte ich schließlich, meine Stimme wieder leiser, „ist das Leben, das du führen willst, nicht so einfach von deinem alten abtrennbar. Vielleicht gibt es keine klare Linie zwischen deiner Vergangenheit und der Zukunft."

Er sah mich an, seine Augen dunkel und voller innerer Kämpfe. „Frida, ich weiß nicht, was ich dir jetzt sagen soll. Es tut mir leid. Ich hätte es dir früher sagen sollen."

Wir saßen lange schweigend da. Die Luft war gefüllt mit all den unausgesprochenen Fragen, die Traurigkeit, die ich noch nicht einmal richtig formulieren konnte. Und während ich ihn so ansah, fühlte ich, wie die Enttäuschung sich in mir breit machte. Es war, als hätte ich mich in eine Illusion eines Menschen verliebt und jetzt, wo die Wahrheit sich enthüllte, war ich mir nicht mehr sicher, ob ich mich noch weiter verlieben wollte. Die Distanz zwischen uns war plötzlich unüberwindbar, das angenehme, harmonische Band zwischen uns zerschnitten. Die Stille war kühl und irgendwie fast greifbar, als hätte sie ihre eigene Präsenz, die sich in jeden Winkel des Raumes drängte. Ich wusste nicht, was ich tun sollte. Gehen oder bleiben? Ihm eine Chance geben, mir eine Erklärung zu geben? Oder ihm überhaupt noch zuhören? Die Fragen hämmerten in meinem Kopf, während ich ins Leere starrte, verloren in diesem Wirrwarr aus Enttäuschung, Verletztheit mit einem Funken Wut.

„Ich muss das erstmal sacken lassen, Tobi", sagte ich schließlich und stand langsam auf. „Ich brauche Zeit, um zu verstehen. Ich bin wirklich enttäuscht."

Er nickte und ich sah, wie er die Hände in den Schoß legte, als wollte er nicht, dass ich sah, wie sehr sie zitterten. „Ich verstehe", flüsterte er, seine Stimme leise und rau. „Nimm dir alle Zeit, die du brauchst."

Als ich in die kalte Dezembernacht hinaustrat, umhüllte mich die schneidende Frische wie ein nüchterner Weckruf, der all meine Illusionen endgültig zerplatzen ließ. Die bunten, warmen Weihnachtslichter, die in den Fenstern der Nachbarhäuser leuchteten, wirkten plötzlich fast unverschämt fehl am Platz – oder war ich es, die hier nicht mehr hineinzupassen schien? Diese kleinen, strahlenden Oasen des Friedens und der Gemütlichkeit spiegelten nicht im Geringsten das wider, was in mir tobte. Mir liefen die Tränen über die Wangen, eine Mischung aus Wut und Trauer. Ich konnte nicht anders, als loszulassen und in diese Dunkelheit hinein zu weinen, wo niemand es bemerkte.

„So sehr", sagte ich schluchzend, „so sehr hatte ich mir gewünscht, dass es dieses Mal einfach genau so ist, wie es ist. Ohne verstecktes Extra, ohne Zusatz, der das Bild zerstört." Ein bitteres Lächeln stahl sich auf mein Gesicht, fast ein ironischer Kommentar an die eigene Adresse. „Willkommen in der Realität, Frida", dachte ich. Da wolltest du das

Märchen und hast am Ende doch den dramatischen Roman bekommen.

Kapitel 37

Zwei Tage waren vergangen und ich hatte mich mit einer stoischen Entschlossenheit in meine Arbeit vergraben, die selbst für mich etwas übertrieben wirkte. Zwei Tage von zuhause arbeiten? Großartige Idee, dachte ich zynisch. Weil man Problemen am besten löst, indem man sie ignoriert.

Also klickte ich mich wutentbrannt durch Excel-Tabellen, schrieb Berichte, deren Inhalt ich schon fünf Minuten nach dem Absenden nicht mehr zusammenfassen konnte und tat so, als sei mein Leben absolut intakt. Die Wahrheit war natürlich eine andere. Ich vermied das Büro, um Tobi nicht über den Weg zu laufen und während ich zu Hause auf meinen Laptop hackte, flackerte in meinem Kopf immer wieder ein Bild auf: Tobi und seine Tochter, von der er mir viel zu spät erzählt hatte.

Die Frage, die sich in mir eingenistet hatte und stur nicht verschwinden wollte, war simpel und schmerzhaft: Lass ich das jetzt größer wirken, als es ist oder ist mein Verhalten angemessen? Und je länger ich darüber nachdachte, desto größer wurde der Knoten aus Unsicherheit und Stolz. Ich wusste, dass zwei Tage Schweigen wie eine Ewigkeit wirken konnten. Die Art von Ewigkeit, die in Beziehungen oft zu Missverständnissen führt, aus denen es schwer ist, zurückzufinden.

Jetzt saß ich hier, starrte auf mein Handy und spürte die Schwere von Tobis ungeöffneten Nachrichten. Zu viel Zeit war vergangen und gleichzeitig schien alles noch viel zu frisch. Mein Finger schwebte über dem Bildschirm, während ich versuchte, die Antwort in meinem eigenen

Schweigen zu finden. Ich seufzte und lehnte mich zurück, den Blick auf das graue, winterliche Licht gerichtet, das durch die Fenster fiel. Es war der 23. Dezember. Weihnachten stand kurz bevor und ich versuchte, mich gedanklich auf die festlichen Tage einzustimmen.

Meine Mutter und Tante waren seit gestern Abend bei mir, damit wir gemeinsam die Feiertage verbringen konnten. Mit meinem Bruder im entfernten Ausland war ich die perfekte Anlaufstelle für die beiden.

„Frida", Tante Hanne riss mich aus den Gedanken, „Weihnachten ist die Zeit, in der wir uns gegenseitig daran erinnern, wie sehr wir einander mögen", unterlegt mit dem scharfen Humor, der bei uns in der Familie genauso zur Tradition gehört, wie der Kartoffelsalat am 24. Dezember. „Darf ich also bitten. Kein Trauerspiel unter dem Tannenbaum. Sag mir lieber, wann ich endlich deinen Tobi kennenlerne."

Ursprünglich war der Plan, dass Tobi uns am 24. Dezember beim Essen Gesellschaft leisten würde. Doch jetzt, nach allem, was ich herausgefunden hatte, wusste ich nicht, ob ich Tobi tatsächlich an diesem Tag in meinem Leben haben wollte und ob er das überhaupt noch wollte. Vielleicht ist er gar nicht mehr in Stuttgart, sondern hat inzwischen andere Pläne gemacht. Ich hatte mich so sehr darauf verlassen, dass er auf mich wartet. Sollte ich ihn jetzt anrufen?

Die Frage hing in der Luft, wie der Duft der Zimtkerzen, die ich zur Einstimmung auf die Weihnachtszeit angezündet hatte und sie ließ mich nicht los. Die letzten Tage hatte ich wirklich an allem gezweifelt, einschließlich meiner eigenen

Verlässlichkeit als Partnerin. Einerseits war da dieser Impuls, alles sofort wieder in Ordnung zu bringen, Tobi eine Chance zu geben und einfach weiterzumachen, als wäre nichts gewesen. Andererseits stand ich nun vor der Frage, wie viel Wahrheit in einer Beziehung überhaupt erträglich sein musste. War ich in der Lage, diese Tatsache über Tobi zu akzeptieren? Vielleicht war meine Skepsis ja gerechtfertigt. Die Frage war jetzt nur noch, wie man das einer Mutter und einer neugierigen Tante verkauft, die beidesamt damit rechneten, den „glücklichen Mann an Fridas Seite" zu treffen.

Ich legte mein Handy beiseite, in dem ein Foto von Tobi und mir auf dem Weihnachtsmarkt blinkte. Es war absurd: Dort, in diesem Moment, war ich mir sicher, dass alles perfekt sei.

„Morgen! Er kommt morgen Nachmittag", entgegnete ich meiner Tante viel zu spät.

Mein Telefon vibrierte. Ein Videoanruf von Sönke. Ich wusste schon, was kommen würde.

„Moin, Freddy!", dröhnte es fröhlich aus der Leitung, noch bevor ich „Moin" sagen konnte. Ich verdrehte die Augen. Wie ich diesen Namen hasste. Freddy. Dieser erbärmliche Spitzname hatte seinen Ursprung in einer besonders *kreativen* Teenagerphase, in der meine ersten Schminkversuche eher an Freddy Krueger als an ein aufstrebendes Glamour-Model erinnerten. Und dann war da gleichzeitig noch diese Sache mit den Gelnägeln. Eine kurze, aber denkwürdige Episode, die damit endete, dass ich mir nicht einmal mehr alleine die Hose aufmachen konnte. Natürlich reichte diese

Episode, um Sönke lebenslanges Spitznamen-Material zu liefern.

„Sönke", sagte ich trocken, „ich liebe es, wie charmant du immer bist. Du hast mir gefehlt."

„Weiß ich doch, kleine Schwester!", erwiderte er grinsend. Wir telefonierten nicht oft. Aber jedes Gespräch mit Sönke hinterließ Spuren. Genauer gesagt: Die kleinen Mundwinkelfalten, die mein Gesicht um mindestens fünf Jahre älter aussehen ließen, die hatte ich bestimmt von ihm und diesen blöden Spitznamen. Sönke fehlte mir wirklich sehr.

„Na, erzähl mal", kam es fröhlich aus der Leitung. Sönke grinste in die Kamera, während er sein Handy lässig vor sich hielt. „Mama meint, du hast 'ne neue Romanze. Ach, und Papa ist übrigens auch da."

Ein schneller Schwenk und plötzlich tauchte unser Vater Olaf im Bild auf, strahlend wie ein Kind unterm Weihnachtsbaum. „Na, Lieblingstochter!", rief er mit diesem verschmitzten Ton, der mir trotz der Situation ein kleines Lächeln entlockte. „Na, Lieblingsvater", erwiderte ich, während ich mich bemühte, mich auf das Gespräch zu konzentrieren.

Im Hintergrund hörte ich meine Mutter und meine Tante im Nebenzimmer miteinander tuscheln, laut genug, dass ihre Kommentare bis zu mir drangen. „Telefonierst du mit Sönke, Fridaaa?!", rief meine Mutter. Meine Tante setzte nach: „Wie gehts ihm denn?"

Ich versuchte, bei Sönke zu bleiben, der selbst die Ruhe weg hatte und einen Schluck aus seiner Kaffeetasse nahm. „Und, was gibt's Neues?", fragte er, während unser Vater plötzlich aufgeregt ins Bild rutschte. „Hast du gehört Frida? Deine große Liebe Paul ist wieder Single."

Es war ein typischer Martens Videoanruf, welcher einem improvisierten Familienorchester glich, in dem jeder versuchte, den lautesten Ton zu spielen. Ein chaotisches Miteinander von Stimmen und Themen, bei dem niemand wirklich die Kontrolle hatte. Sönke und ich fungierten lediglich als Moderator und Moderatorin des Anrufs. Ich nickte, lächelte und versuchte, bei der Sache zu bleiben, während gleichzeitig aus dem Hintergrund ständig etwas hereingerufen wurde.

Natürlich wollten alle mehr über meine Romanze mit Tobi wissen.

Hätte ich jetzt erwähnen sollen, dass das Kapitel womöglich schon wieder geschlossen war? Oder die Details des dazugehörigen Dramas ausbreiten? Lieber nicht.

Also erzählte ich ein bisschen was und lenkte dann das Gespräch auf Sönkes Beruf und wie ich schon sehnsüchtig darauf wartete, dass er nun endlich seine Millionen verdient, um uns alle in den vorzeitigen Ruhestand zu schicken.

„Übrigens", warf Sönke ein, „nächstes Jahr im Sommer schau ich mal wieder in Deutschland vorbei. Wird ja auch Zeit. Mit deiner Flugangst bekommen wir dich ja nirgendwo hin, Freddy."

Mein Vater mischte sich ein: „Mensch, das wird toll! Aber bevor wir uns sehen, mein Tochterherz, müssen wir zwei auch mal wieder ein paar Dinge beschnacken. Lass uns

Anfang Januar telefonieren, Frida, wenn ich aus Singapur zurück bin."

„Okay", sagte ich. Die üblichen Wünsche wurden ausgesprochen und wir legten auf. Ein warmes Gefühl blieb zurück. Vielleicht sollte ich nicht alles so zerdenken. Ich saß auf meinem Bett mit halbgaren Gedanken, die sich wie der Teig meiner Weihnachtskekse einfach nicht formen ließen, als meine Mutter ins Zimmer kam.

„Ach, Frida", sagte sie lachend, als sie hereinkam und mich im Chaos erwischte, „wann immer du anfängst, die Existenz zu hinterfragen, legst du deine Stirn in Falten. Bedrückt dich etwas?"

„Ich hinterfrage meine Fähigkeit eine Beziehung zu führen." Ich hielt inne und seufzte.

„Frida", sagte sie, „Beziehungen sind selten einfach. Wenn du jemanden wirklich magst, findet man immer einen Weg. Und wenn nicht, dann ist es eben ein weiteres Kapitel in deinem Leben."

"Es geht um Tobi, oder?", fragte meine Mutter „Ruf ihn an. Du wirst doch wohl kaum Weihnachten allein mit uns und deinem Zweifel feiern wollen." Natürlich hatte sie recht. Ich wollte ihn sehen. Also nahm ich mein Handy und tippte die Worte ein, die uns wohl seit dem ersten Treffen miteinander verbanden. Worte, die für andere Menschen alles andere aussagten, außer „Ich vermisse dich" und „Bitte lass uns reden".

„Lust auf Pommes Schranke?"

Kapitel 38

Kaum hatte ich die Nachricht abgeschickt, vibrierte mein Handy. „Ja, wann?", fragte er zurück, so prompt, dass ich unwillkürlich lächeln musste.

Wir verabredeten uns für 20 Uhr an unserer Pommesbude. Doch als ich dort ankam und ihn aus der Ferne auf mich zukommen sah, fühlte es sich anders an. Die Nachtluft war kalt, klar und trocken und die Weihnachtsbeleuchtung funkelte in den Straßen wie ein Versprechen auf etwas Neues, etwas Leichtes oder vielleicht doch Schweres? Wer weiß?

Da stand er nun etwas blass und müde. Diese braunen, leicht zerzausten Haare, die wie dafür gemacht waren, von mir zerwühlt zu werden und diese Augen, die so viele Geschichten verbargen, die ich endlich erfahren wollte.

„Frida, es ist schön dich zu sehen", sagte er, bevor ich überhaupt ein Wort herausbringen konnte. Seine Stimme war ernst, sanft und ich konnte nicht anders, als ihm in die Augen zu sehen und das aufrichtige Bedauern und die Sehnsucht darin zu erkennen. Er trat näher, langsam, als wollte er sicherstellen, dass ich nicht zurückweichen würde. Dann nahm er behutsam meine Hände in seine und sein Blick hielt meinen fest, als wolle er mir mit jedem Wort beweisen, wie ernst es ihm war. „Frida", begann er leise, „ich möchte nie wieder, dass ein tagelanges Schweigen zwischen uns steht. Es war kaum auszuhalten, dich nicht zu hören, nicht bei dir zu sein."

Seine Stimme zitterte leicht, gerade genug, um die Tiefe seiner Gefühle zu verraten. „Du bedeutest mir sehr viel", fuhr er fort und ich spürte, wie seine Daumen sanft über meine Handrücken strichen. „Unsere Beziehung bedeutet mir sehr viel. Ich möchte, dass du das weißt."

Es war, als würde die Welt für einen Moment stillstehen und alles, was zählte, war dieser Augenblick – seine Stimme, seine Berührung und die unausgesprochenen Versprechen, die in der Luft lagen. Ich schluckte schwer, meine Stimme zitterte leicht als ich sprach. „Tobi." Es fühlte sich seltsam an, so weich, so verletzlich zu klingen und doch war das alles, was ich in diesem Moment war. „Es war einfach… sehr viel. Und ich habe mich gefragt, ob ich das ertragen kann. Ich wusste nicht, was ich machen sollte, oder ob das, was ich tat, überhaupt richtig war."

Er hielt meine Hände weiterhin in seinen, seine Daumen strichen sanft über meine Haut, als wollte er mich erden, während ich in meinen Gedanken nach den richtigen Worten suchte. „Ich war zerrissen", fuhr ich fort, meine Stimme war kaum mehr als ein Flüstern. „Zerrissen zwischen meinen eigenen Emotionen, meinem Verhalten und diesem Gefühl der Unsicherheit. Ich habe Klarheit gebraucht. Klarheit darüber, wie ich mit dem umgehen kann, was ich fühle."

Tobi sagte nichts, aber der Ausdruck in seinen Augen war tief und voller Verständnis. Es war, als würde er mit seiner bloßen Anwesenheit die Bruchstücke meiner Gefühle zusammenhalten, nur mit der stillen Botschaft, dass ich in diesem Moment sein durfte, wie ich war. Zerrissen, ja, aber auch gesehen.

Er nickte und trat einen Schritt näher. „Ich weiß. Ich hätte dich nicht in die Situation bringen sollen, das herauszufinden, wie du es herausgefunden hast. Aber ich möchte, dass du mich richtig kennenlernst. Nicht nur die Version, die ich mir für Stuttgart gebaut habe."

Ich hielt inne, seine Worte sanken tief in mein Inneres, lösten etwas aus, das ich selbst kaum greifen konnte. Meine Hände, welche er immer noch in seinen Händen hielt, verschränkten sich unwillkürlich fester mit seinen, als wollte ich mich an der Wahrheit festhalten, die zwischen uns lag. „Ja", flüsterte ich schließlich, meine Stimme von einer weichen Entschlossenheit getragen. „Ich möchte alle Versionen von dir kennenlernen."

Er lächelte und dieses Lächeln löste etwas in mir, das so lange gespannt und unterdrückt gewesen war. „Frida", sagte er leise und trat näher, so nah, dass ich seinen Atem auf meiner Haut spüren konnte, bevor seine Lippen meine fanden. Es war ein starker, intensiver Kuss, der alle Unsicherheiten der letzten Tage löste, jede Traurigkeit wegwischte, die uns voneinander getrennt hatte und uns wieder zu dem machte, was wir sein wollten: Tobi und Frida.

Es war, als hätte dieser Kuss 1000 Schmetterlinge in meinem Bauch freigelassen. Als wir uns voneinander lösten, hob sich meine Brust und ich atmete tief ein, bevor ich leise lachte – ein Lachen, das irgendwo aus der Tiefe meiner Erleichterung und Freude kam.

Und so standen wir voreinander, in dieser kalten Dezembernacht, umgeben von den warmen, goldenen Lichtern der Weihnachtsbeleuchtung, die ein sanftes Licht auf Tobis

Gesicht warf. Er sah mich an und in seinem Blick lag eine Ruhe, die ich so lange vermisst hatte.

„Komm her", sagte er leise und er nahm mich in seine Arme. Er hielt mich fest, als wollte er mir damit ein Versprechen geben, das wir beide noch nicht in Worte fassen konnten.

„Also…" Ich löste mich ein Stück von ihm, sah in sein Gesicht und lächelte ein bisschen herausfordernd. „Pommes Schranke? Oder lassen wir das heute ausfallen?"

Er lachte und es war dieses Lachen, das mich daran erinnerte, warum ich überhaupt hier war. „Wir lassen die Pommes heute mal ausfallen."

Ich nickte und strich mir eine Strähne aus dem Gesicht, bevor ich seine Hand nahm. „Gut."

Kapitel 39

Der 24. Dezember hatte die Art von harmonischer, friedlicher Stimmung, die selbst die dickste Weihnachtskerze vor Neid hätte schmelzen lassen. Nachdem Tobi und ich uns versöhnt hatten und ja, das meine ich durchaus im romantischen, sinnlichen Sinne, war ich mir sicher, so eine Versöhnung durfte ruhig öfter vorkommen. Es war eine Nacht gewesen, die alle Missverständnisse, Spannungen und Zweifel verpuffen ließ.

Nun standen wir in meiner kleinen Küche und bereiteten unser traditionelles Weihnachtsmahl vor, Kartoffelsalat mit Würstchen. Tobi stand neben mir, schnitt gewissenhaft die Gurken und warf ab und zu einen verlegenen, fast jungenhaften Blick zu meiner Mutter, die in einer roten Schürze mit Rentier-Aufdruck die Kartoffeln zu einem perfekten Salat rührte.

„Also, mein lieber Tobi", sagte meine Mutter schließlich mit einem leicht prüfenden Tonfall. „Kartoffelsalat ist eine Kunst. Das Zusammenspiel von Milde und Würze ist entscheidend." Sie hielt kurz inne und warf ihm einen strengen Seitenblick zu. „Du schneidest die Gurken schön gleichmäßig, oder?"

„Jawohl!" Tobi hob den Kopf und grinste mich an. Ich konnte ein Lachen kaum zurückhalten und fragte mich insgeheim, ob er jemals eine Prüfung durch die Schwiegermutter-in-spe hatte bestehen müssen.

Aus dem Wohnzimmer drang ein leises, aber zufriedenes Gluckern: Tante Hanne, die sich wie selbstverständlich mit

einer Flasche Eierlikör auf meinem Sofa niedergelassen
hatte und schon den zweiten oder vielleicht auch dritten Li-
kör an diesem frühen Abend genoss. Mit hochroten Wangen und einem heiteren Funkeln in den Augen wippte sie
im Takt der Weihnachtsmusik.

Die Atmosphäre war so perfekt, dass ich beschloss, den Moment zu nutzen. „Also", begann ich und schlug mit der Ga-
bel leicht gegen meinen Becher, um die Aufmerksamkeit
der Runde auf mich zu ziehen. Alle Augen wanderten zu
mir. Tobi legte das Messer weg, meine Mutter hielt mitten
im Kartoffelrühren inne und sogar Tante Hanne hörte abrupt auf zu wippen, ihre glänzenden Augen jetzt auf mich
gerichtet.

„Ich habe eine Ankündigung zu machen!", verkündete ich
mit einer Theatralik, die die Spannung förmlich zum Knistern brachte. Ein paar Sekunden Stille, dann sagte ich: „Das
Tierheim hat sich gemeldet." Ich ließ eine kurze, dramatische Pause, bevor ich hinzufügte: „Anfang Januar darf ich
Jochen Cocker endlich besuchen!"

Ein leises Aufjauchzen entfuhr Tante Hanne, die in ihre
Hände klatschte und in spontanen Jubel verfiel, während
Tobi leicht irritiert und meine Mutter amüsiert den Kopf
schüttelte. „Ein Hund namens Jochen Cocker!?", wiederholte sie mit einem Lächeln, das sowohl liebevoll als auch
schmunzelnd war. „Das passt zu dir, Frida."

Tobi sah mich an, ein Lächeln, welches Freude und eine
leichte Aufregung zeigte.

„Genau", erwiderte ich schmunzelnd und drückte Tobis Hand, der jetzt neben mir stand. „Genau mein Stil."

Und dann legte Tobi seine Hand sanft auf meine und sah mich mit einem warmen Blick an, der fast eine Art von stiller Verbeugung enthielt. „Apropos Überraschungen…" Er zog einen kleinen Umschlag aus seiner Hosentasche und reichte ihn mir.

„Was ist das?", fragte ich neugierig, während ich den Umschlag langsam öffnete. Und dann las ich die Worte auf der Karte und mein Herz machte einen kleinen Satz.

„Ein Wochenende in Duisburg", flüsterte ich und die Worte fühlten sich in meinem Mund zugleich aufregend und überraschend an. Duisburg – Tobis alte Heimat. Jetzt würde ich ihn dorthin begleiten. „Das hast du geplant?", fragte ich leise und blickte zu ihm auf. In seinen Augen lag eine Mischung aus Vorfreude und leiser Nervosität. „Ich möchte dir zeigen, wo ich herkomme", sagte er sanft.

Für einen Moment blieb ich still und nahm die Bedeutung dieses Geschenks auf. Es war mehr als eine Einladung zu einem simplen Familienbesuch. Es war seine Art, mich wirklich in sein Leben zu lassen. Ich schluckte und spürte, wie eine Welle von Rührung und Zuneigung in mir aufstieg.

Meine Mutter und meine Tante standen inzwischen mit leicht glasigen Augen neben uns, die sie eindeutig dem Eierlikör zu verdanken hatten und musterten uns beide mit einem liebevollen Lächeln.

Tante Hanne hob ihr Likörglas in die Luft und prostete uns zu: „Das ist der Beginn von etwas Großem."

Wir lachten und für einen Moment erfüllte dieser Abend die Wohnung mit einer vollkommenen Wärme.

Und dann kam ein wohlüberlegter Schachzug meiner Mutter: Sie räusperte sich und legte ihre Hände vor sich zusammen, als hätte sie selbst eine große Ankündigung zu machen. „Frida, wir haben beschlossen, dass wir noch ein paar Tage länger in Stuttgart bleiben", verkündete sie. „Wir fühlen uns hier so wohl und könnten dir etwas unter die Arme greifen."

„Oh!", entfuhr es mir und ich musste mich zusammenreißen, nicht zu grinsen. „Dann bleibst du mit Tante Hanne hier in der Wohnung?"

„Exakt", verkündete Tante Hanne und prostete uns zum gefühlt hundertsten Mal mit ihrem Likörglas zu. „Wir halten hier die Stellung und ihr zwei könnt doch bei Tobi unterkommen. Das ist doch die perfekte Lösung!"

Ich konnte nicht anders, als zu lachen. Tobi hingegen sah mich überrascht an.

„Was sagst du, Tobi? Wäre das für dich in Ordnung, wenn ich mich für ein paar Tage bei dir einniste?"

Er schien kurz nach Worten zu suchen, dann nahm er meine Hand, sein Blick sanft, aber fest. „Frida", sagte er leise, „nichts wäre mir lieber, als jeden Morgen neben dir aufzuwachen", fügte er mit einem gespielten, übertrieben säuselnden Ton hinzu. Ich zog eine Augenbraue hoch, den

Mund zu einem schiefen Grinsen verzogen. „Na, wenn das mal nicht der Romantiker des Jahres ist", erwiderte ich trocken, was ihm ein verschmitztes Lächeln entlockte.

„Hach, junge Liebe!", rief Tante Hanne theatralisch, was uns noch mehr zum Lachen brachte.

Tobi zog mich mit einem sanften, bestimmten Griff in seine Arme. Seine Umarmung war warm und sicher, als wollte er mich für einen Moment von der ganzen Welt abschirmen.

Dann beugte er sich leicht vor, sein Atem streifte mein Ohr und er flüsterte so leise, dass nur ich es hören konnte: „Ich glaube deine Tante hat recht. Das mit uns wird etwas Großes."

Ich schloss die Augen und ließ mich in die Umarmung sinken. „Das glaube ich auch", flüsterte ich zurück.

Danksagung

Dieses Buch ist erst der Anfang. Die Geschichte von Frida und all ihren wunderbaren Mitstreitern und Mitstreiterinnen geht weiter. Ein herzliches Dankeschön an alle, die Frida inspiriert und begleitet haben. Ohne euch wäre ihre Welt nur halb so lebendig, humorvoll und voller Herz geworden. Danke, dass ihr alle da seid, dass ihr mich auf meinem Weg bestärkt.

Mein besonderer Dank gilt Ole, Inga, Christina und Helena. Eure Unterstützung hat dieses Buch mitgestaltet.

Auf alles, was kommt und auf die Geschichten, die noch geschrieben werden.

Eure Romy E. Kest